hanser**blau**

Beatrix Kramlovsky

FRAU IN DEN WELLEN

Roman

hanserblau

Teile dieses Romans spielen in der zweiten Hälfte des 20. Jahrhunderts im ländlichen Österreich und enthalten historisches Vokabular.

1. Auflage 2022

ISBN 978-3-446-27479-2
© 2022 hanserblau
in der Carl Hanser Verlag GmbH & Co. KG, München
Umschlag: SO YEAH Design, Gabi Braun
Motiv: Woman Treading Water, 2004 © Eric Zener
Satz im Verlag
Druck und Bindung: CPI books, Leck
Printed in Germany

Für Euch, Ihr Freundinnen!

INHALT

PROLOG
Warum Joni vielleicht so ist, wie sie ist
11

1
LONDON, JUNI 2016
Mike oder »My home is your castle«
27

Mitschnitt im Fall Dr. Joni Lanka vs. Unbekannt,
Wien, 27.10.2016
74

2
EIN ZWISCHENSPIEL
Julian oder »Manchmal klingst du
wie eine uralte Hexe«
81

Mitschnitt im Fall Dr. Joni Lanka vs. Unbekannt,
Wien, 27.10.2016
131

3
DER FAST PERFEKTE SOMMER
Sam oder »Du solltest eine Weile mit
mir in der Sonne liegen«
137

Mitschnitt im Fall Dr. Joni Lanka vs. Unbekannt,
Wien, 28.10.2016
182

4
DIE ERSCHÜTTERUNG
Lorenz oder »Berlin ist immer eine Option«
191

Mitschnitt im Fall Dr. Joni Lanka vs. Unbekannt,
Wien, 28.10.2016
221

5
EINE WAHL, SPÄTHERBST 2016
Georg oder »Lass dich nicht kleinkriegen«
229

Mitschnitt aus der Vernehmung des Opfers Beppo Linhard
am Donnerstag, 10.11.2016
271

6
IM WINTER 2016/2017
Manuel oder »Wieso weiß ich das alles nicht?«
275

EPILOG
Out of the Blue, Sommer 2018
305

GLOSSAR
311

DANK
313

For angels rent the house next ours,
Wherever we remove
EMILY DICKINSON

Wir leben dort, wo wir uns im Moment
aufhalten, genau dort.
YVA MOMATIUK

Die Erinnerung ist wie ein Hund, der sich
hinlegt, wo er will.
CEES NOOTEBOOM

PROLOG

Warum Joni vielleicht so ist,
wie sie ist

Jonis Eltern liebten sich mit einer Ausschließlichkeit, die das Kind, das im Herbst 1966 geboren wurde, gleichzeitig einbezog und ausschloss. Helene Lanka, Helli, war zu diesem Zeitpunkt bereits Notarin in einer Kleinstadt an der österreichischen Westbahnstrecke, gut vernetzt mit Magistrat und Landesregierung, die erste Frau im Bezirk, die einer solchen Kanzlei vorstand. Dieter, immer nur Didi gerufen, hatte Biologie studiert und unterrichtete am Gymnasium Naturgeschichte und die Kleine Physik. Seine Schüler, Mädchen wie Burschen, verehrten ihn wegen seiner unkonventionellen Art und der Versuche im Labor, die manchmal anders gerieten als vorgesehen. Helli und Didi waren geprägt von den Begleiterscheinungen des Kalten Krieges, ihrem studentischen Engagement auf den Demonstrationen in Wien und dazugehörigen Diskussionen in schwer verrauchten Kellerlokalen. Die Musik der aufsässigen Jugend Amerikas wurde ihr gemeinsamer Fluchtversuch, Haschischkonsum ein zelebrierter Rausch.

Sie waren vorsichtig. Von LSD ließen sie die Finger, obwohl es sie reizte und sie im Freundeskreis Zugang hatten. Völlig zu Recht empfanden sie ihr Leben als zerrissen. Auf der anderen Seite standen die Erwartungen ihrer Eltern, die sich während der Besatzungszeit einem moralisierenden

Gott zugewandt hatten und für ihre Kinder eine Zukunft mit Hausbau erträumten, samstäglichen Fernsehpartys mit Nachbarn, Kühlschrank, Waschmaschine und Urlaub, möglichst bald in Lignano.

Didi hatte nichts dagegen, sich nach der Hochzeit in Hellis Heimatstadt als Lehrer zu bewerben. Ein Drittel der Schüler kam von Bauernhöfen aus der Umgebung, die Eltern der anderen waren Handelstreibende, Beamte, Juristen und Ärzte. Es gab ein Spital, ein modernes Schwimmbad mit beheiztem Becken, zwei Konsumfilialen, vier ordentliche Gasthäuser und zwei schäbige Lokale von zweifelhaftem Ruf, ein richtiges Café, ein Kino, ein Modehaus auf dem Hauptplatz und seit Neuestem direkt neben dem Bahnhof eine Disco, die nicht alle glücklich machte. Der Aufschwung nach der Besatzungszeit hatte begonnen.

Didi fand den Ort entspannend und groß genug, um mit Helli viele Wochenenden in Wien zu verbringen, ohne Aufsehen zu erregen. Alles befand sich im Fluss. Es wurde gebaut, die Autobahn vermittelte ein rauschhaftes Gefühl von Schnelligkeit, in der Hauptstadt gab es die neuesten Platten, aufrührerische Musik, über die man mit den Freunden diskutieren konnte, Tanzklubs, in denen sie sich austoben konnten, ach, diese amerikanischen Rhythmen! Aber Wien war trotzdem weder Berlin noch Paris, schon gar nicht San Francisco oder die Stadtteile New Yorks, von denen sie hörten oder lasen. Ihr gemeinsamer Traum wurde gepflegt von der Bohème im Schatten des Aufbegehrens gegen den Vietnamkrieg, verklärt von Reiseberichten ehemaliger Kommilitonen aus Südindien und den Ebenen nördlich von Dehli mit einem überwältigenden Blick auf die Himalayawände, blieb aber für Didi und Helli bewusst immer nur Illusion.

Helli wollte die Vorzüge einer gesicherten bürgerlichen Existenz nicht missen. Trotzdem hielten sie sich von den Zirkeln der Juristen, Ärzte und Wirtschaftstreibenden so gut es ging fern, um nicht Teil des Kleinstadtlebens zu werden. Ungeachtet dessen hatte Helli erstaunlich schnell als Notarin Fuß fassen können, selbst wenn man die Beziehungen ihrer alteingesessenen Familie bedachte. Sie verdiente mehr als Didi, der ihr laut Gesetz zu diesem Zeitpunkt noch die Berufstätigkeit hätte verbieten können. Doch Didi war kein üblicher Ehemann der frühen österreichischen Sechzigerjahre. Die beiden verbrachten einen Großteil ihrer freien Zeit in Wien, sahen dort mit ihren Freunden anspruchsvolle Filme, die in der Kleinstadt nicht gezeigt wurden, gingen tanzen und kehrten mit etwas Kraut für düstere Abende zurück. Sie schwammen auf den Wellenkämmen des Wiederaufbaus und leisteten sich den Luxus, sich darüber lustig zu machen. Es war durch und durch verlogen; vielleicht konnte der Hanf einen Schleier darüberlegen.

Das hörte während der Schwangerschaft und in den ersten zwei Jahren nach Jonis Geburt auf. Sie wollten gute, fürsorgende Eltern sein, sie taten viel, um die Erziehung ihrer Tochter so aufgeschlossen wie möglich anzugehen. Ratgeberbücher stapelten sich in ihrem Haus, obenauf die brandneue deutsche Erstausgabe von A. S. Neill über das Summerhill-Internat und selbstregulierende Erziehung. Das würde ihre Bibel werden, nahmen sie sich vor.

Doch dann erschien ein spezielles Album der Beatles, und kurz darauf schockte militärische Gewalt nur knappe hundert Kilometer entfernt das ganze Land und das symbiotisch lebende Paar. *Sgt. Pepper's Lonely Hearts Club Band* mit den farbigen Versprechen von »tangerine trees and marmalade skies« und kurz darauf die sowjetische Besetzung der Tschechoslowakei mit allen Befürchtungen, die wohl sämtliche Österreicher hegten, verschmolzen für sie und prägten ihre Zukunft und eine mächtige Sehnsucht. Helli und Didi wünschten sich fortan in die Traumwelt kalifornischer Hippies und vergingen vor Neid, Woodstock nicht erlebt zu haben.

Die Tochter erwies sich als ein Geschenk, dem sie oft ratlos gegenüberstanden, das nicht in ihr Leben passte, sie dazu verführte, sich zurückzuziehen. So hatten sie sich das nicht vorgestellt. Didi, der jeden Schultag didaktisches Geschick mit Pubertierenden bewies, hatte seine Hilflosigkeit Kleinkindbedürfnissen gegenüber sofort erkannt. Jonis Schreiattacken und bockiges Schweigen in einem Alter, das eigentlich jeden Erwachsenen verzaubern sollte, setzten ihn außer Gefecht. Er fühlte voll Erschrecken, dass er das, was seiner Tochter zustand, nicht geben konnte und dass seine Frau ähnlich empfand. Das ängstigte ihn, obwohl Helli ihm deshalb noch näher rückte. Zum Glück für alle drei fanden sie ein zufriedenstellendes Arrangement mit Hellis unverheirateter Tante, die die kleine Joni oft zu sich nahm, in den folgenden Jahren nach der Schule auf sie wartete und an Wochenenden Fürsorge bot, wenn die Eltern nach Wien, später auch nach Westberlin flüchteten.

Tante Federspiel wurde zu Jonis Fee in einem Obstgarten mit Hühnern und einer hellblauen Bank an der Sonnenseite des Holzhauses mit Blick auf die eingezäunten Gemüse- und Blumenbeete. Dort kletterte Joni auf Bäume, baute im Bach einen Stausee, beobachtete Vögel beim Nisten und lauschte den unzähligen Geschichten der Tante, die keinen Unterschied zwischen Sagen, Märchen und Dorfklatsch machte.

Nichts in ihrem Holzhaus glich der modern klaren Wohnung von Jonis Eltern. Am fernen Horizont dräute der Ötscher, ein kauernder Bergriese, über Geheimnissen brütend, ein Wachtturm in der Alpenkette, die Joni nie kennenlernte. Ausflüge fand Tante Federspiel überbewertet, außer es ging mit anderen Pfarrmitgliedern zur Wallfahrtskirche am Sonntagsberg. Dann ging Joni folgsam an der Hand, ein süßes Kleinkind, das sich laut erwachsenen Pilgern zu benehmen wusste, und dämmerte im Kirchengestühl zu den Litaneien, die ihren Kopf mit seltsamen Vorstellungen von der Jungfrau Maria als opulentem Gefäß füllten. Wenn ihr kalt wurde, packte die Tante das Kind in eine riesige selbst gehäkelte Decke, für die sie alle ihre Wollreste aufgebraucht hatte. Sie gab dem Stück den Namen *Die Palette des Herrn* und verwies das Mädchen darauf, dass alle Farben seiner Herrlichkeit bereits in ihrem Kopf lagerten und Joni sie nur wachrufen müsste. Das Teufelszeug der Eltern sollte für sie daher gefälligst nutzlos bleiben.

Es gab im Grunde wenig Annehmlichkeiten bei der Tante, aber alles, was es in Jonis Zuhause nicht gab. Und es war der einzige Ort, an dem sie Johanna genannt wurde, so wie es in ihrem Taufschein stand. Helli hatte es zwar geschafft, den Magistratsbeamten von seinen Bedenken zu befreien und den gewünschten Namen ihrer Tochter im Geburtsregister eintragen zu lassen; der Pfarrer jedoch ließ sich nicht überzeugen, dass Joni nach der zutiefst verehrten Joni Mitchell heißen sollte. Ein Kind mit einem fremdländischen Namen zu belasten, der noch dazu nicht sofort mit einer Heiligen assoziiert werden konnte, fand er untragbar. Joni selbst war es gewöhnt, dass nur die Eltern ihren Namen englisch aussprachen, für alle anderen blieb es eine verhunzte Form von

Johanna, das J mit der Zunge gegen den Gaumen gepresst und zwischen den Zähnen hindurchgerollt wie ein verhaktes I.

In der Volksschule gab es bald eine zweite Außenseiterin, die bösartige Spitzen ertragen musste; die zwei Mädchen rückten vorsichtig zusammen. Ulrike Gschwandtners Mutter hatte sich in Linz scheiden lassen und war im Sommer darauf zu ihren Eltern gezogen, um das Kind ungestörter aufzuziehen. Sie arbeitete als Kellnerin, ihr Fleiß half ihr jedoch wenig. Der Tratsch blühte, die Großeltern schämten sich, Ulli wusste nicht, wohin mit sich.

Joni und Tante Federspiel erwiesen sich als ihr Anker, ihnen war egal, was die anderen von einer sitzen gelassenen Frau hielten, die vermutlich einiges dazu getan hatte, wie die Landfrauen sagten. Joni war jedenfalls fasziniert von Ulli, die wenig besaß, schlecht angezogen war und einen fremden Dialekt sprach mit Wörtern, die für Joni verboten waren und wie aus einem Märchen klangen. Oaschkoit war das erste, ein musikalischer Paukenschlag. Blunznfett brauchte saftige Erklärungsversuche, weil Joni exzessivem Alkoholkonsum bis dahin nicht begegnet war. Die Tante trank sonntags Most, manchmal ein Glaserl Schnaps, und achtete darauf, rechtzeitig mit dem Kind zu verschwinden, bevor die Männer allzu lustig wurden oder eine Frau Dinge erlaubte, die sich nicht gehörten, in der Öffentlichkeit schon gar nicht.

Doch Ulli lebte nicht so abgeschottet wie Joni, lauschte fasziniert den Wirtshausschilderungen der Mutter, die die Großeltern offensichtlich köstlich unterhielten, und erzählte ihrer Freundin alles brühwarm weiter. Joni lernte, dass Menschen unterschiedlich bewerteten, dass man nicht alles daheim erzählen sollte, dass Notlügen keine Lügen waren, wenn man ordentlich darüber nachdachte. Im Grunde war die Allianz von Tante und Ulli genau die Mischung, die Joni brauchte, um die Defizite ihrer Eltern abzuschwächen und eine neugierige Lebenshaltung zu entwickeln. Noch wichtiger war, dass Ulli trotz ihres familiären Hintergrunds unbestritten intelligent genug war, um auch aufs Gymnasium gehen zu dürfen. Die Mädchen blieben zusammen und bildeten ein Paar, isoliert von den anderen, vereint in ihren Traumwelten und im Wunsch, ein anderes, weit entferntes Leben führen zu können. Ungezähmte Mädchen in der Prärie, das klang so vielversprechend, das fühlte sich so verzaubernd an, dass Schultrott und Kleinstadtalltag leicht zu bewältigen wurden.

Dass Joni als Volksschulkind lange geglaubt hatte, alle Eltern lägen an Wochenenden bekifft grinsend herum, während von ihren Schallplatten die Lieblingsstücke erschallten, ahnten weder Helli noch Didi. Manchmal bekamen sie mit, dass Nachbarn läuteten, sich bei der Kleinen über die Lautstärke der Musik beschwerten.

»Von de Nega«, sagten sie meist dazu, und dann nickte Joni sicherlich höflich, bevor sie die Eingangstür schloss, ins Wohnzimmer ging und leiser drehte. An diesen Samstagen geschah wenig daheim, die kleine Joni spielte mit Puppen, baute Lego, blätterte in ihren Märchenbüchern; später betrachtete sie ihr Zimmer als Rückzugshöhle mit stetig wachsenden Bücherstalagmiten. Als Kind wusste sie, dass die Eltern am Sonntag leere Flaschen wegräumen, Tabletten gegen Kopfweh schlucken und mit ihr zu einem Lieblingswirt fahren würden; sie würde sich bestellen dürfen, was sie wollte, bekäme Eis zum Nachtisch, und dann würden sie einen Waldrand entlangspazieren. Die Eltern würden leise miteinander reden, während das Mädchen hinter ihnen hersprang und immer wieder stehen blieb, um eine Blume abzureißen, einen auffallenden Käfer für ihre Sammlung zu töten.

Federspiel, die eigentlich Maria Fespischil hieß, starb, als Joni zehn Jahre alt war, an einem schneeweißen Jännermorgen 1977. Ihr Herz hörte ohne Vorwarnung auf zu schlagen. Die Eltern erklärten Joni, dass sich nun leider viel ändern würde, vor allem wäre Schluss mit dem Kinderparadies, weil die Tante im Himmel, allem Schmerz entzogen, Haus und Garten nicht mehr brauchte. Joni versank in fassungslosem Schweigen, während die Eltern dankbar waren, dass das Kind keine Heulszenen lieferte. Der Tod sei nur eine Tür, erklärte Helli hilflos. Und Joni verstand, dass jeder Mensch jederzeit verschwinden konnte, dass es keine Medizin gegen das Verlassenwerden gab.

Ulli saß bei Joni im Zimmer und erzählte stundenlang, was sie an Tante Federspiel so geliebt hatte. Irgendwann, da war sie sicher, würde die Freundin den Mund schon aufmachen. Zum Begräbnis trug Joni Tante Federspiels *Palette des Herrn* über ihrem schwarzen Mantel, ein unübersehbar fröhlicher Farbklecks im dunklen Geleitzug, und hielt Ullis Hand fest umklammert. Die Trauergemeinde sah sich in ihrer Einschätzung, dass dieses Kind mehr als seltsam war, bestätigt.

Mit elf Jahren wusste Joni, dass ihre Eltern trotz ihrer bürgerlichen Maskerade, die ihnen die Kleinstadt sowieso nie glaubte, Außenseiter waren. Immer wieder hörte sie mit, wie hinter vorgehaltener Hand über Helli und Didi Lanka getratscht wurde, sie wohl eine Provinzversion der Hippies sein sollten, deren gute Beziehungen sie vor Konsequenzen bewahrten. Man müsste sich das vorstellen, ein kiffender Lehrer, eine Notarin, die über Vermögensverhältnisse und sprichwörtliche Erbsünden Bescheid wusste und bei offenen Fenstern grausliche Musik hörten, das ginge nur mit solider Freunderlwirtschaft. Schließlich lebten sie unter miteinander verstrickten Familien mit ständigem Blick auf einen mahnenden Kirchturm vor den Bergen des Voralpenlandes. Joni kannte alle Gerüchte und Vorbehalte.

Manchmal funkelten für Helli und Didi Lichtsprenkel in den grünen Hängen oder tanzten lagunenblaue Funken durch die schicke Eigentumswohnung mit Westbalkon im ersten Hochhaus der Stadt, Lift inkludiert. Joni reizte die Dose mit den gewissen Keksen nie. Sie hatte Ulli, sie hatte den Anker fest versenkt in ihren Prärieträumen, die nichts mit Karl May zu tun hatten, nichts mit Winnetou. Sie sah sich als nomadisierendes Lakotamädchen, weil sie der Stammesname faszinierte und Ulli bei ihren Nachmittagsfluchten in den Wilden Westen sehr lange mitspielte.

Joni gedieh trotz der Erziehungsdefizite, dankbar für den Grad an Selbstbestimmung, den die Eltern früh mit ihr zu trainieren begonnen hatten, und in ihrer Erinnerung begann sie, die beschützte Spielzeit bei Tante Federspiel zu verklären. Etwas hemmte sie, über diesen Verlust mit Helli und Didi zu reden. Sie wollte ihnen auch nicht vorwerfen, dass sie Ulli nicht in der Wohnung akzeptierten, dass die gemeinsame Zeit mit der Freundin arg beschnitten wurde. Schließlich war Joni ebenfalls nie zu Ulli eingeladen worden, deren Mutter erschöpft von langen Wirtshausnächten Ruhe brauchte und deren Großeltern in ihrer Kate nicht wussten, wie sie mit dem Kind aus dem Bürgertum umgehen sollten. Joni lernte, Belastendes für sich erträglich zu machen, ihre Einsamkeit mit Lesen zu füllen. Sie entdeckte, dass Bücher Wissen enthielten, von dem sie weder bei den Eltern noch bei der Tante trotz ihrer zwei Bücherschränke Spuren vermutet hatte.

Als Pubertierende war ihr klar, dass Gleichaltrige erste Erfahrungen mit Drogen hatten, zum Teil neidvoll redeten, was für Möglichkeiten Joni doch hätte mit diesen Eltern daheim. Joni verzog sich dann zu Ulli, die in einem Pausenhofeck saß und mathematische Zahlenspiele löste, heftig ignoriert von den anderen, weil sie nicht einmal einen ausgestellten Maxirock, geschweige denn echte Jeans besaß.

Später würde sich Joni an diese friedlichen Familienwochenenden ohne Frühstück erinnern, manchmal gab es im stürmisch kalten Herbst improvisierte Picknicks auf dem Wohnzimmerteppich, und montags schimpfte die Zugehfrau über den Saustall. Da wusste Joni schon, dass sie sich mit ihren Klassenkameradinnen schwertat, dass ihre Traumwelten sich von den Tagträumen der anderen unterschieden, dass Drogen für sie nie verführerisch sein würden, egal, wer sie ihr wo anbot.

Jonis Eltern förderten, ohne einzuengen, was auch ihrem eigenen Bedürfnis nach Freiraum neben den bürgerlichen Berufen entgegenkam. Tante Federspiel hätte vermutlich die Laschheit kritisiert. Sie hätte Helli harsch vorgeworfen, einfach zu faul zu sein, um sich mit der Tochter ordentlich auseinanderzusetzen. Aber Tante Federspiel existierte ja nur noch unter dem Grabhügel und in immer wieder aufflammenden Erinnerungen der zwei Mädchen.

Ein Studium war selbstverständlich für Joni, die Wahl stellten sie frei. Dieses Kind hatte immerhin eine Klasse übersprungen, war schnell im Denken, eine Paradeschülerin, der einfach alles leichtfiel. Ulli geriet aus ihrem Fokus, sie schloss die Schule erst ein Jahr später ab. Joni entschied sich für Wien, schrieb sich an der geisteswissenschaftlichen Fakultät für Geschichte, Soziologie und Politikwissenschaften ein und besuchte Vorlesungen in anderen Fächern, ihren Launen folgend. Begabt in vielem konnte sie schwer nur einer Richtung folgen.

Sie erlebte das endgültige Ende des jahrzehntelangen Dornröschenschlafs. Dass ihre Eltern ebenfalls eine Art Aufbruch erlebt hatten, auch an Demonstrationen beteiligt waren, als Joni schon auf der Welt war, wusste sie damals nicht.

Sie beteiligte sich an den Demonstrationen der frühen Achtzigerjahre, war beim Sternmarsch und der Besetzung der Wiener Lobau tagelang dabei, trat Amnesty International bei, sah die Avantgardestücke der Kellertheater, genoss ausufernde Partys, ohne Anschluss zu suchen, und erledigte ihre ersten Prüfungen nebenher. Sie gewöhnte sich daran, dass ihr Umfeld Joni Mitchell kannte und daher ihren Namen korrekt aussprach. Cool fand man die Wahl der Eltern. Joni hingegen war bloß neugierig, ob sie selbst ähnliche Erfahrungen machen würde, die Mitchell thematisierte. Es würde noch Jahre dauern, bis sie sich mit der Künstlerin auseinandersetzte und einen ganz anderen Zugang fand als ihre Mutter.

Helli und Didi kamen öfter nach Wien, das Kind auszuführen, herauszufinden, wie Joni sich entwickelte. Offensichtlich vermisste sie weder Heimat noch Schulkameradinnen von früher, nicht einmal ihre Freundin Ulli, was die Eltern irritierte, ohne dass sie sagen hätten können, warum. Echte Gespräche führten die drei nicht. Helli vermutete, dass es nicht nur mit erfolgreicher Abnabelung zu tun hatte, sondern vielleicht eine Folge ihrer Erziehung war. Bestimmt, so argumentierte Didi, war das bei anderen Familien genauso, die würden es nur nicht zugeben. Jonis erstes Studienjahr wurde für die Eltern unerwartet ein Einschnitt, der sie mehr belastete, als sie ihrer Tochter jemals erzählen würden. Aber immer noch war ihnen nicht klar, dass Joni die schwierige Übung meisterhaft beherrschte, Einsamkeit als befriedigende Genügsamkeit zu empfinden.

Nie wäre Joni auf die Idee gekommen, mit ihren Eltern über Menschen aus ihrem Bekanntenkreis zu reden. Was sie an manchen begeisterte, an manchen abstieß, behielt sie für sich. Sie erkannte, dass ihre Wissbegier, ihr Drang, die Menschen in ihrer erstaunlichen Vielfalt zu verstehen, auch Irritation hervorrief.

»Auf welchem Stern lebst du eigentlich?«, war sie schon in ihrer Jugend genügend gefragt worden. In Wien gab es so viele Personen, die nicht den Normen ihres bisherigen Lebens entsprachen, dass Joni erleichtert ihrer Begeisterung nachgeben konnte, Teil der großen Welt zu sein. Die Lust an Entdeckungen, die ihr in Tante Federspiels Garten eröffnet worden war, begann nun auszutreiben. Von Ulli las sie hin und wieder in den spärlichen Briefen, die sie wechselten. Im Juni 1985 trafen sie einander wieder. Joni war für eine Woche zurück in die kleine Stadt gekommen, um Ulli zur Matura zu gratulieren und um ihre Eltern davon zu überzeugen, dass ihre geplante Indienreise mit einer Gruppe Studenten jede Geldspritze wert war. Helli und Didi waren begeistert, wieder einmal erlebte Joni ganz andere elterliche Reaktionen als ihre Altersgenossen. Mit Ulli besprach sie im alten Café, das ihr nun noch kleiner und dunkler vorkam, deren Pläne, in Graz ab dem Herbst Pharmazie zu studieren. Ihre kindliche Vertrautheit hatte sich still verflüchtigt, Joni verließ die Freundin in dem schmerzenden Bewusstsein, jemanden zu verlieren, ohne genau zu wissen, warum.

Nicht einmal Ullis lauthals geäußerte Kritik an dem Kaffee, »A Oaschbocknwossa!«, half über die spürbare Distanz zwischen ihnen hinweg. Die räumliche Trennung und das unterschiedliche Leben würden für einige Jahre vieles blockieren, bis sie wieder zueinanderfanden.

Im Juli 1985 brach Joni Richtung Goa auf. Zumindest war das der Plan. Die zwei Kombiwagen der Studenten rollten durch den Balkan, querten Istanbul hinüber nach Anatolien. Dort kam es schließlich zu Diskussionen. Die einen wollten so schnell wie möglich nach Indien, die anderen träumten von der Seidenstraße. Joni verabschiedete sich gut gelaunt und beschloss, die türkische Südküste entlangzubummeln. Im verträumten Städtchen Kaş kreuzte Georg ihren Weg.

Ohne Vorwarnung überrollte Joni die Liebe, machte sie blind für die Welt und alle Pläne, die sie hatte, sie fand die Zielstrebigkeit des um zehn Jahre älteren Georg Laube, einfach alles, was er verwirklichen wollte, viel spannender. Die Ausblendung der Realität geriet überwältigend, bis Joni im Herbst, zu ihrer Überraschung schwanger, aus dem Rausch erwachte. In anderer Verliebtheit ergab sie sich nun einem Hormonüberschwang, der alle vorsichtig artikulierten Bedenken ihrer Eltern ignorierte und sämtliche beruflichen Vorsätze beiseite fegte. Georg war glücklich, seine Familie war glücklich, die Hochzeit passte zeitlich perfekt in seinen beruflichen Aufstieg. Allen erschien es sinnvoll, dass das junge Paar zu seinen Eltern zog. Georg war für das Außenministerium schon unterwegs, Joni studierte pro forma weiter. Sie verliebte sich in das geregelte Zuhause ihres Mannes, ein Heim ohne Überraschungen, im starken Gegensatz zum gläsernen Turm ihrer Eltern, aber mit offenen Türen für Freunde, einer Küche, in der jeden Tag gekocht wurde, jeder wusste, wo sich die anderen gerade befanden, und jeder interessierte sich für den anderen. Georgs Vater Erich und Mutter Zdenka hatten ihr Leben bürgerlich strukturiert, ein wenig ungewöhnlich in Jonis Augen, großherzig und heimelig funktionierend. Sie stellte fest, dass ihr das gefiel, dass es sie an einen bestimmten Garten, ein bestimmtes Haus, an Tante Federspiel erinnerte.

Stefanie kam im April 1986 auf die Welt, ein einfaches Kind von Beginn an, umgeben von Großeltern und nicht berufstätigen Tanten, die sich alle mit ihr beschäftigen wollten. Joni war fasziniert von diesem Wunder, hingerissen von Georg als überwältigtem Vater, von allem, was das Baby in ihnen auslöste.

Widerwillig plante sie die Rückkehr an die Universität für den Herbst, als Georg der erste Auslandsjob angeboten wurde. Die Freude über seinen frühen Karrieresprung leuchtete über den Wochen des Abschiednehmens von Familien und Freunden. Die Übersiedlung wurde professionell abgewickelt. Statt in Vorlesungen zu gehen, bereitete sich Joni auf das neue Land vor und besuchte einen vom Amt organisierten, speziell für das Leben im Ostblock angebotenen Kurs für Partner des diplomatischen Personals. Sie registrierte wachsende Nervosität und Furcht vor einem politischen System, in dem sie als Außenseiter gekennzeichnet leben würden.

Anfang Oktober 1986 betrat Joni mit Georg und dem Baby den Bungalow in Berlin Pankow, in dem sie die nächsten vier Jahre wohnen sollten. Nichts war so, wie sie es von Georgs lebendigem Zuhause im Norden Wiens kannte oder von der hermetisch abgeriegelten Elterninsel im Alpenvorland. Das, was sie als begleitende und ungewöhnlich junge Ehefrau im Diplomatischen Corps in einem Ostblockland zu erwarten hatte, wusste sie nur theoretisch. Sie wusste auch sonst nicht viel und erkannte es sofort.

Joni sprang in kaltes Wasser, als sie die DDR betrat. Weder Georg noch ihr war klar, wie sehr es sie verändern würde.

1

LONDON, JUNI 2016

Mike oder
»My home is your castle«

Woher Joni die Sicherheit nahm, dass dieses Jahr genauso verlaufen würde wie die Jahre zuvor, wusste sie nicht. Es begann unauffällig, spannend in der Arbeit, angenehm im Umfeld. Aber als es zur Hälfte vorüber war, führte eins zum anderen, winzige Irritationen, alles geriet in Bewegung, und Jonis viel geschätzte Ordnung erwies sich als fehleranfällig.

Es fing mit einem Verstummen ihrer Kinder an. Obwohl sie phasenweises Schweigen gewohnt war, irritierte es sie. Nichts war passiert, zumindest war ihr nichts erzählt worden. Das letzte Wiedersehen hatte zu Ostern stattgefunden, ohne Zwischentöne, unterschwellige Angriffe oder Enttäuschungen. Sie war extra nach Wien geflogen, hatte alle Familienregeln befolgt, ihrer Meinung nach besonders gelungene Stunden mit allen verbracht, Pläne mit beiden Kindern für die Sommerferien geschmiedet, alles mit Georg besprochen. Wie schön es werden würde, eine Woche mit ihrer Tochter, ein Monat mit ihrem Sohn. Stefanie war glücklich über das mütterliche Angebot, weil ihr Mann Felix nur für zwei Augustwochen Urlaub bekommen hatte und Städtereisen verabscheute. Sie hatte bereits mit einer Liste begonnen, welche Lokale sie in New York unbedingt besuchen wollte, welche Galerien in Brooklyn wichtig wären, wo man die jungen, wirklich trendy Künstler finden würde. Joni hatte ihr hingerissen von so viel Begeisterung zugehört und wusste, sie würde mit lauter Namen und Orten konfrontiert werden, die ihr nur etwas bedeuteten für die Zeit, in der sie Stefanie beobachten konnte. Mutter einer erwachsenen Tochter zu sein, war bereichernd, man lernte so viel Neues.

Jetzt befand sie sich in London, hatte ihre Routine gefunden, beide Kinder an die jeweiligen Termine im Juli und August erinnert und war wieder in ihrer Arbeit versunken. Von Stefanie kam weder Mail noch SMS. Manuel schickte eine seiner üblichen, mit Emojis gespickten Botschaften, die sich für sie witzig oder anstrengend lasen, weil sie den Jargon nicht verstand oder einen Subtext vermutete, an den ihr Sohn bestimmt gar nicht gedacht hatte. Georg schrieb wie üblich wöchentliche Kurznachrichten, die an politische Kommuniqués erinnerten und die Lage als friedlich und alle Fronten als ruhig darstellten. Joni wäre lieber gewesen, er hätte ihr eine Anekdote erzählt, etwas aus Manuels Schule, von Stefanies Arbeit. Aber sie hatte aufgehört, darum zu betteln. Vielleicht war es seine Art von unterschwelliger Zurechtweisung, weil sie doch die Familie verlassen hatte. Vielleicht tat er es aber ohne Hintergedanken, Georg eben. Also versuchte sie, es zu verdrängen, was ihr leichtfiel, wenn sie mitten in der Endphase eines fordernden Projekts steckte.

Joni liebte vieles in London, am meisten jedoch Mikes Zuhause, das ihr immer offenstand. Seit den Jahren in der DDR war er ihr ein treuer Freund. Oft war Mike gar nicht da oder kehrte so knapp vor ihrer Abfahrt zurück, dass sich nur wenig Zeit für ihre intensiven Gespräche ergab. Das machte nichts. Ihre Verbundenheit konnte nichts erschüttern.

Sein Haus verriet viel von ihm, roch nach den Lavendelsäckchen in seinem Kleiderschrank, seinen Hemden und den schlichten Wollpullovern, die Joni schrecklich langweilig fand. Sie war vertraut mit den überquellenden Bücherregalen, den klaren Linien seiner sechs Stühle von Charles Eames rund um den schwarzen Tisch. Sie verstärkten das Leuchten des Teppichs, den er 1998 bei einem Antiquitätenhändler in Teheran erfeilscht hatte, eine typische Mike-Geschichte, die Joni mochte, weil sie so erfrischend anders war als die Anekdoten, mit denen Berufsreisende normalerweise auftrumpften. Mike war eben Mike.

Er war einer der Pfeiler ihres Lebensgerüstes, anders als Georg, anders als Lorenz, anders als Julian, anders als Sam. Hätte Joni ihr Dasein mit einer Seglerin verglichen, wären diese Männer ihre sicheren Häfen gewesen, vertraute Inseln in ihrem stürmischen Meer. Es war genau das Leben, das zu ihr passte, das sie sich immer gewünscht hatte, sich immer noch im Kern als Nomadin empfindend, auf Streifzügen durch das nunmehr verlorene Kinderparadies bei Tante Federspiel. Sie fühlte sich frei, soweit eine westliche Frau in ihrer Position frei sein konnte, freier als die meisten Frauen ihrer Generation.

Sie liebte das Bett im Gästezimmer. Von hier aus fiel der Blick direkt auf den schmalen Garten an der Rückfront, die überwucherten Mauern zu den Nachbarn, die blühende Glyzinie an der gegenüberliegenden Fensterfront. Der Raum wies bereits Spuren ihrer Anwesenheit auf. Ihre Kleider hingen im Schrank, ihre Bücher stapelten sich im Regal, neben dem Bett stand eine schwenkbare Nachttischlampe aus den Fünfzigerjahren, die Joni bei einem ihrer ausgedehnten Abendspaziergänge in einem Laden gefunden hatte. Mikes

Schreibtisch vor seinem lichtdurchfluteten Erker im ersten Stock wurde immer wieder zu ihrem Homeoffice, ihrem privaten Landedeck. Es gab dort eine eingebaute breite Fensterbank mit orientalischen Polstern, wo sie manchmal mit ihrem Kaffee saß, hinaus auf die Gasse schaute, die nichts Städtisches an sich hatte. Sie studierte dort Forschungsergebnisse, während alte Leute ihre Hunde spazieren führten. Sie beobachtete den Briefträger, den Wagen eines Bäckers, Kinder, die verschwitzt nach Hause trotteten, Füchse, die vermutlich vom Chiswick Park oder aus einem Nachbargarten kamen. Wenn sie versuchte, sich von außen zu beobachten, sah sie eine Frau am Fenster sitzen, in einem geborgten Raum, in ruhiger Stärke. Sie fühlte sich sicher. Das Alltagsleben draußen ging sie nichts an, ihre Isolation verbarg sie wie eine Dornröschenhecke und ließ ihr trotzdem die Illusion, sie könnte jederzeit daran teilnehmen. Sie genoss London wegen dieses Hauses, das ihr ein privates Heim bot ohne die Verpflichtungen, die sonst damit verbunden waren.

Soweit sie wusste, war sie die einzige Person, die Mikes Haus nutzte, als wäre es ihr Feriendomizil. Sie störte ihn nie. Selbst wenn eines seiner Verhältnisse in einer länger dauernden Beziehung mündete, war es ihm lieber, die Wohnung der Frau oder ein Hotel zu nutzen. Kein Wunder, dass seine Affären nie lange dauerten. Mike war ein Wanderer wie sie, wollte sich nicht binden. Vielleicht war es noch schwieriger als früher, eine Partnerin zu finden, die ihren Beruf aufgeben musste, wenn sie sein unstetes Leben teilen wollte. Joni kannte diese Schattenseiten allzu gut.

Wenn Mike bereits weg war, lag ihr Schlüsselbund in einer eigens dafür angefertigten Stahldose, eingeklemmt zwischen Regenabfluss und Hauswand unterhalb eines Ringes, der das Rohr fixierte. Eine Clematis war mittlerweile zu einem üppigen Schmuckrahmen bis unters Dach gewuchert, Rosenbusch und Hortensie boten Sichtschutz zur Gasse hin. Seit zwanzig Jahren hatte sich das Versteck bewährt, das nur von Joni genutzt wurde. Verließ sie endgültig das Haus, bevor Mike zurückkam, warf sie den Schlüssel in einem Kuvert durch den Briefschlitz. Trotz ihrer manchmal aufwallenden Paranoia fühlte sich Joni in diesem Arrangement immer sicher. Sogar als man ihr während ihres Aufenthalts vor einem Jahr einen Bodyguard aufgedrängt hatte, konnte sie hier entspannen.

Diesmal musste sie nur zwei Wochen in London verbringen. Es war der Abschluss eines kleinen Auftrags, mit dem das von ihr aufgestellte Team vor einem halben Jahr begonnen hatte. Und nun war ihr vorletzter Tag angebrochen.

»Wünschen Sie eine der üblichen Gästewohnungen am Campus oder in der Umgebung? Wir können auch bei der Suche nach einem Hotelappartement direkt im Zentrum behilflich sein«, offerierte eine Oststaatenstimme an ihrem Ohr.

»Das zweite Angebot ist mir lieber, ich hätte gerne wieder ein Zimmer im *Riverside Jewel*«, sagte Joni und zupfte an einer Locke, die sich aus dem Knoten gelöst hatte, dachte an den Blick übers Wasser nach Cambridge hinüber auf das geschwungene Baker House von Alvar Aalto, an die perfekte Verbindung in die Bostoner Altstadt hinein, an Harvard nördlich des Charles River. Alles war von dort aus gut für sie erreichbar, vertraut, mit genügend Möglichkeiten, um am Fluss zu laufen, den Vorzügen, die für sie wichtigen Orte in praktischer Nähe zu haben und den Service eines kleinen, aber exzellenten Hotels zu genießen.

»Ihre Vortragsreihe findet vom 24. bis 29. statt?«

»Ja, ich plane die Ankunft allerdings schon für den 22. und verlasse die Stadt noch am 29. Oktober.«

»Wir kümmern uns um die Buchung und verständigen Sie sofort.«

Joni dankte. Etwas, das ihr unendliche Freude bereitete, war es, mit Studenten zu diskutieren. Deshalb plante sie alle zwei Jahre einen Monat ein für Vorträge an Universitäten weltweit. Das Ergebnis war nicht nur für sie und ihre Firma bereichernd, sie empfand es zusätzlich als geistige Auffrischungskur. Es würde eine großartige Herbstauszeit werden! Sie kehrte in den Besprechungsraum zurück, der nach abgestandenem Kaffee und Lachsbrötchen roch. Als beende ihr Erscheinen die Pause, stellten die anderen ihre Teller und Tassen ab und suchten ihre Plätze auf. Vor den Fenstern hing eine blasse Junisonne über dem silbernen Gherkin, von smoggrauen Fassaden des alten Londoner Finanzviertels umrahmt. Lichtbänder verliefen schräg zwischen den Gebäuden, wie abgehackt vom Profil des nächsten Wolkenkratzers. Wie immer lächelte Joni bei dieser Sicht auf die blitzenden Glasflächen, glitzernden Farbtöne; hoch türmten sich Wellenlinien. Sie schienen ihr das Zeitbild einer still stehenden Kaskade zu sein. Für sie war es gefrorenes Wasser in Architektur verwandelt. In den letzten Tagen war ihr dieser Blick wie das unerwartete Erkennen eines bekannten Gesichts vorgekommen, ein vertrautes Gegenüber, tags eine Lichtkapsel, nachts ein Sternenspiegel.

Joni steckte das Handy in ihre Tasche, setzte sich zu ihrem Team. Die Analyse war fast fertig formuliert, es gab nur noch wenige Details zu diskutieren. Problemlösungen zu erarbeiten, war in politisch aufgeheizten Perioden – und der drohende Ausstieg Großbritanniens aus der EU war dies sicherlich – schwieriger als sonst, aber wenigstens war es ihnen gelungen, eine unabhängige Darlegung, ungeschönt und ihren hohen Standards verpflichtet, termingerecht abzuliefern. Nichts, dachte Joni, nichts aus diesem Alltag hätte sie vor siebenundzwanzig Jahren für sich erwartet, und doch war alles kontinuierlich geschehen, gewachsen aus Entscheidungen, die sie innerhalb kurzer Zeit in einem anderen Leben getroffen hatte. Um nichts in der Welt hätte sie diese Entscheidungen zurücknehmen wollen, obwohl es bedeutete, dass sie in vorausschauender Angst lebte, einer Berufsbegleitung, die sie mit vielen Wissenschaftlern teilte. Ihre Eltern hätten sie nicht Joni, sondern Kassandra nennen sollen, dachte sie und spürte, wie sie zu lächeln begann. Auch das hätte sie sich mit dreiundzwanzig Jahren in der DDR nicht vorstellen können.

OSTBERLIN, MAI 1989

Der Butler ist Stasi. Die Serviermädchen sind Stasi. Ihr Rapport wird am nächsten Morgen geschrieben. Du weißt es, wie das jeder hier weiß. Du kennst das offizielle Personal, aus dessen überprüftem Pool du selbst schon für große Essen Hilfe angefordert hast. Du übergibst ihnen dein Schultertuch; vermutlich wird das kleine Büro rechts neben den Schlafzimmern als Garderobe benutzt, so wie bei allen Diplomaten, die in diesem Haustyp wohnen. Es gibt quaderförmige Bungalows und zweistöckige Würfel in drei Gassen gleich aussehender, völlig übertreuerter und schlecht gebauter Häuser für Diplomaten und Wirtschaftsleute, denen natürlich nicht freisteht, sich eine andere Bleibe zu suchen. Dies hier ist der niedrige Typ, sieben Hausnummern von eurem entfernt. Dahinter liegt der von den Nachbarn grinsend Halleluja-

viertel genannte Platz mit Reihenhäusern, die von der Evangelischen Kirche für Pfarrmitglieder gebaut worden waren und wo deine DDR-Freundin wohnt. Dann folgen die Botschafterresidenzen von Großbritannien und den USA, scheinbar friedlich hinter hohen Zäunen und dichten Hecken, alles überwacht, belauscht und selbst belauernd.
Du trägst das Kleid, das dir deine Mutter vor eurer Übersiedlung geschenkt hat, alter dunkelblauer Taft, das Prachtstück eines CARE-Pakets, das während der Besatzungszeit seinen Weg aus den USA zu den Großeltern nach Österreich gefunden hatte.
Du weißt, dass es dir großartig steht, solange du nichts isst. Georg liebt es. Georg behauptet, alles an dir zu lieben, und du weißt, dass er nicht mehr dich meint, sondern das Bild, das er sich von dir gemacht hat. Er hat das allerdings noch nicht erkannt.
Heute ist es ein Cocktailempfang innerhalb des Corps für den neuen Handelsattaché der Briten und seine Frau, damit sie die für sie relevanten ausländischen Ansprechpartner auf einmal kennenlernen, sich schneller heimisch fühlen.
Das Paar steht neben den Gastgebern, alles lächelt. Du hast gehört, dass sie zwei kleine Kinder haben, die Spielgruppe für Stefanie wird also größer. Du bist immer noch die Jüngste des Corps und seiner Angehörigen in dieser Stadt, abgesehen von der zweiten Frau eines Botschafters, die sich lieber in Westberlin herumtreibt und ihrem Mann Schereien verursacht.
Jeder weiß hier von jedem. Man achtet aufeinander. Alle behaupten, Ostberlin sei speziell, Diplomaten und westliche Wirtschaftsleute bilden die Luxusvariante einer politischen Enklave, die stärker verflochten ist als in anderen Ländern.
Es liegt wohl auch an dieser vermaledeiten Mauer, den Nadelöhren, die den privilegierten Ausländern mit ihrem engen Überwachungsparcours wie Mausgänge offenstehen. Es liegt an

*diesen grauen Staatsbeamten, die als Privilegierte Urlaube in Kuba genießen dürfen, ganz offensichtlich Zugang zu Westware haben und offen mit der Stasi zusammenarbeiten, deren Gesichter und Anzüge auch alle gleich wirken, deren Namen sich die Wenigsten merken können. Es liegt an den Handwerkern des Amtes, die in euren Häusern ein und aus gehen, im Keller die alten Zeitungen auf der Suche nach Westjournalen durchwühlen, einen Extraschlüssel bekommen, um jederzeit eure Heizungsanlagen und Wasserleitungen reparieren zu können, und in eurer Abwesenheit ungehindert eure Privaträume durchsuchen. Es liegt daran, dass ihr alle so schnell wie möglich lernen musstet, wie man verbirgt, versteckt gezielt offengelegt und hofft, nicht dem falschen Bekannten auf den Leim zu gehen. Es liegt an dem, was seit knapp zwei Jahren im Untergrund schwelt und speziell mit den Verhaftungen in den Pfarrräumen der Zionskirche vor wenigen Monaten sichtbar wurde, was an Aufrührerischem in Polen passiert, was sich gerade in der Sowjetunion tut, bei der beginnenden Demontage des ungarischen Grenzzauns nach Österreich. In zwei Wochen wird Michail Gorbatschow nach Bonn kommen, und die Mitglieder der Ständigen Vertretung Westdeutschlands erwarten, dass das trotz aller Zwischentöne entspannte Verhältnis zwischen DDR und Westdeutschland nicht getrübt wird. Deine Aufregung wird von den Freunden hier geteilt, ihr habt das Gefühl, in den meisten Ländern des Ostens bewegt sich die Basis, der Grund wird zu Schlamm, verliert seine von der Partei gepflegte Tragfähigkeit, als schwappe tauender Tundraboden bis weit nach Europa herein und verändere Gefüge. Obwohl man es noch nicht sieht, ist es ansatzweise zu spüren.
Aber heute Abend soll nicht über Politik gesprochen werden, heute werden neue Fremde willkommen geheißen, Freunde könnten sie werden – im selben Boot wie ihr sitzen sie allemal.*

Du weißt schon genau, was sie erwartet, und, dass alles anders sein wird für sie, egal, wie viel man ihnen verraten, wofür man sie zu Hause präpariert hat. Alltagsleben ist hier nicht das gleiche wie auf der anderen Seite der Mauer. Allein die Tatsache, dass du das Wortpaar drüben/herüben andauernd denkst, erzählt genug.
Du und Georg werdet vorgestellt, du schüttelst den Neuankömmlingen die Hand. Das Lächeln der Frau wirkt bereits verkrampft. Vermutlich hat sie sich keinen einzigen Namen zum passenden Gesicht gemerkt. Dir wurde zugetragen, dass es ihr zweites Posting ist, also wird sie ungefähr fünf Jahre älter als du sein und ihren eigenen Job aufgegeben haben.
Die meisten Frauen tun das, einstweilen zumindest noch. Vor einem halben Jahr hast du voller Missmut im neuesten Verzeichnis des Diplomatischen Corps der DDR überprüft, ob mehr Botschafterinnen aus sozialistischen Ländern als aus kapitalistischen akkreditiert sind. Natürlich nicht. Die Mär von der Gleichberechtigung gilt nur für Arbeiterinnen und niedrige Angestellte bis zu einem bestimmten Einflussniveau.
Du hast nachgeschaut, weil John, der Mann der Nummer zwei der US-Botschaft, ein Professor der Universität von Maryland ist, der in Fernkursen weltweit Studenten betreut und nebenbei die Tätigkeiten des Hausmanns für seine Familie übernimmt. Du kennst hier zwei Ärztinnen, die ihre Männer seit Jahren zu ihren Jobs auf unterschiedliche Kontinente begleiten und dort pro bono in von Orden geführten Spitälern arbeiten, damit sie ihr Können nicht verlieren.
Was hast du gefunden und begonnen, um deine speziellen Talente zu nutzen?
Seit einem halben Jahr, seitdem du die Gebühren für dein Fernstudium bezahlt hast und über Johns Vermittlung in Soziologie

und Politologie an seiner Universität in den USA studierst, geht es dir besser. Das Geld hast du von deinem Vater nach Westberlin überwiesen bekommen. Er war glücklich, weil du ihn endlich einmal um Hilfe gebeten hast.
Georg findet es auch gut, solange Stefanie nicht darunter leidet und du die aufwendigen Essenseinladungen mühelos erledigst. Ihm wäre eine andere Fachrichtung lieber gewesen, aber prinzipiell hält er viel von beendeten Studien. Du hast es nicht weiter mit ihm diskutiert.
Er brüstet sich mit »seiner« Joni, als ob er für deine Denkvorgänge verantwortlich wäre. Jetzt schon wieder! Er schiebt dich vor in eine Runde, die sich ihm öffnet, und schenkt ihr ein dich betreffendes intelligentes Bonmot. Alle wenden sich dir zu, und er zieht sich elegant zurück. Sicher hast nur du bemerkt, wie geschickt er dich benutzt hat.
Trinken und Essen fürs Vaterland ist für euch alle kein Witz, sondern harte Arbeit. Der Kalte Krieg ist erst vorbei, wenn die Mauer fällt, der Eiserne Vorhang vernichtet wird. Es könnte tatsächlich in ein paar Jahren so weit sein. Du bist der Meinung, dass es nicht mehr so lange dauern wird. Aber du bist ja auch noch jung und zuversichtlich und hast keine Ahnung von Politik. Vermutlich wird sich das Geschäft der Geheimdienste und Diplomaten dann komplett verändern, tut es sicherlich schon, auch wegen der Computer und ihren sich gerade für ein größeres Publikum entfaltenden Möglichkeiten. Was könnte das für Georg bedeuten, für dich?
Du nippst an deinem Glas und genießt die Komplimente für dein Kleid, das ein halbes Jahrhundert alt ist. Du spürst die smaragdgrüne Seide des Futters auf deiner Haut. Bei jedem Schritt schwingt der blaue Taft, die ausgeschnittenen Bögen im Rock sind zwei Finger breit und mit Tüll zwischen Satinstreifen belegt.

*Das Grün schimmert durch wie im Abendlicht changierendes
Wasser. Du trägst eine Kette aus Silber und Malachit. Deine
roten Haare hast du zu einem lockeren Dutt gedreht, der deinen
Hals betont. Seitdem du weißt, dass du an eine Trennung denkst,
strahlst du in der Öffentlichkeit, auch wenn dich das schon
manchmal irritiert, vor allem, wenn es kommentiert wird. Alle
bemerken, dass du anders bist als früher. Georg hört es gern
und berichtet dir, dass sie dein neues Leuchten erwähnen.*

   Forget about me
   Just be happy my love

*Wenn er bloß schon wüsste, wie gern du ihn hast, immer noch,
und es trotzdem nicht reicht für dich.
Megumi ist doch gekommen!
Vor drei Jahren war sie die Erste, die dich hier begrüßt hatte. Sie
kam die weit offene Garageneinfahrt herein, an jeder Hand ein
Kind, eine Tasche baumelte von ihrer Schulter. Du wusstest sofort,
dass sie westliche Ausländerin, keine Frau aus einem Bruderland
war, weil sie sich überhaupt nicht um den Polizisten kümmerte,
der sie beobachtete. Du wusstest schon, immerhin war es bereits
deine zweite Woche, dass er nicht ohne Aufforderung den Garten
betreten darf, außerdem, dass er aus Thüringen stammt, ein
prinzipiell freundlicher Mann, dem du gleich am Ankunftstag
erklärt hast, dass euer Gartentor nur nachts verschlossen sein
wird. Du liefst Megumi entgegen, immer noch nicht an die Größe
des Anwesens gewöhnt, und sahst, dass sie schwanger war. Sie
hatte daheim in Tokio Germanistik studiert, ihren Doktor über
das Waldmotiv der deutschen Märchen geschrieben, war wegen
ihrer Recherchen nach Europa gekommen und in die Liebe zu
einem Elsässer gestolpert. Ihn zeichnet eine von ihr nicht nach-*

vollziehbare Leidenschaft für zerrinnenden Weichkäse aus, und er tanzt für sein Leben gern, obwohl er nicht führen kann.

An jenem ersten Tag öffnete sie vorsichtig die Tasche und überreichte mit angedeutetem Lächeln eine Folie, in der frisch gebackener Apfelstrudel duftete.

»Das isst man doch in Österreich, oder?«

Sie blieb zwei Stunden, ihre Kinder tobten im verwahrlosten Garten, Stefanie schlief und hing dir dann an der Brust. Du erlebtest etwas völlig Neues, du erkanntest ein Gegenüber, das du unbedingt für dich gewinnen wolltest. Du fandest deine erste richtige Freundin als Erwachsene und vor allem in einer Umgebung, in der dir Ulli nicht beistehen konnte. Megumi beschnitt Ullis Raum in deinem Herzen nicht, aber sie öffnete es weit genug für sich, um für dein Leben zu bleiben, trotz aller kommenden Widrigkeiten. Daran änderte sich auch später nichts, obwohl du lerntest, dich Unbekanntem zu öffnen, die notwendige Offenheit der diplomatischen Welt zu verinnerlichen, Nähe bis zu einem gewissen Punkt bei allen zuzulassen.

Megumi und ihre Familie werden in wenigen Wochen Berlin verlassen, weil ihr Mann an die Französische Botschaft in Stockholm berufen wurde, und du versuchst erfolglos, diese drohende Tatsache zu verdrängen. Es passiert genau das, wovor dich andere Diplomatenfrauen gewarnt haben: Es ist ein Leben permanenter Ankünfte, Anpassungen, Fremdheiten, von denen einige zu Gewohnheiten mutieren, Öffnungen Menschen gegenüber, die man lieb gewinnt und wieder aus den Augen verlieren muss, Abschiede, die jedes Mal schmerzen. Man muss ein Zuhause im Herzen tragen, sonst wird dieses Leben zu schwer, haben dir zwei Kolleginnen geraten, deren Männer schon bald den Dienst quittieren werden und die darüber diskutieren, wo sie ihr zukünftiges Heim als alterndes Paar aufschlagen werden. Du weißt nicht, was

das heißen soll, denn das einzige Zuhause, das du mit diesem Begriff verbindest, ist Georgs Elternhaus, und das wirst du mit Sicherheit verlieren. Aber Megumi wird dir bleiben, darum wirst du dich kümmern, so wie du dich wieder um Ulli bemühen wirst, sobald du Berlin verlassen hast.
Ihr umarmt euch und setzt euer vor drei Tagen unterbrochenes Gespräch fort. Es geht um Bücher, genau genommen um die Unterschiede von Begrüßungsritualen, die in Literaturen aus anderen Kulturen geschildert werden. Ihr habt begonnen, die eurer Meinung nach grotesken Auswüchse dieser Rituale zu sammeln, lauter speziell komische Perlen aus dem Diplomatenalltag.
Die anderen Frauen haben sich an eure Themen gewöhnt und finden es unterhaltsam, dass eine ziemlich traditionell erzogene Japanerin und das »Baby« des Corps, eine Österreicherin, die sich noch anstrengen muss, um bei den beruflich notwendigen Diners mit ihren strikten Regeln keine Patzer zu produzieren, eine derartige Einheit bilden.
Megumi hat nicht viel Zeit heute. Ihr Mann ist für das neue britische Paar nicht mehr relevant, er will nur behilflich sein, zusätzliche Kontakte für sie knüpfen. Nach einer halben Stunde zieht er Megumi weg und erinnert dich damit daran, dass eure noch möglichen Treffen schon an einer Hand zu zählen sind.
Es wird lauter, ein interner Abend ohne Apparatschiks, ohne die Männer, deren Augen Steine sind und die es überall auf der Welt gibt.
Mike Lumbsden, der britische Kulturattaché, tippt dir auf die Schulter; er will am Wochenende einige spannende Künstler in ihren Ateliers besuchen, ob du Zeit und Lust hast, ihn an einem Tag zu begleiten, mit der Kleinen natürlich. Er hat von einem Mann gehört, schlechte Fotos von wirklich spannenden Bildern gesehen. Lorenz Scherbaum. Und er wäre sicher, dass dir

vor allem die kleinen Ölgemälde mit ihren seltsamen Käfigthemen gefallen; er weiß, dass du dir eine Grafik, ein Bild, etwas Keramisches aus den Werkstätten und Ateliers dieses Landes als Erinnerung mitnehmen möchtest. Es wäre etwas für dich, denkst du sofort, aber du musst das mit Georg besprechen.

Diese Welt funktioniert speziell, jede Unterströmung wird registriert, nicht nur vom Geheimdienst, der auf nutzbare Schwächen lauert, sondern auch von den eigenen Leuten, die das wegen möglicher Folgen fürchten. Du hast erlebt, wie es deiner Nachbarin von schräg gegenüber ging, die einem Strohfeuer erlag und ihrer Familie für mehrere Wochen abhandenkam. Als sie zurückkehrte, bildeten die Ehefrauen des Corps einen stützenden Kreis, ihn hatten seine Kollegen keinen Abend alleine gelassen, weil er zu heftig zu trinken begonnen hatte. Später erzählte sie, jemand aus ihrem Außenamt hätte sie kontaktiert, jede Hilfe angeboten, damit die Karriere ihres Mannes nicht gefährdet wurde. Das Leben und Arbeiten in Ländern mit diensteifriger Geheimpolizei unterliegt eigenen Regeln. Du hoffst seitdem, dass es mit Georg zu keinen Schwierigkeiten kommen wird, und fürchtest dich vor dem Tag, an dem du ihm die Wahrheit sagen wirst.

Du siehst die neue Britin mit geröteten Wangen schon bei befreundeten Diplomaten stehen, schlängelst dich an ihr vorbei. Im Vorübergehen drückst du ihr deine Karte in die Hand, informierst sie über den nächsten wöchentlichen Nachmittagstreff der Mütter, der bei dir daheim stattfinden wird, ein Dutzend Frauen mit ihren Kleinen aus einer Handvoll westlicher Länder. Du beobachtest, wie eine deiner Kolleginnen ihre hochhackigen Schuhe von den Füßen streift und hinter die bodenlangen Fenstervorhänge schiebt. Sie sieht hin zu dir und beginnt zu grinsen. Sie ist bekannt dafür, sich kleine Freiheiten zu nehmen, der Etikette nicht immer zu folgen. Du hakst dich bei Georg sanft

unter. Mitten im Satz neigt er den Kopf zu dir. Du wartest, bis er fertig gesprochen hat, und informierst ihn über deinen Samstagplan mit Mike. Er nickt ausgesprochen heiter, er ist zu einem Tennisspiel bei den Amerikanern eingeladen, es trifft sich hervorragend.
Du denkst wieder, ihr könntet Freunde werden, wenn nicht die Erinnerung an eure Amour fou wäre, an dieses erste Jahr, als ihr ohne einander nicht hattet sein wollen, aneinanderklebtet. Du denkst an diese Märchenbuchfamilie, der er angehört, über die er nicht sonderlich dankbar zu sein scheint, weil sie für ihn so selbstverständlich ist. Wie werden sie reagieren, wenn du ihn verlässt? Du willst dir die schlimmsten Szenarios gar nicht ausmalen. Dein Vater ist keine verlässliche Hilfe, ein unruhig umherirrender Mann, seitdem Helli voriges Jahr schnell und elendig an einem Gehirntumor starb. Du wirst nie wissen, ob ihr Tumor tatsächlich so rasant gewachsen ist oder ob Didi einen Arzt gefunden hat, der ihr die quälenden letzten Wochen ersparte.
Du vermutest auch, dass Didis Drogenvorrat hilfreich gewesen sein könnte. Aber wirklich informiert willst du gar nicht sein. Sie war so eine strahlende Frau, eine Traumtänzerin, die mit den Jahren immer perfekter alles ausblendete, was sie störte. Mutter war sie keine, nie. Es macht dich betroffen, wie sehr du sie trotzdem vermisst. Und das hat nichts mit dem unerwarteten Erbe zu tun, das sie für dich in dieser für dich so unwichtigen Landstadt erarbeitet hat. Außerdem gibt es das Erbe deiner Großeltern, mit dem deine Mutter Grünland an der Stadtgrenze Wiens gekauft hat und das in einigen Jahren, wenn die Umwidmung erfolgt, ein Vermögen wert sein wird und das du als Grundstein für ein unabhängiges Leben betrachtest, irgendwann. Auch das, das weißt du, unterscheidet dich von den meisten Frauen, die eine Trennung erwägen.

Du willst eine bessere Mutter als Helli sein, und du scheiterst schon jetzt phänomenal an deinen Ansprüchen. Eine Scheidung nach so wenigen Jahren! Wirst du deiner Tochter antun, was deiner Freundin Ulli angetan worden ist? Du willst dem Kind nicht den Vater wegnehmen, während du hoffst, dass er nicht versuchen wird, dich fernzuhalten. Du musst noch warten. Stefanie ist gerade erst drei geworden, ein so liebenswert wacher Geist. Sie soll sich nie so alleingelassen fühlen wie du in der Wohngemeinschaft mit deinen Eltern. Dabei liebten sie dich doch, soweit sie es konnten. Georgs Familienkokon wäre ein perfektes Glücksnest für eure Tochter und offen für dich, wenn du dich so einfühlsam wie möglich von ihm trennst und er es ertragen kann und will. Dazu kommt die politische Lage. Sollte der Eiserne Vorhang zwischen Österreich und Ungarn tatsächlich in diesem Sommer fallen, was manche Kollegen schon hinter vorgehaltener Hand erörtern, hoffst du inständig auf vernünftige Grenzoffiziere, auf Männer, die ihr entsichertes Gewehr nicht heben. Es wäre noch der falsche Zeitpunkt, um deinem Mann den Rücken zu kehren. Du hast hier eine im Widerstand engagierte ostdeutsche Bekannte, der du schnell trautest und für die du immer wieder verbotene Bücher aus dem Westen mitbringst. Mit ihr hast du im letzten Herbst vor der Zionskirche gestanden und dem Trommelwirbel der Protestierenden zugehört, dem rhythmischen Skandieren, und du hast die Stasimänner gesehen, die fotografierten und sich Ausweise zeigen ließen. Ihr habt euch daraufhin zurückgezogen, ihr wisst beide, dass sie registriert ist und zusätzliche Schwierigkeiten nicht gebrauchen kann. Georg hielt dir eine Standpauke, Angehörige des Corps dürfen sich nicht so exponieren. Dürften es nicht.
Du hast gezischt: »Aber es ist ein Unrechtssystem!«
»Eine unerhörte Parteinahme«, hat er zurückgefaucht. Zwei er-

zürnte Schlangen, die sich trotz aller Wut bemühten, das schlafende Kind nicht zu wecken.

»Du wirst nie wieder zu solchen Sachen gehen, weder mit mir noch mit irgendwem von hier«, hat er befohlen, und du, in dem Wissen, dass die Botschaften sowieso informiert sind, hast im selben Moment beschlossen, ihm nichts mehr von deinen Kontakten zu erzählen.

Aber war nicht erst vor wenigen Tagen wieder so etwas passiert? Ihr hattet über die unterschiedlichen Herangehensweisen von verbündeten Ländern diskutiert, es ging nicht darum, dass du für deine Freundin aus dem Hallelujaviertel Dinge besorgtest wie zum Beispiel Medikamente oder ein erstklassiges Kofferradio, sondern um Unterschiede zwischen westdeutschem und österreichischem Taktieren bei der Lösung von Problemen oder diplomatischen Stolpersteinen.

»Wir haben auch mit den Sachsen recht gut können, trotz oder wegen Maria Theresia«, hatte er gesagt, »und unsere westdeutschen Kollegen wissen das. Sie reden von dieser österreichischen Eigenständigkeit und Wiener Wegen.« Er hatte gelacht.

»Und wieso sagst du mir das?«

»Ich bitt dich nur, aufzupassen. Du weißt nicht, was du kaputt machst, ohne es zu wissen.« Er hatte das Du betont.

»Das mag schon stimmen, aber ...«

»Kein Aber. Es reicht schon, dass du dich mit Mikes Boheme herumtreibst. Da bleib doch dann wenigstens den Kirchenleuten von der grünen Arche-Bewegung fern.«

Gib zu, das hat dich getroffen, und er weiß vermutlich nicht einmal etwas davon, während du immer noch überlegst, von wem er das schon wieder erfahren hat. Trotzdem kannst du ihn jetzt nicht verlassen, es ist viel zu aufregend hier. Du bist Teil einer Geschichte, die ganz Europa verändern könnte.

Du redest auch nicht mit Mike darüber. Es reicht, wenn er mit dir soziologische Phänomene diskutiert und dir bei manchen Texten hilft, die du für die Universität fertigstellen musst. Außerdem spricht er ein wunderbar vielschichtiges Englisch. Alles, was Mike mit dir teilt, bereichert. Allein ihm hast du die Bekanntschaft mit DDR-Künstlern zu verdanken, deren Blickwinkel viel spannender sind, als Georg es sich vorstellt. Er sieht Mike glücklicherweise nicht als Konkurrenten an. Der ist schwul, hat er sich einmal in einem Ton geäußert, der klarmachte, für wie unbedeutend er ihn hält. Der hat sicher jemanden in Westberlin, damit er hier nicht in die Bredouille gerät, sagte er abfällig, als müsste er etwas beurteilen, das keiner Beurteilung bedarf.

Es war das erste Mal, dass Georg dir gegenüber jemanden auf Sexualität reduzierte, und du schämtest dich für ihn. Später hat er sich entschuldigt, es sei nicht angemessen gewesen, und wieder hat dich diese Sprache der Diplomatie verärgert. Du bewunderst sein Geschick, schwierige Situationen zu entschärfen, aber du merkst, im Gegensatz zu ihm, dass dieses Idiom einen Keil zwischen euch treibt. Du sehnst dich nach der Nähe, die einmal zwischen euch war, die Gewissheit, dass keiner eurer Sätze sich wie in Watte verpackter Stacheldraht anfühlt.

Du weißt, dass es auch an dir liegt. Du bist nicht mehr neunzehn, nicht mehr an der Schwelle zum Erwachsenwerden. Du hast ein Kind, trägst Verantwortung, beschäftigst dich mit unterschiedlichen politischen Modellen, lernst, Stellung zu beziehen. So viel Unruhe herrscht um dich herum, du entwickelst Sensoren, die du in deiner Heimat nie gebraucht hast. Dein Körper warnt dich mittlerweile vor Menschen, denen du nicht trauen solltest, die lügen, etwas vorgeben, zersplittern lassen, was du für unzerstörbar gehalten hast. Es ist faszinierend und beunruhigend zugleich. Diese Gesellschaft hat dich verändert, dieses um die Wahrheit

herumreden, Schlupflöcher finden, Stochern im Wortbrei, die ständige Präsenz der Überwachung, die diffuse Bedrohung, die euch nicht gilt, aber allen zusetzt. Ein Miteinander, egal, mit wem, für Stunden oder gar nur für einen Augenblick, jedoch möglicherweise mit einen unsichtbaren Dritten neben dir.
Mike ist dein Freund, nicht der von Georg, obwohl sie einander mittlerweile ganz gut leiden können. Du hast nicht damit gerechnet, einen Mann zu finden, mit dem du reden und lachen kannst, als wärt ihr enge Vertraute oder miteinander aufgewachsen, einer, der errät, wie sehr du Megumi vermissen wirst, weil er wahrnimmt, wie du in ihrer Gegenwart aufblühst. Mike, dessen bist du sicher, wird dir helfen, solltest du Hilfe brauchen, und von ihm wirst du sie annehmen können.
Das zweite Geschenk, das dir diese Jahre in Ostberlin gebracht haben, ist die Gewissheit, in einer internationalen Gruppe aufgehoben zu sein, deren Kern nicht auseinanderbrechen wird, egal, wohin es euch alle verschlägt. Vielleicht empfindest du das als etwas so Großartiges, weil du vorher nie Teil einer Freundesgruppe warst, immer eine Außenseiterin. Das bist du hier nicht, da ihr alle Fremde seid, auf Zeit geduldet. Auch das ist etwas, das Georg weder so empfindet noch dieses Gefühl bei dir ernst nimmt. Er hat Freunde daheim, gute Freunde aus der Studienzeit, er war nie einsam, ein charmanter, kluger Mann, dem Taktieren nicht fremd ist, der jedoch das Gegeneinander-Ausspielen von Menschen für unmoralisch hält. Vielleicht magst du ihn auch deshalb immer noch so sehr.
Du wirst mit Georg schlafen, weil der Hunger nach Berührung manchmal an dir reißt. Vielleicht, du weißt mittlerweile, dass das ein Wunschtraum ist, sieht er dich dabei so an wie in den ersten Monaten, als er dich wahrnahm und das liebte, was du bist. Du wirst bald mit ihm reden müssen. Vielleicht überrascht er dich,

vielleicht findet ihr wieder eine gemeinsame Sprache, allen Befürchtungen zum Trotz.

Du trinkst das letzte Glas zu schnell, nickst Georg quer durch den Raum zu. An seinem aufflackernden Lächeln erkennst du, dass er dich missverstanden hat. Er erwartet daheim ein schnelles, intensives Ineinandergeraten eurer Körper. Er kommt auf dich zu, er nimmt dich an der Hand, sucht die Gastgeber. Du verabschiedest dich formvollendet. Der Stasibutler hilft euch, dein Schultertuch zu finden.

»Das war doch sehr nett«, *sagt Georg, und du nickst bloß. Die nächtliche Straße liegt leer vor euch, die Polizisten sind verschwunden, nur vorne am Eck direkt beim Park brennt im Campingbus des Geheimdienstes Licht hinter den schlecht zugezogenen Vorhängen.*

»Die Neuen wirken sympathisch, die würden gut in unsere kleine Gruppe passen, findest du nicht auch, Joni?«

Du nickst wieder.

»Fein, dann kümmerst du dich darum?« *Es klingt nicht wie eine Frage.*

»Sie hat eine Tochter in Stefanies Alter«, *sagst du.*

»Großartig. Ein Essen mit den üblichen Verdächtigen, am nächsten freien Sonntag zu Mittag, wer weiß, wie sich die Lage hier entwickelt.«

»Wann werden die armen Leute hier draufkommen, dass unsere Häuser offiziell als quasi exterritorial gelten?«*, fragst du.*

»Na, hoffentlich nie. Meine Güte, wäre das grauenhaft für uns.«

Plötzlich möchtest du gar nicht mehr, dass er dich heute noch berührt. Du bist einfach nur müde.

Abends kam sie zurück nach Chiswick, als Mikes altes Festnetztelefon klingelte. Joni wusste sofort, wer sich melden würde.

Mrs Lovell, die Nachbarin zur linken Seite, gehörte zum Inventar der Straße. Ihr Großvater hatte das Haus erbaut, sie kannte alle Geschichten, alle Gerüchte, die Chiswicks Bewohner in den letzten Jahrzehnten bewegt hatten. Mikes unregelmäßiger Lebenswandel musste ihr Interesse sofort geweckt haben. Dass Joni seit Jahren zu Besuch kam, wenn Mike auswärts arbeitete und sie sein Heim ungestört nutzte, fand sie seltsam und erheiternd, wie sie Joni bald mitteilte. Ab da lud sie Joni zum Tee in ihr Haus ein, in dem die Wände voller Masken und Bilder aus fremden Ländern hingen, versuchte herauszufinden, ob Joni wieder nur wegen der Arbeit in London gelandet war oder endlich doch ein »gefühlvolles Interesse« dahinterstand. Sie war nie penetrant in ihrer Neugier, nie bösartig, und Joni betrachtete diesen Austausch mittlerweile als Ritual. Andere Freunde hatten Hunde, seltsame Verwandte oder kaputte Treppen, die nie repariert wurden; Mike wohnte im Schatten von Mrs Lovell, die an jedem ersten Aufenthaltstag und kurz vor Jonis Abreise zwei Stunden von ihrer Zeit beanspruchte und ansonsten nicht störte.

Mrs Lovell trug ihr weißes Haar in Wellen gelegt, die Ohren blieben frei, und an den fleischigen Läppchen hingen jeden Tag andere Klunker. Mike hatte Joni vor Jahren darauf vorbereitet, dass sein Leben in gewisser Weise beobachtet wurde, mit ehrlicher Hilfsbereitschaft verbrämt. Mrs Lovells Überwachung war diskret und freundlich, selten wurden boshafte Schlüsse aus ihren Erkenntnissen gezogen, selten gab sie weiter, was sie wusste.

Joni hatte auf dem Rückweg in einem indischen Laden

zwei Gewürzmischungen besorgt, auf die Mrs Lovell genauso vorbereitet schien wie Joni auf ihre klebrigen Kuchen. Es dauerte knappe zwanzig Minuten, bis Mrs. Lovells Interesse die Oberhand gewann: »Diesmal ist es ein kurzer Besuch.«

»Ja, ich habe meine Gastvorträge an der Harvard und Columbia Universität vorbereitet.« Joni war geübt im Verbreiten von Halbwahrheiten, um von ihrer eigentlichen Tätigkeit abzulenken.

»Nicht so wie im vorigen Herbst.«

»Neeein ...«

»Der Mann, der bei Ihnen war –«

Joni schwieg freundlich.

»Seltsamer Typ, wenn ich das sagen darf.«

»Das war tatsächlich etwas speziell.«

»Oh, ich möchte nicht privat werden!«

»Das ist es nicht. Er wurde mir beigestellt, als Bodyguard.«

Kurzes Schweigen. Joni hielt amüsiert den Mund.

»Ach deshalb«, Mrs Lovell sprach nun sehr langsam, als würde ihr einiges klar: »Er ging immer hinter oder vor Ihnen. Ich fand das so unpassend für einen Liebhaber, so irritierend. Verzeihen Sie bitte.«

»Ist schon in Ordnung. Ich hatte einen schwierigen Job, es gab unangenehme Begleiterscheinungen.«

»Wie schade! Und das in England!«

»Das ist alles vorbei, alles gut.«

Mrs Lovell betrachtete sie über den Rand ihrer erhobenen Tasse. Dunst beschlug ihre Brille. Joni vermutete, dass sie nicht weiter fragen würde. Das Wissen darüber, dass ein Wachmann Straße und Nachbarn im Blick behalten hatte, gefiel Mrs Lovell sicher nicht. Vermutlich würde sie jetzt die Teesitzung abrupt abbrechen.

»Wie alt sind Sie eigentlich?«, fragte Mrs Lovell hingegen.
»Ich werde fünfzig.«

Die Frau hatte immerhin fast zehn Jahre gebraucht, um danach zu fragen. »Sie sehen jünger aus.«

»Ich weiß.«

»Wirklich gut gehalten. Tolle Gene. Sie hätten sie weitergeben sollen.«

»Oh, ich habe zwei Kinder.«

»Tatsächlich?« Mrs Lovell stutzte kurz, setzte wieder ihr breites unverbindliches Lächeln auf und stand auf. »Nun, meine Liebe, dann wünsche ich Ihnen einen ruhigen Weiterflug, wohin auch immer. Das Leben ist stets für Überraschungen gut.«

Dann begleitete sie ihren Besuch hinaus und schloss die Tür, während Joni diesen für Mrs Lovell so typischen Dialog Revue passieren ließ.

Abschiedsgespräche sammeln gehörte zu Jonis geheimen Leidenschaften. Erstaunlich, wie viele kulturelle und soziale Eigenheiten sich ihr in diesen zufälligen Dramoletten mit Gesprächspartnern, die ihr nicht nahestanden, offenbarten. Wenn sie Zeit fand, schrieb sie später auf, was sie im Gedächtnis behalten hatte. Manchmal fiel ihr dann Megumi ein, mit der sie Begrüßungsrituale gesammelt hatte, als wären es Geländer voller Lichtgirlanden für ihre Freundschaft, Megumi, die sie viel zu lange fast aus den Augen verloren hatte und die sich erst vor wenigen Jahren zurück in ihr Leben gedrängt hatte. War es nicht wunderbar, dass sie neben Ulli doch noch eine richtige Freundin besaß, dass sie nicht nur von Kavalieren umgeben war, ihren »Paladinen«, wie Georg die Männer nannte, die offensichtlich neben ihm ihren Vertrautenkreis bildeten.

Noch bevor sie sich ihren privaten Mails zuwandte, sicherte Joni ihre Projektdateien, zog das Ergebnis auf einen Stick für den Auftraggeber, kopierte es auf einen zweiten Stick. Wie üblich verpackte sie ihn, legte ihn zwischen die Blätter eines persönlichen Briefs an Georg, voller amüsanter Anmerkungen zu Londoner Straßenszenen, die ihn sicher unterhalten würden, und verklebte das dicke Kuvert. Gleich in der Früh würde sie es auf die Post bringen. Es gab einen Banksafe in Wien, in dem Georg ihre eingewickelten Sticks hinterlegte, verlässlich, verschwiegen, auf spezielle Art treu. Er machte sich lustig über das, was er ihre überdrehte Paranoia nannte, aber er tat alles, worum sie ihn bat. Ihr Verhältnis war wirklich mehr als komplex, dachte Joni gut gelaunt und sie sollte erwägen, Georg aus gewissen, mit der Zeit gewachsenen Aufgaben zu entlassen. Natürlich gab es den Firmensafe in Berlin, das Archiv der Gesellschaft, die Joni vor fast zwanzig Jahren mitgegründet hatte. Es gab Wissenschaftler, Forscherinnen, Analytiker, eine extrem gewiefte Buchhalterin und Pierre Conil, etwas älter als Georg, dem Joni schon in den Neunzigern bei einem gemeinsamen Projekt aufgefallen war und der ihr den Vorschlag unterbreitet hatte, mit ihm ein Institut aufzubauen, ins Beratungsgeschäft zu investieren. Er überprüfte den Großteil der Aufträge, pflegte organisatorische Strukturen, behielt Schlüsseltermine im Auge, registrierte oft vor Joni inhaltliche Überschneidungen von Projekten und verstand sie zu nutzen. Ohne diesen Mann wäre Joni nicht so schnell so weit gekommen und hätte sich nicht so viele berufliche Freiheiten nehmen können.

Aber waren nicht einige spezielle Männer daran beteiligt, dass sie in einer von Männern gemachten Welt erfolgreich wurde? Ulli hatte recht mit ihrer Bemerkung, dass Joni nicht viel gemein hatte mit anderen berufstätigen Frauen, vor allem in Österreich:

»Goi, dir is scho gloa, dos du wos Bsundas bist? Wiara Mischkulanz, di si net etiketiern losst. Di an san Einherndl, die ondan Drochn, di meistn san hoit normal, und du bist d'Tschoni.«

Wie sehr hatte sich Joni über diese Einschätzung gefreut. Dies war ein Alleinstellungsmerkmal ganz nach ihrem Geschmack.

Die wenigsten Menschen machten sich eine Vorstellung von Jonis Arbeitsmarkt. Natürlich hörte man von Forschungszentren, die Universitäten und Instituten angeschlossen waren, international agierten, man las über Thinktanks in den Zeitungen. Selten drang während der Beratertätigkeit etwas an Medien und Öffentlichkeit durch, vor allem, wenn es um zu befürchtende politische Verwerfungen ging. Nur die Dolmetscher international besetzter Gremien und Konferenzen, eine Clique für sich, hatten logischerweise mehr Einblick als die Allgemeinheit. Joni blieb trotzdem vorsichtig. Sie arbeitete ungern mit Begleitschutz, aber manchmal war sie erleichtert, wenn ein Auftraggeber diese Entscheidung für sie traf. Es ging um Resultate, sie selbst sollte unsichtbar bleiben.

Während sie es sich im Bett bequem machte, rief Mike an. Er würde mit einem früheren Flug zurückkommen, schon morgen und fragte, ob die Chance auf ein kurzes Wiedersehen bestünde? Er lande am Nachmittag, wenn Jonis Abend nicht längst verplant sei, könnten sie ihn gemeinsam verbringen, er würde dafür sorgen, dass sie bequem und rechtzeitig zu ihrem Vormittagsflug käme.

Die Freude über dieses unerwartete Treffen schwappte in

ihre Träume, farbenfrohe Bilder, die zerrannen, als sie mitten in der Nacht aufwachte. Vom Park her hörte sie einen Fuchs rufen, dann fiel ein Hund ein, ein anderer antwortete, und ihr wurde klar, dass das Wildtier durch die Vorgärten schnürte. Wie die Schweinerotten in Berlin, dachte sie. Dann umgab sie plötzlich der dumpfe Geruch des winterlichen Pankow, er saß in ihrer Nase widerlich fest; gereizt stand sie auf und ging hinunter in die Küche.

Sie konnte es nicht ausstehen, wenn so etwas passierte. Die seltsamen Verknüpfungen ihrer Erinnerungen machten ihr zu schaffen, wenn es um Momentaufnahmen aus ihrem letzten Ehejahr, die Monate vor der Trennung ging, obwohl alles so zivilisiert geschah. Vermutlich war es dieses zeitgleiche Aufgeben ihrer Ehe mit allem, was rund um den Mauerfall passierte. Selbst ihre Nase spielte ihr sofort einen Streich. Alles, was mit ihrer privaten Kapitulation zu tun hatte, roch nach den schweren Vorhängen in dem überdimensionierten Salon ihres Zuhauses, der nur Repräsentationszwecken gedient hatte. Die Vorhänge hatten die Ausdünstungen vieler Menschen, den Rauch von Pfeifen und Zigaretten, das chemische Reinigungsmittel, das zur Pflege des Teppichbodens verwendet wurde, konserviert, egal, wie lang Joni gelüftet und wie oft sie die Stoffe in eine Putzerei drüben im Westsektor gebracht hatte.

Schlammfarben, hatte sie gedacht, als sie das Zimmer zum ersten Mal betreten hatte, stasigrau war es für sie zum Schluss. Da hatte sie bereits neue Vorhänge im KaDeWe nähen lassen, helles Blau mit gelbgrünen Sprenkeln, die nach zwei Monaten schon genauso stanken wie die alten. Alle Zugezogenen in der Siedlung hatten gegen diese Duftmelange gekämpft, alle waren bravourös gescheitert, solange monatelang der winterliche Braunkohlendunst in der Luft hing. In diesem Geruchserlebnis eingebettet, lag jedoch auch etwas Sommerliches. Eine verführerische Note der Rosenbüsche vor ihrem Schlafzimmerfenster, die Heimweh verursachende Zirbenholzerinnerung an die Möbel, die sie für Stefanies neues Zimmer aus Österreich nach Ostberlin mitgenommen hatten, der Duft des in der Pfanne gerösteten Kaffees ihrer äthiopischen Nachbarin zur Linken und das Parfüm Megumis, in dem sich Zitronenverbene mit Zimtnoten vermischte. Eine Mischung, so fand Joni, die nur von Megumi getragen werden konnte.

Dieser eine Moment an einem kalten Februarmorgen 1990, als sie den Schlüssel das letzte Mal umgedreht und anschließend in den Briefkasten geworfen hatte, war der Augenblick der Entscheidung gewesen. Es waren nicht die vielen Wochen des Überlegens davor gewesen, nicht die Tage, in denen sie und Georg das Prozedere ihrer Trennung diskutierten, nicht die vielen Herausforderungen, denen sie sich danach stellen musste. Womit sie damals sicher nicht gerechnet hatte, war dieses Aufflackern der Erinnerung, wenn sie nach getaner Arbeit einen Ort, ein bestimmtes, ihr bereits vertraut gewordenes Haus nach Wochen verließ. Noch nach so vielen Jahren drängte sich in diesen Momenten manchmal die Erinnerung vor, als sie die Berliner Haustür das letzte Mal hinter sich verschloss. Müsste sie den wichtigsten Moment ihres Lebens bestimmen, würde es der Augenblick dieses Neubeginns sein, verbrämt von der sanften Bitterkeit eines Abschieds, den sie nie rückgängig machen wollte. Selbst später nicht, als Manuel geboren wurde.

Natürlich blieb er noch viel besser im Gedächtnis haften,

weil rundherum ein Aufbruch geschah, den man sich ein Jahr zuvor nicht hatte vorstellen können. All diese gebrochenen Biografien rund um den Mauerbau, rund um den Mauerfall!

Joni trank den mittlerweile kalten Tee, ging von einem Raum zum nächsten. Der Fuchs war verschwunden, die Hunde hatten sich beruhigt. Nach der Arbeit, so nahm sie sich vor, würde sie eine Mail an Ulli schicken, eine Nachricht an Lorenz in Berlin senden. Alte Freunde waren verlässliche Geländer.

Ihr blieben mehr als vierundzwanzig Stunden, bevor sie Mikes Haus verlassen würde, bevor das Londoner Kapitel dieses Jahres abgeschlossen war. Das britische EU-Mitgliedschaftsreferendum würde in zwei Tagen stattfinden. Sie kehrte in ihr Bett zurück, entschlossen, alle Erinnerungen beiseite zu wischen und sofort in einen Schlaf mit kontrollierten Träumen zu fallen. Sie musste dringend die Kinder anrufen, herausfinden, ob sie den Sommer nun mit ihr verbringen wollten, ein paar Tage wenigstens. Ein schmales Lächeln stahl sich auf ihr Gesicht, ohne dass sie es bemerkte.

Am nächsten Morgen erwartete man sie schon im Büro des Ministers. Zwei britische Kollegen, denen sie immer wieder rund um den Globus begegnete, standen mit gut gefüllten Gläsern in einer Fensternische, vor der sich der Besuchertisch mit eleganten Sofas befand. Joni sah sich um. Der Raum wirkte repräsentativ, ohne überladen zu sein. Dort stand kein Möbel, das an die glorreichen Zeiten des Empire erinnerte, kein edwardischer Schnickschnack, hingegen ein erlesener Teppich, dessen Gebrauchsspuren verrieten, dass er schon in vielen Zimmern gelegen hatte und wohl zu einem persönlichen Lieblingsstück avanciert war, gutes Licht nicht nur beim Schreibtisch, von dem der Minister nun aufstand, um ihr entgegenzukommen.

Joni hatte ihn vor drei Monaten flüchtig bei der Erstbesprechung gesehen, er hatte schweigend zugehört, seine Stimme kannte sie bloß von TV-Interviews. Hinter ihr ging die Tür wieder auf und zu, weitere vier Teilnehmer der Arbeitsgruppe schlossen auf zu ihr. Oft kreuzten sich Jonis Wege mit denen anderer Spezialisten. Es war ein Geflecht von Menschen, die viel unterwegs waren. Beruflich vertraute Nomaden der Sonderklasse, die allesamt unter der Gewissheit litten, dass ihre Heimat eine Veränderung erlebte, die Ängste gebar und neue Schrecken für ihre Kinder bereithalten würde.

Zu Beginn ihrer Laufbahn war Jonis Spezialgebiet die Erforschung soziologischer Auswirkungen flächendeckender Naturkatastrophen gewesen. Später, als Sozialanthropologin, wurde sie eine Fachfrau für Spätfolgen von unterschiedlichen politischen und wirtschaftlichen Entscheidungen, nahm eine Beratungsposition ein, die sich Regierungen und Konzernleitungen einiges kosten ließen, um trotzdem Jonis qualifizierte Vorschläge zu beschneiden, abzuändern und ihren Interessen anzupassen.

Das hatte sich in den letzten Jahren hinbewegt zu Prognosen von erwartbaren Flüchtlingsströmen, Migration aufgrund kurzsichtiger Interessenskonflikte. Zusätzliche Analysen und Folgerungen wurden ihr von Wissenschaftlern aus völlig anderen Bereichen zugesandt, die sie mit Blick auf ihr ursprüngliches Kerngebiet durchackerte. Resümees lagen ihr, weil sie Verknüpfungspunkte sofort wahrnahm. Ihre Arbeit schien ihr manchmal nichts anderes als ein aufwendig gestalteter Kassandraruf zu sein, denn sie kam immer zu spät, wurde zu spät gerufen, fand zu spät willige Machthaber, die sich anhörten, was sie und ihr jeweiliges Team zu berichten hatten.

Joni hatte sich früher lautstark geärgert über den Fakt, dass demokratische Strukturen geschwächt würden durch das, was sie eigentlich kräftigen sollte, ein Widerspruch, der unlösbar schien. Mittlerweile freute sie sich einfach, wenn sie zu Thinktanks gerufen wurde, zu schwierigen Fragen ein Spezialistenteam zusammenstellen durfte. In Nischenbereichen und manchmal auch völlig unerwartet konnte ihre Arbeit etwas bewegen. Man wusste ihr Talent zu schätzen, in jeder Hinsicht übergreifend zu denken und die richtigen Fachleute für effektive kurzfristige Netzwerke auszuwählen. Dass man in den seltensten Fällen ihren Empfehlungen folgte, hatte ihr noch bis vor Kurzem Magengeschwüre verursacht.

Nun spürte sie Erschütterungen an manchen Fronten und genoss ihre deshalb schüchtern blühende Erleichterung. Soziologische Verwerfungen ähnelten in ihrem Verhalten Vulkan-besetzten Kontinentalrandzonen. Sie sandten Signale aus, manche rechtzeitig, manche noch nicht vollends entschlüsselbar. Ihre Entwicklung glich im Nachhinein immer einer spannenden Geschichte, einem wunderbar lesbaren, in ihren Augen logischen Buch. Sie behielt oft recht mit ihren Voraussagen, aber das wollte dann natürlich niemand hören. In gewissen Kreisen warf man ihr vor, alles von außen, als nicht Involvierte zu betrachten. Aber vielleicht war das auch nur bloßer Neid, verpackt in grundlegender Abneigung.

Joni war egal, was sie dachten. Sie kannte hohlwangige Menschen, die über ihre versengten Hungerfelder taumelten, sie hatte sie nicht nur gesehen, sondern auch begleitet, bevor sie sich auf den Weg in die Schlammgruben der Städte machten, ihre Kinder und sich verkauften. Massenmigration war ein Phänomen nach Naturkatastrophen, die Betroffenen versuchten, so nah wie möglich bei der zerstörten Heimat zu bleiben. Sie wollten zurückkehren. Erst, wenn sich die Lage nicht besserte, wenn in den Zelten die Hoffnung starb, wurden Ausgesuchte Richtung Europa und Nordamerika geschickt. Migration war selten etwas anderes als Flucht, wusste Joni, die es widerlich fand, wenn die zwei Begriffe von Politikern polemisch genutzt wurden. Von Naturkatastrophen, egal, ob ein Monat oder viele Jahre dauernd, vertrieben zu werden oder vor Bomben und Kriegern zu flüchten, bescherte in jedem Fall schwere Traumata, zwang zur Aufgabe, zu lebenslangem Verlust.

Joni hatte Unglück erlebt und erforscht, das sich niemand vorstellen mochte, der nicht als Helfer in irgendeiner Weise involviert war. Keiner wollte damit in Berührung kommen. Joni arbeitete, aber sie redete nicht mehr darüber mit sich ängstigenden Menschen, die die Armut anderer wie eine ansteckende Krankheit fürchteten. Sie achtete mittlerweile darauf, nicht zu brüskieren. Oft loderte Bitterkeit. Manchmal sah sie sich als Teil einer globalen Eliteputztruppe, die international agierte und ständig entweder von natürlichen oder Menschen gemachten Katastrophen überrollt, bedroht oder im besten Fall gerade noch bewahrt wurde. Joni als Forscherin fand ihr Leben ungeheuer spannend, vor ihrem Leben als Beraterin graute ihr oft, und manchmal erlebte sie ein Gefühl der Erleichterung, das sie fast fliegen ließ.

Als Frau fühlte sie sich natürlich privilegiert, weil ihr geglückt war, wovon viele nur träumten, und weil ihre Wünsche sich erfüllten. Sie verdiente überdurchschnittlich gut, hatte es geschafft, sich die Honorarhöhen ihrer männlichen Kollegen zu erkämpfen, war angesehen und auch in Teams willkommen. Ihr Lebensstil verriet wenig von ihrer Gehaltsstufe. Sie verplauderte sich nicht bei abendlichen Barrunden, niemand, der nicht zu ihrem engsten Kreis gehörte, kam dahinter, was ihr wirklich am Herzen lag, was sie brennend wünschte, welche Leidenschaften sie pflegte, wofür sie ihr Geld ausgab. Joni hatte den Ruf, ein Arbeitstier zu sein, mehr noch als die anderen, die wenigstens versuchten, in einer Familie verankert zu bleiben. Dass sie geschieden war, war kein Geheimnis, dass die Kinder beim Vater aufgewachsen waren, wurde nie Gesprächsstoff, zumindest nicht in ihrem Beisein. Die meisten in Jonis Metier waren viel unterwegs, hatten unregelmäßige Arbeitszeiten, konnten wenig spontan und verfügbar sein.

Joni übergab dem Minister den USB-Stick, gnädig gestimmt, weil diesmal ein politisch agierender Wirtschaftsmann den Blick in die Zukunft gefordert hatte. Sie war allerdings auch sicher, dass es wenig helfen würde, weil das Votum der Briten für oder gegen einen Austritt aus der Europäischen Union am nächsten Tag bevorstand, lokale, nationale und individuelle Interessen sich vordrängten. Die Armen würden den Brexit befürworten, ohne zu überlegen, welche Folgen er gerade für sie haben würde. Sie würden sich alle überraschen lassen müssen, dachte Joni, obwohl ihr vor Zorn darüber übel werden konnte.

Zwei Frauen in schwarzer Uniform und weißen Schürzchen brachten Tabletts mit gefüllten Sektgläsern und winzigen Brötchen herein. Es wurde lauter, bald würde man sie höflich hinausbegleiten, vielleicht wenige Minuten später als erwartet, falls noch ein Aspekt angesprochen wurde, der auch den Minister interessierte. Sie nickte ihrem Team zu. Diesmal waren zwei Frauen außer ihr Teil der achtköpfigen Gruppe gewesen. Vermutlich würde sie sie mindestens ein Jahr lang nicht sehen, ihr bevorstehendes Intermezzo an den zwei Universitäten würde nur sporadischen Austausch und wirklich dringende Entscheidungen in Berlin erlauben.

Joni empfand diese Aussicht als befreiend. Ein Urlaub mit den Kindern in ihrem neuen Heim stand seit einem Jahr auf ihrer Wunschliste, mit Manuel würde es zumindest im Sommer noch funktionieren. Ein paar Tage mit Megumi, ein ausführlicher Tratsch mit Ulli, vielleicht auch ein spätherbstlicher Rückzug in ihr verstecktes spanisches Haus waren möglich. Das Leben bot so viel! Sie hatte einen wirklich langen Spaziergang verdient. In Chelsea stieg sie am Südufer der Themse aus, folgte dem Wasser flussaufwärts.

Gehen war einfach wunderbar, fand Joni. Georg hatte ihren plötzlichen Bewegungsdrang ihr inneres Uhrwerk genannt und vermutet, es hätte etwas mit den sonntäglichen Spaziergängen ihrer bekifften Eltern zu tun, die nie ein richtiges Ziel hatten, nie Gipfel bestiegen, eine Schlucht durchwanderten. Georg wollte wohin und dann wieder heim. Am liebsten wusste er im Vorhinein schon genau, wie lange es dauern würde, Pausen inkludiert und gut geplant. Am Anfang hatte Joni das lustig gefunden, ein bisschen exotisch. Später, als sie allein lebte, wurde zielloses Gehen, Gehen als Begleitung von Überlegungen und Reflexionen zur geliebten Absicht.

Sie folgte den nächsten zwei Flusswindungen, bevor sie in einem der neuen Uferlokale Platz nahm und Essen orderte. Eine Mutter mit Baby saß neben ihr, auf der niedrigen Mauer hatte sich eine Gruppe von Geschäftsmännern breitgemacht. Das milde Juninachmittagslicht brachte sie zum Lächeln, die junge Mutter interpretierte es als Einladung zu einem Gespräch. Joni mochte die britische Art der Unverbindlichkeit, es wurde freundlich meist nichts Essenzielles gesagt, und doch blitzte oft Witz durch, der ganz anderer Natur war als der Humor der Wiener. Sie bemerkte den Blick auf ihren Rucksack mit dem Laptop, auf ihre bequemen Schuhe, die nicht unbedingt zu dem Hosenanzug passten; ein Vorteil ihrer Außenseiterrolle, dass sie Konventionen nicht unbedingt folgen musste.

Joni aß auf, trank den letzten Schluck. Aus dem Augenwinkel nahm sie in der dunklen Glasfassade neben sich ihre Silhouette wahr, das fuchsrote Haar hinter die Ohren gestrichen, die große Sonnenbrille, die ihre markanten Brauen versteckte, die lange Nase, die sie als Jugendliche schrecklich gefunden hatte. Storchenbeine und kein Busen. Ein Twiggygestell nannten es ihre Kommilitoninnen zu einem Zeitpunkt, als der Hype um die Engländerin schon längst vorbei war, selbst in Wien, wo alles später passierte als in den anderen westlichen Hauptstädten. Das mit dem Busen hatte sich durch die Schwangerschaften etwas verändert, und die Beine wirkten wegen ihres ausdauernden Gehens nicht mehr knochig. Ihre Füße waren groß und ihre Hände breit, Finger, die auffielen, wenn sie sich auf Konferenztischen im Kreisrund der anderen, meist männlichen Hände bewegten. Als junge Frau hatte sie sich manchmal für diese offensichtliche Grobschlächtigkeit geschämt. Jetzt trug sie markant gestaltete Ringe, die die Blicke auf sich zogen. Joni legte eigentlich Wert darauf, nicht aufzufallen, was natürlich lächerlich war wegen ihrer leuchtenden Haare, in die sich noch kein Grau geschlichen hatte. Als Kind waren sie ihr peinlich, als Studentin manchmal unbequem. Nun pflegte sie sie hingebungsvoll und gab in ihren entspannten Stunden zu, diesbezüglich eitel zu sein. Eigentlich, dachte sie, war es lustig, wegen etwas aufzufallen, wofür man nichts konnte, und das sie mit einem Tuch, einem Seidenschal verschwinden ließ, wenn es ihr opportun erschien oder aus kulturellen Gründen vorgeschrieben war. Es hatte Tage gegeben, in denen sie ihr Haar sorgsam bedeckt hielt, um unterzutauchen. Aber jetzt, und sie schaute wieder in das spiegelnde Fenster, machte es sie nur froh.

Sie beendete den Small Talk mit der jungen Frau, querte kurze Zeit später den Fluss und ging an der nördlichen Uferpromenade weiter. Die stattlichen Villen wurden weniger, Vorgärten schrumpften zu den üblichen Gevierten, Rosenbüsche und Lavendel duckten sich hinter Glyzinienbögen. Einzelhäuser verschmolzen zu Zeilen, die plötzlich abbrachen. Wiesenzungen leckten bis ans Ufer, bunte Boote stapelten sich in den Gestellen der Rudervereine, eine karibische Farbpalette wie eine gestrandete Grußkarte aus der Ferne. Joni bog rechts ab und spazierte zurück in die St Mary's Grove. Mike würde bald da sein. Das letzte Wiedersehen, damals in New York, war schon fast ein Jahr her.

Der Trolley war gepackt, Joni ließ eine Tasche mit gewaschener Kleidung in Mikes Gästezimmer stehen.

Ihre Depots nannte sie die Heime der Freunde, die für sie immer offenstanden, zufällig, aber strategisch günstig verteilt auf London und New York. Es waren Wohnungen von vertrauten Männern, die dort alleine lebten und oft unterwegs waren. Berlin und Wien waren anders, speziell.

Die hübsche Wohnung, die Lorenz Scherbaum in sein Atelierloft integriert und nie gebraucht hatte, war Teil des Fabrikgebäudes, in dem mittlerweile auch ihre Firma untergebracht war. Es war ein solider Ziegelbau aus dem 19. Jahrhundert, den Lorenz in den Tagen nach dem Mauerfall entdeckt hatte, leer stehend und mit eingeschlagenen Fensterscheiben direkt vor dem Todesstreifen fast schon auf der Höhe des Ostberliner Prenzlauer Berges. In den Jahren gleich danach war es leicht, heruntergekommene Objekte zu übernehmen. Die Mieten richteten sich nach dem Fehlen guter Leitungen, nie richtig beseitigten Vorkriegsschäden und waren vor allem künstlerfreundlich in finanzieller Hinsicht, wenn sich kein westlicher Besitzer oder Erbe fand. Das änderte sich zwar, aber als der damals schon international erfolgreich arbeitende Pierre Colin Joni wegen einer zukünftigen und gemeinsamen Firmengründung ansprach und köderte, fiel ihr die mittlerweile prekäre Lage ihres Freundes ein. Mit einem Kredit würde sich einiges leichter für sie bewerkstelligen lassen als für ihn.

So hatten sie, gerade bevor Berlin anfing, teuer zu werden, zu Beginn des neuen Jahrtausends ein restauriertes Gebäude mit luftigen Büroräumen gefunden, mit einer Halle, gut durchdachten Besprechungszimmern. Es war von schmalen Grünstreifen umgeben, je zwei alten Platanen an den Stirnseiten, und mit einer für Joni perfekten Einliegerwohnung, wie ein Schwalbennest an einer Atelierwand klebend. Es gab Platz genug für alle Mitarbeiter, für die Kunst und den Speicher. Das Gelände bot sogar Platz für einen Atriumgarten mit Terrasse und Küche, und zur Straße hin wurde es von einer hohen begrünten Mauer abgeschottet.

Manchmal schlief Lorenz auf einem Sofa zwischen seinen Staffeleien und Arbeitstischen, manchmal, wenn seiner Frau der Geduldsfaden riss, zog er für mehrere Wochen ins Atelier und wohnte als bewegliche Skulptur mit seinen Projekten. Der Ziegelbau wurde sein Rückzugsort, seine Burg, auch wenn de facto alles Joni und Pierre gehörte, die Firma, eine eingetragene Gesellschaft, die dem Künstler eine angemessene und seine Kunst fördernde Miete zahlte. Für Joni blieb es über die Jahre das Haus von Lorenz, vielleicht auch, weil er der einzige Berliner und Heimische in diesem Gebäude voller zugereister Spezialisten war.

Von ihrem verglasten Vorzimmergang aus konnte Joni hinunter in den Saal schauen, in dem seine Leinwände warteten, auf dem Boden aufgespannte Gewebe und Folien lagen und an einer Wand nahe einem Schwedenofen zwei Sofas standen. Manchmal, wenn sie nachts heimkam, brannte unten noch Licht. Lorenz saß vor seinem Computer und winkte ihr dann, sodass sie die gusseiserne Treppe benutzte und sich zu ihm und einem Glas Rotwein setzte. Sie fand es wunderbar, in einer Wohnung zu leben, in der sie trotzdem nie allein bleiben musste, wenn sie nicht wollte.

Wien war noch mal anders. In Wien wohnten ihre Kinder, lebte Georg mit seiner zweiten Frau Sylvie und den mittlerweile sehr alten Eltern in einem Familienkokon, den sie für stundenweise Besuche betreten durfte. In Wien hatte sie kein bewohntes Lager, keine Handvoll Lieblingsbücher, die sie verlässlich am selben Platz im Regal vorfand, keinen Regenschirm im Flur, der ihr gehörte. In Wien war sie Arbeitstouristin, die eine Suite in ihrem Lieblingshotel bewohnte, umgeben von Möbeln, die sie schön und bequem fand, die aber von ihr genauso wenig ausgesucht worden waren wie die Möbel in den Häusern und Wohnungen ihrer Freunde. In Wien gab es Kellner und Zimmermädchen, die wussten, welche Annehmlichkeiten sie schätzte, die verfolgten, wie ihre

Kinder größer und erwachsen wurden, wenn sie im Foyer auftauchten, um ihre Mutter zu treffen.

Es war ein nicht der Norm entsprechendes Leben, aber Joni wusste, dass ihre Kollegen ähnlich lebten, Hotelbewohner mit einer Familie, die sich mit den Abwesenheiten des Mannes arrangiert hatte, oft mit einer verlässlichen Partnerin, die ein Heim mehr oder weniger alleine organisierte, zumindest solange die Kinder klein waren. Jonis Mitarbeiter flogen öfter nach Hause, versuchten, Wochenenden freizuhalten. Sie kam ihnen entgegen, indem sie Treffen konzentrierte und im Notfall die Stellung hielt. Manchmal verschwand sie auf eine Woche, zwei Wochen zwischen zwei Projekten, aber nur Freunde und Pierre Colin wussten dann, wo sie war. Dieser Sommer, dachte sie, würde eine wunderbar lange Auszeit für sie bereithalten, mit Arbeit, mit stundenlangen Telefonaten, doch in einem eigens für sie erbauten Haus, das sie zu ihrem zukünftigen Heim machen wollte.

Mike betrat sein Zuhause, während Joni noch unter der Dusche stand. Das Blubbern in den alten Wasserrohren übertönte die knarrenden Stufen. Er ließ seine Tasche am Treppenabsatz fallen, vor der Badezimmertüre war er schon nackt.

»Joni, it's your special toy boy«, rief er, während sie zu lachen begann. Sex mit diesem Mann hatte von Anfang an so viel Spaß gemacht.

Eine Stunde später lungerten sie auf der Wohnzimmercouch, den obligatorischen Gin Tonic vor sich stehend. Es war das Getränk ihres ungewöhnlichen Wiedersehens nach langer Zeit gewesen, einer schrägen Woche, die so natürlich nie geplant gewesen war und die der Beginn einer Beziehung wurde, deren Offenheit beide immer noch schätzten.

Seit Februar 1998 hatte sich die Beziehung geändert, nachdem Joni in der Britischen Botschaft in Bangkok angerufen und Mike, der dort gerade für drei Jahre arbeitete, erzählt hatte, sie könnte nach Erledigung ihres Projektes in Asien einen Zwischenstopp von acht Tagen bei ihm einlegen. Mike hatte sie vom Flughafen abgeholt, sie in seine klimatisierte Wohnung in einem der eiskalt gehaltenen Wolkenkratzer im modernen Geschäftsviertel gebracht und einen Gin Tonic gemischt. Von da an war er ihr tägliches privates Begleitritual, während die Sonne im immerwährenden Smog ertrank, hinter einem Urwaldberg versank, oder die beiden sich sonst wo auf dem Globus in die Arme liefen.

Joni wusste noch, dass sie ein Foto von sich und Stefanie auf seinem Bangkoker Schreibtisch vorgefunden hatte, erstaunt und gerührt von seiner Anhänglichkeit. Das Bild war im Sommer davor in England aufgenommen worden, das Kind hielt die Arme verschränkt und stand Distanz wahrend, obwohl ihr Blick anhimmelnde Bewunderung für die Mutter verriet. Stefanie hatte ihr erstes Schuljahr am Gymnasium hinter sich, tappte in die Gemütsfallen der Pubertät, vor denen sich Joni bald zu fürchten begann, und hatte die Woche in England dazu genutzt, ihre Mutter detailreich über das Ende der letzten väterlichen Liaison zu informieren. Das Foto gab nichts davon preis, Joni sah nur das vordergründige Strahlen auf beiden Gesichtern, als wären sich Mutter und Tochter in allen Punkten einig. Mike hielt es für das gelungenste Joni-Porträt der letzten Jahre.

»Konsens auf ganzer Linie«, hatte er wissend und ironisch gegrinst.

Zu dem Zeitpunkt hatte Joni ihrem amerikanischen Master schon einen Doktortitel aus Oxford hinzugefügt und arbeitete bei unterschiedlichen Projekten mit. Sie war Pierre Colin über den Weg gelaufen und dabei, ihre berufliche Zukunft in großem Stil zu planen. In den Jahren gleich nach ihrer Scheidung hatte sie Mike nicht getroffen, entwickelte jedoch eine Brieffreundschaft mit ihm, die eigenen Gesetzen folgte und durch die Ferne besser wachsen konnte. In diesem speziellen Raum der Vertrautheit hatten sie Zeit verbracht, mit einem Stift in der Hand über die Dinge der Welt nachgedacht, einander die Möglichkeit geschenkt, dem eigenen Denken auf der Spur und die andere Nähe genießend, die sich zwischen ihnen aufbaute. Die Tage in Nordthailand, wohin Mike sie nach zwei Tagen im stickigen Bangkok entführte, änderten einiges nachhaltig.

Sex, dachte Joni, konnte etwas Wunderbares sein: Losgelöst von den Anforderungen der Liebe und eingebettet in eine Freundschaft, die vieles verzieh oder anders gewichtete. Trotzdem würde sie sich bald entscheiden müssen, was sie in Zukunft haben wollte.

Mike sah immer noch gut aus. Seine Haare waren mittlerweile stahlgrau, zum Lesen brauchte er eine Brille. Ein schlecht verheilter Beinbruch – da war ein Bergdoktor in Indonesien gewesen, der Mikes Bein nach einem Sturz so gut wie möglich geschient, die offenen Stellen mit Kräuterpasten bestrichen und vermutlich vor einer Amputation bewahrt hatte – ließ ihn manchmal hinken, aber die Narben rund um den Wulst, der sich damals unterhalb des Knies gebildet hatte, sahen so abenteuerlich aus, dass Mike vor allem in Australien und den USA mit großartig erfundenen Haigeschichten in Strandbars für Furore sorgte.

»Was hältst du davon, wenn wir noch essen gehen?«, schlug Joni vor.

»Zum Inder?«

»Sollte man da nicht reserviert haben?«

»Es ist spät genug, außerdem liebt er dich, weil du zu jeder Tageszeit essen kannst, ohne über deine Linie zu jammern.«

Joni lachte, lief hinauf, um sich anzuziehen, Mike suchte eine Flasche Rotwein aus und steckte sie »für später« in seinen Rucksack. Während sie mit großen Schritten zum Lokal gingen, hörte Joni das rhythmische Klicken der Flasche, das vermutlich gegen Mikes metallenes Brillenetui stieß. Es klang wie eine dritte Stimme über ihrem schwerelosen Duett von Anekdoten und Erinnerungen. Diesmal landeten sie im Jahrzehnt ihrer Geburten, es gab keine Gemeinsamkeiten. Aber Joni konnte ihn mit einer Anekdote zu schallendem Lachen bringen:

Ihre Eltern Didi und Helli hatten 1968 beschlossen, das zweijährige Kind zum ersten Mal Tante Federspiel zu überlassen und nach Wien zu fahren, um bei der ersten großen Studentendemonstration der Stadt dabei zu sein. Ihre Freunde, teilweise in politischen Organisationen tätig und lange noch nicht fertig mit dem Studium, waren in die Planung involviert.

Ein junger Journalist des österreichischen Fernsehens war beauftragt worden, einen Zwölf-Minuten-Film für die Nachrichten zu drehen. Nach den blutigen Unruhen in Frankreich und Deutschland erwartete man sich offensichtlich ähnlich Heftiges in Wien. Teddy Podgorski, der es später im ganzen Land zu Ruhm brachte, erfasste sofort, dass das wirkliche Protestgeschehen sich nur an bestimmten Orten abspielen sollte, damit die Kamera freien Blick hatte. Außerdem musste er ein Auge auf die Uhr haben, damit es nicht aufgrund von notwendigen Filmwechseln zu Ausfällen kam.

Er besprach sich mit den studentischen Anführern, die pikanterweise froh über eine gewisse Regie und die Mitarbeit eines Medienmannes waren. Zu dem Zeitpunkt waren Helli und Didi bereits am Ort des Geschehens, fröhlich aufgeregt und augenscheinlich animiert vom Lieblingskraut und Alkohol. Teddy verteilte To-do-Listen, die ersten Reihen der Marschierenden hatten ihre Munition griffbereit. Überall dort, wo Teddy Podgorski die Kamera postieren konnte, fingen sie an mit dem Skandieren, Singen, Plakate-Schwenken. Es wurden Steine geworfen, aber nur zu Beginn. Danach schleuderte die Spitze des Zuges reife Tomaten ins bürgerliche und entgeistert glotzende Publikum. Die etwas überraschten TV-Kameraleute waren hingerissen von der Effektivität und den unerwartet perfekten Licht- und Raumbedingungen. Es war ein überzeugender medialer Erfolg.

Am nächsten Tag sprach man im ganzen Land von den Studentenflegeln, die auf Kosten ihrer Eltern und des Staates randaliert hatten. Im ORF war man höchst zufrieden über eine aussagekräftige Dokumentation. Didi und Helli kehrten erledigt und glücklich nach Hause zurück, wo eine aufgeregte Tante Federspiel mitsamt den Großeltern und Nachbarn auf das Paar wartete, das sich offensichtlich einer großen Gefahr im Zentrum der Hauptstadt ausgesetzt hatte, wenn sie den Nachrichten und der *Zeit im Bild*-Sendung Glauben schenken konnten.

Joni wurde die Geschichte viele Male erzählt, die Version Didis fand sie die unterhaltsamste, diejenige von Tante Federspiel hatte etwas von einem aufregenden Märchen mit Kämpfen, Tomatenblutvergießen und blödem Heldentum. Es dauerte lange, bis die Verwandtschaft beruhigt war und die Eltern wieder nach Wien fahren konnten. Sie bekamen nur aus den Erzählungen ihrer Freunde mit, was für Aktionen in den Hörsälen stattfanden, um auf die Missstände an den Universitäten hinzuweisen, wo die Namen der Professoren publik gemacht wurden, die noch immer vom Gedankengut der Nazis geprägt und stolz darauf waren.

Die Jahre der Aufstände waren schaumgebremst an Österreich vorübergegangen, verglich man sie mit Berlin oder Paris. Aber Mike fand es faszinierend, wie anders Jonis Eltern gewesen waren, und ahnte, wie fremd die Kleine den anderen Kindern erschienen sein musste. Eigentlich, sagte er ihr beim Essen, hätte sie unglaubliches Glück gehabt mit diesem unangepassten Paar, das sie auf seine unvollkommene Weise unterstützte, weil es ihr nie im Weg stand und so wenig verbot wie nur möglich.

Eine Stunde später landeten sie im nachtstillen Park, ein endloses Trödeln, weil sie ihre Eindrücke über die späten Gäste im *Curry Garden and Paradise* verglichen, die im Kerzenlicht verschwimmenden Gesichter vor den Fensternischen, den Greis, der mit seinem abgelegten Hut sprach, das Vogelgezwitscher vom Band, das über den Köpfen zweier schrill zurecht gemachten Frauen hing. Sie tranken den Wein aus der Flasche, bauten aus den aufgeschnappten Sätzen dadaistische Dialoge, ohne in die Falle zu tappen und sich über diese Menschen lustig zu machen. Es war ein Lied, dessen Melodie sich aus dem Moment ergab, dessen Bögen von selbst extemporierten, erfüllt von der schimmernden Lustigkeit, die wahrer Nonsense gebar. Joni beschloss, diese letzte Nacht in Mikes Bett zu verbringen, als wäre seine Präsenz etwas, das sie speichern und verpacken konnte, eine Erinnerung für kühle Tage der Einsamkeit.

Das schnelle Frühstück am nächsten Morgen aus Espresso im Stehen und aufgebackenen Croissants aus der Mikrowelle, die sie beide gedankenlos mit den Fingern zerzupften, machte ihr wieder klar, warum sie ausführliche Verabschiedungen hasste. Mike wollte es sich nicht nehmen lassen, sie nach Heathrow zu fahren, nein, ein Taxi kam auf keinen Fall infrage, er lächelte sie an, während er die Nachrichten auf seinem Handy abhörte.

Joni spürte kurzes Bedauern, sie hätte die Fahrt genutzt, um die Abfolge der Themen ihrer Vorträge so festzulegen, dass die Studenten von Beginn an Überraschungen erwarteten, sie Kapriolen schlug, um den Widerspruch junger Menschen herauszufordern. Sie hörte, wie Mike mit jemandem kurz angebunden redete, sich ihr zuwandte, seine Stimme wieder mit winzigem Vibrato, als steckte ein vergessenes Lachen in seiner Kehle fest. Aber vielleicht bildete sie sich das nur ein. Vielleicht erfand ihr Kopf Eindrücke, die ihr eigenes Empfinden spiegelten. Joni wusste, sie konnte, gefangen in ihrem Arbeitsmodus, den sie ungern aufgab, kühl und arrogant wirken. Jedenfalls verfuhr Mike, als ob nichts wäre, packte ihren Trolley, klimperte mit dem Schlüsselbund.

Ihre diffuse Unsicherheit hatte vielleicht etwas mit ihrer Manie, Listen anzulegen, zu tun. Sie überfrachtete ihre Gegenwart beständig mit Zukünftigem, lebte ein Leben in Häppchen portioniert, selbst Freiräume waren fühlbar begrenzt. Ging sie deshalb so gerne so ziellos und spontan spazieren? Und doch hielt sie ihre Arbeitsweise und sich selbst für extrem flexibel, überall und jederzeit einsetzbar, den Überblick nicht verlierend. Sie war besessen davon, nichts zu vergeuden.

Kontrollfreak mit blinden Flecken, hatte Stefanie sie beim

letzten Treffen geschimpft. Gerade Stefanie, die alle T-Shirts Kante auf Kante ins Fach legte, deren Stapel an Haushaltswäsche Huldigungsgesänge an den Neunzig-Grad-Winkel waren.

Im Wagen entspannte Joni sich etwas. Mike überlegte laut, dass ein Treffen im Herbst schön wäre, dass er es vermutlich an eine beruflich bedingte Reise nach Washington anhängen könnte, entweder Boston oder New York. Ihre Arbeit an der Universität würde mit Sicherheit keine der in ihrem Leben so üblichen Terminverschiebungen mit sich bringen. Was sie davon hielte.

»Vor oder nach den Wahlen?«

»Definitiv noch davor.«

»Das wird eng. Aber gleich im Anschluss könnte ich vielleicht ein langes Wochenende herausschlagen.«

Mike lachte auf. »Arbeit oder Vergnügen?«

»Beides.«

»Wie meistens.«

Die vollen Tage, die sie in den letzten zwanzig Jahren miteinander verbracht hatten, konnte man an zwei Händen abzählen. Schmerzende Sehnsucht gehörte anscheinend nicht zu den prägenden Eigenschaften ihrer Beziehung. Trotzdem spürte Joni, dass ihn diesmal ihre Antwort irritierte. Am Flughafen begleitete er sie bis zur Absperrung, sie ließ sich in seine Umarmung fallen.

»My home is your castle«, sagte er.

»Ich weiß. Ich liebe dich dafür. Auch dafür!«

»Wir könnten im Oktober einen richtigen Urlaub schaffen, wenn wir uns bemühen.«

»Ich glaube nicht.«

»Es spricht nichts dagegen, wir haben noch genügend Zeit, um uns mehr als drei Tage freizuschaufeln.«

»Ich kann dir nichts versprechen. Wer weiß, was sich bis dahin ergibt.«

»Gibt es irgendetwas, das du nicht deiner Arbeit unterordnest?«

»Als ob es bei dir anders wäre.«

»Ich glaube schon.«

Joni strahlte ihn wortlos an, er erwartete doch hoffentlich keine Antwort? Komplikationen konnte sie keine gebrauchen.

»Mit dir fühlt sich alles so viel leichter an, jeder Morgen wie eine Verheißung«, flüsterte er in ihr Ohr.

Sie hatte seltsamerweise Angst, das Falsche zu sagen. Hatte sich etwas in ihrer Beziehung in den letzten Monaten verändert? War sie anders gewesen als sonst? Sex hatten sie nicht bei jedem ihrer Treffen. Es gab keine Regel, keine Verpflichtung. Konnte es nach so vielen Jahren der Leichtigkeit anders werden? Hatte sie falsche Signale gesandt, oder lag es daran, dass er älter und gesetzlter wurde?

Er lächelte, während sie sich umdrehte und in der Menge verschwand. Zum ersten Mal seit vielen Jahren hatte sie wieder das Gefühl, vor etwas davongelaufen, nein, eher entkommen zu sein. Joni hatte keine Ahnung, wovor, jedoch fühlte sie sich plötzlich erleichtert. Sie hasste es, wenn sich Interpretationsversuche wie Nebelsuppen anfühlten. Das mit der Liebe war nicht immer so einfach, wie sie es haben wollte.

MITSCHNITT AUS DER ERKUNDIGUNG DES VERNEHMENDEN BEAMTEN IM FALL DR. JONI LANKA VS. UNBEKANNT, WIEN, 27.10.2016

Am 27.10.2016 um 9:30 Uhr erteilt Dr. Georg Laube (* 5.2.1956 in Mistelbach), Sektionschef im Außenministerium die Erlaubnis zum Mitschnitt seiner Darstellung im Fall Dr. Joni Lanka vs. Unbekannt:

Die berufliche Situation meiner Ex-Frau verlangt extreme Flexibilität, weshalb das ständige Heim der Kinder zuerst mein Elternhaus und einige Jahre später mein auf demselben Grundstück erbautes Haus wurde. Die Kinder waren und sind eingebunden in eine funktionierende Großfamilie. Die leibliche Mutter besucht sie, sooft es ihr möglich ist, und wohnt in dieser Zeit in einem Wiener Hotel.

Meine Ex-Frau hatte, soweit wir bis vorigen Sommer wussten, keinen Partner, aber eine Handvoll enger Freunde, auf die unbedingter Verlass ist. Zwei von ihnen kenne ich noch aus unserer gemeinsamen Berliner Zeit, den Briten Mike Lumbsden, einen Mitarbeiter des Foreign Office, und Lorenz Scherbaum, den Künstler, der damals noch nicht so bekannt war wie heute. Joni und er sind sogar Nachbarn, ihre Arbeitsstätten befinden sich unter demselben Dach. Mike und Lorenz waren ebenfalls eingeladen, als unsere Tochter Stefanie vor drei Jahren Felix Deschner heiratete. Für Stefanie und ihren Bruder Manuel ist Mike eine Art Onkel und

Lorenz, den sie Renzo nennen, ein schräger Freund mit witzigen Kindern.

Im Grunde sind wir eine normale Patchworkfamilie, die sich gut versteht, weil meine Frau Sylvie und Joni einander mögen und Joni und ich auch über die Scheidung hinaus ein vertrauensvolles Verhältnis pflegen. Das ist vermutlich nicht immer der Fall, vor allem dann nicht, wenn man, wie wir, einen zweiten Versuch gewagt hat, der komplett in die Hose ging.

Joni hat in einem unglaublichen Tempo Karriere gemacht. Ich sage das ohne Neid, denn sie ist intelligent, konsensfreudig, wenn es geht, verschwiegen und weiß, wie man Netzwerke nutzt und pflegt. Sie war zur richtigen Zeit am richtigen Ort die offensichtlich richtige und einzig richtige Person, sonst wäre ihr das wohl als Frau nicht geglückt. Die Kinder sind zu Recht stolz auf sie, auch wenn es immer wieder kompliziert wurde und wird, wenn die Mutter weit weg ist oder nicht sofort kommen kann. Aber das kennen ja viele Familien, deren Väter beruflich unterwegs sein müssen.

Ich glaube, dass es für unsere Tochter schwieriger war, mit der Trennung fertigzuwerden, obwohl es die Großeltern gab und Joni zu Beginn, als ich noch in Berlin arbeitete, alles versuchte, um Stefanie darauf vorzubereiten. Wir waren beide naiv. Aber wir haben es gut hingekriegt, auch später, als wir es noch einmal probierten und Stefanie vermutlich glaubte, es könnte wie im Bilderbuch enden. Manuel war es gewohnt, mit getrennt lebenden Eltern aufzuwachsen, Joni ging endgültig, nachdem sie ihn im Frühjahr 2001 abgestillt hatte. Es war schmerzhaft für uns alle, aber wir bemühten uns, wie man sieht, mit Erfolg.

Ich habe bereits vorher mein Arbeitsleben umgestellt, die

diplomatische Karriere beendet und bin im Außenministerium direkt tätig. Das klingt ein wenig nach Verlust, war es aber nicht. Ich habe gemerkt, dass ich sehr gern Vater bin, und eigentlich bin ich froh, dass es so gekommen ist. Bei Manuel habe ich so viel miterleben können, das mir bei Stefanie entgangen ist. Später gab es dann im Ministerium immer wieder Männer, die sich karenzieren ließen, da sah man meine Entscheidung als weniger ungewöhnlich an. Außerdem stieß Sylvie zu uns, als Manuel noch sehr klein war, das war ein Glück für uns alle.

Im vergangenen Sommer wurde Stefanie schwanger, es gab Komplikationen, und sie konnte nicht wie geplant nach New York fliegen. Joni sah also ihre Kinder mehrere Monate lang nicht. Von Ostern an, wenn ich mich recht erinnere. Das ist nicht unüblich, immerhin ist Stefanie erwachsen und führt ihr eigenes Leben. Aber Manuel verbrachte ja fast den ganzen August mit seiner Mutter in ihrem neuen Haus in Kanada, das ich selbst noch nicht kenne.

Manuel ist jetzt in einem schwierigen Alter, wir waren daher der Meinung, etwas Besonderes wäre für ihn genau das Richtige. Er hatte sich im Juli nach einem herausfordernden und dann einigermaßen gut abgeschlossenen Schuljahr ziemlich zusammengenommen. Mit beiden Kindern hatte es bis dahin keine Schulprobleme gegeben, ganz im Gegenteil. Also überraschte Manuel mich und uns sehr. Ich gebe zu, es war nicht leicht, und erst da habe ich verstanden, was manche Eltern durchmachen. Aber er kriegte die Kurve. Ich hatte eine Art Job bei einem meiner Freunde für ihn organisiert, der ihn nicht richtig einstellte, weil Manuel erst im September sechzehn wurde. Aber der Bub lernte einen realen Arbeitsalltag kennen und sich unterzuordnen. Das war nicht verkehrt.

Daher bekam er diese Reise geschenkt, Flug nach Vancouver, Whale Watching und Wandern in den Rocky Mountains mit seiner Mutter. Unsere Kinder sind privilegiert aufgewachsen, sie hatten liebevolle Großeltern, ein geordnetes Zuhause, Geld war nie ein Problem. Joni und ich haben allerdings festgesetzt, dass Taschengeld und Geschenke nur in einem bestimmten Ausmaß erlaubt sind, damit die Kinder nicht verwöhnt werden. Außerdem sollen sie wie ihre Freunde aufwachsen. Bei Stefanie war das leicht. Bei Manuel wurde es im letzten Jahr schwieriger. Oder sagen wir, ärgerlicher, denn da gab es ein paar Burschen in seinem Umfeld, die mir gar nicht gefielen. Leider hat er sich in dieser Zeit auch von seinem Kinderfreund Beppo entfernt.

Doch zurück zu seiner Kanadareise. Anscheinend hat Manuel in diesen Wochen auch den Partner Jonis kennengelernt. Ich war, ehrlich gesagt, etwas verblüfft, dass es jemanden gibt, der ihr wichtig genug ist, um ihn einem unserer Kinder vorzustellen. Ich hatte bis dahin nichts von ihm gehört, Joni hat Sam nie erwähnt, und im Nachhinein ist mir klar, ich hätte schon nachfragen können, was sie an Westkanada so sehr reizt, dass sie dort Zeit verbringt und offenbar auch Geld investiert hat.

Manuel scheint Sam zu mögen, auch wenn es ihm zu Beginn sicherlich schwerfiel, zu akzeptieren, dass seine Mutter ein Recht auf eine romantische Beziehung hat. Er kannte ja bis jetzt nur ihre Freunde Mike und Lorenz, die er, gemeinsam mit diesem Anwalt aus New York, ihre »Männerbande« nennt. Etwas despektierlich, ich weiß. Ich sage »die Paladine« dazu, nach den alten Rittersagen, aber das findet Manuel natürlich blöd und altmodisch.

Joni hat mir übrigens kurz nach Manuels Ankunft in Kanada am Telefon von Sam erzählt, seit wann sie ihn schon kennt, dass sich die Freundschaft zu etwas Stärkerem entwickelt, dass sie selbst davon überrascht wäre. Ich glaube sogar, er ist ihr wichtiger, als ihr selbst klar ist, und ich möchte ihn kennenlernen.

Wieder zurück zu Manuel: Vielleicht hat es etwas mit seinem Alter zu tun, Sylvie ist sicher, dass er im letzten Schuljahr das erste Mal verliebt war und dass das Mädchen ihn abgewiesen hat. Das soll jetzt keine Erklärung sein für alles, was dann passierte, aber wir denken uns, es könnte eine Rolle gespielt haben.

Jedenfalls reagierte Manuel zwiespältig auf Sam, allerdings erst ein paar Wochen nach seiner Rückkehr zu uns. Im September strotzte er vor Selbstbewusstsein, freute sich sogar auf die Schule. Mir war schon klar, dass er angab mit seinen Abenteuerwochen in den Rockies, aber angeben tun alle, oder? Es sind doch noch Kinder.

Die Schwierigkeiten begannen, ohne dass wir etwas ahnten. Auch seine Schwester wusste nichts davon. Im Nachhinein ist man immer schlauer, natürlich mache ich mir Vorwürfe, dass ich nicht bemerkt habe, wie er sich abkapselte. Ich schob es auf das Alter, auf eine neue Schwärmerei, auf den Tanzkurs, den er gerade begann, dass er nicht mehr so lebhaft erzählte, wie er es sonst tut. Ich dachte überhaupt nicht an die Truppe, mit der er im Frühling so viel Zeit verbracht hatte. Ganz ehrlich: Ich hielt das für erledigt.

Mitte Oktober erfuhr ich zufällig das erste Mal von den fiesen Behauptungen, die im Netz erschienen, und benachrichtigte Joni sofort. Joni war noch in Berlin, aber auf dem Sprung nach Boston und New York, wo sie eine Vortragsreihe halten sollte. Sie interpretierte das Ganze als Aktion übermütiger Halbstarker, auf die sie trotz ihrer Wut nicht reagieren wollte, versuchte aber, mit Manuel darüber zu reden, und informierte ihren Firmenpartner Pierre Conil.

Spätestens da hätte uns beiden klar sein müssen, dass mehr dahintersteckte, denn Conil reagierte anders. Er schaltete umgehend Anwälte ein, mit denen auch mein Anwalt seitdem in Verbindung steht.

2

EIN ZWISCHENSPIEL

Julian oder
»Manchmal klingst du wie
eine uralte Hexe«

In der Lounge herrschte das übliche Gedränge. Sie hatte noch eine gute halbe Stunde bis zum Aufruf. Julians Nachricht, in letzter Minute wie immer, besagte, sie könnte sein winziges Appartement in der Nähe der Carnegie Hall auf jeden Fall zwei Wochen lang nutzen, der Schlüssel läge wie üblich bei Tang Hu, dem Besitzer des chinesischen Restaurants gleich gegenüber. Das war lang genug, um den Kurzurlaub mit Stefanie zu genießen, falls sie kommen würde. Joni bezweifelte es langsam. Besorgt meldete sie sich bei Georg.

»Was ist los mit ihr?«

»Wieso?«

»Ich habe sie für eine gute Woche nach New York eingeladen, und sie reagiert einfach nicht.«

»Wann?«

»Im Mai für nächste Woche. Vorgestern war die Zeugnisvergabe, sie sollte doch schon freihaben.«

»Hat sie auch.«

»Und?«

»Hat sie dir nichts gesagt?«

»Anscheinend bin ich die Letzte, die etwas erfährt. Worum geht es? Will sie nicht? Will ihr Felix nicht? Hab ich was falsch gemacht?«

»Sie ist wieder schwanger. Und sie traut sich nicht.«

»Was? Die wievielte Woche?«

»Die zehnte.«

»Deshalb redet sie nicht mit mir?«

»Es geht ihr nicht gut. Sie hatte alle möglichen Ängste. Und daneben die Schüler, die ja nichts davon mitkriegen sollten. Das wirst du doch verstehen. Und du hattest in letzter Zeit viel um die Ohren.«

»Nicht mehr als sonst. Sie hat auf keines meiner Klopfzeichen reagiert.«

»Sie will erst darüber reden, wenn der dritte Monat vorbei ist. Ich treffe sie dieses Wochenende, ich gebe dir Bescheid.«

»Herrgott, ich bin ihre Mutter! Wieso ist sie böse auf mich?«

»Das ist sie nicht.«

Joni schwieg.

»Mach dir keine Sorgen, es geht ihr gut diesmal. Sie hat vielleicht das Gefühl, sie könnte darüber nicht mit dir reden, weil du gar nicht wüsstest, dass es schwierig sein kann, schwanger zu werden und zu bleiben.«

»Warum nicht? Das ist lächerlich. Es trifft so viele, bloß reden die wenigsten darüber. Ich kenne doch die Zahlen. Bei ihrem ersten Baby durfte ich sofort kommen und trösten.«

»Geredet hat sie mit Sylvie.«

»Das kommentiere ich jetzt nicht.«

»Sei ihr nicht bös. Ich vermute, sie will es dir erst sagen, wenn sie sich sicherer fühlt. Sie will dich weder vor den Kopf stoßen, noch, dass du dir um sie Sorgen machst.«

»Ich bin ihre Mutter!«

»Genau. Und eine extrem erfolgreiche noch dazu. Ich kann dir nur sagen, sie wird in kein Flugzeug steigen, nicht jetzt.«

Joni beließ es dabei. Der Schmerz rumorte in ihr, ihr war klar, dass Eifersucht eine Rolle spielte.

Lieber Manu, möchtest du statt Stefanie nach NYC kommen, und wir fliegen von hier aus weiter?

Die Antwort kam sofort:

> Hallo Mom! Keine Zeit! Bin Hilfsgärtner bei Oma und Opa und erledige Einkäufe für alle Tanten in der Umgebung. Mein Zeugnis hat nicht wirklich begeistert, haha. Ich helf in Wien in einer Kanzlei als Schani für niedere Dienste. Papas Version, mein Taschengeld aufzustocken. Lande wie ausgemacht in Vancouver.

Manchmal hasste Joni die Kürze seiner Mails, die Deutungsmöglichkeiten der Wörter, das viele Ungesagte, das sie vermutete. Diesmal war es wenigstens eine Whatsapp mit richtiger Botschaft und vollständigen Sätzen. Vier Wochen also, bis sie den Jungen in die Arme schließen konnte. Dass er der Familie half und einen Aushilfsjob hatte, fand sie gut, vermutlich bei einem Bekannten von Georg oder Sylvie. Manuel würde die Ferienwochen in Kanada verdient haben, abgesehen davon wollte sie ihn endlich wiedersehen, richtig ausgiebig.

Aber warum hatte Stefanie so sehr Angst, ihre neue Schwangerschaft könnte wieder tragisch enden, würde in neuem Schmerz münden? Warum hatte sie nicht mit ihr gesprochen? Warum war sie – gerade ihre Tochter – verunsichert und zog Vergleiche? Sie hatte ihr doch beigebracht, nach jedem Fall wieder aufzustehen. Oder hatte Stefanie recht mit ihrem Vorwurf, Jonis mütterliches Einfühlungsvermögen sei an manchen Tagen ein schlechter Witz, nicht mehr? In solchen Momenten spürte Joni besonders, dass sie am Rande der Familie stand, aber gleichzeitig brachte es sie in Rage. Es war einfach unfair.

Sie erinnerte sich an das Gespräch im Frühling 2000, als sie Pierre Colin mitteilte, dass sie unerwartet und ungeplant schwanger geworden war. Sie würde sein Gesicht nie vergessen. Im Jahr zuvor hatten sie den Kaufvertrag für den heruntergekommenen Ziegelbau unterschrieben, in dem Lorenz sein eisiges Atelier hatte. Sie hatten gemeinsam die Entscheidung getroffen, welches Architekturbüro den zukünftigen Firmensitz daraus erschaffen würde, die ersten Arbeiter und Handwerker hatten mit dem Umbau begonnen. Im kommenden Winter sollte die Übersiedlung und Inbetriebnahme des neuen Büros stattfinden. Gerade hatten sie zwei weitere Wissenschaftlerinnen aufgenommen, die Verantwortung lastete voll auf Pierre und ihr, genügend Aufträge zu gewinnen, um sämtliche Gehälter, Kredite, Baukosten zu finanzieren. Vierzehn verrückte, Hormon gesteuerte Tage hatten alles auf den Kopf gestellt, als wäre sie zwanzig und keine von ihrem Beruf eingenommene Frau Mitte dreißig.

»Freust du dich?«, hatte Pierre sehr vorsichtig reagiert, und heute noch schätzte sie ihn dafür. Nie kam ein Vorwurf, nie grantiger Unwillen, weil so vieles neu geplant, anders verteilt werden musste. Alle halfen zusammen und wieder wurde Joni klar, wie viel Glück und guter Willen sie umgab.

Sie wusste, dass das nicht selbstverständlich war. Nie würde sie vergessen, wie es Ulli ergangen war, als sie während der Arbeit an ihrer Dissertation schwanger wurde und der Doktorvater auf ihre Mitteilung, sie würde erst zwei, drei Monate später zum Rigorosum antreten können, wütend zischte: »Was ist Ihnen da eingefallen? Haben Sie Ihr Gehirn zwischen den Beinen?«

Das war 1992 gewesen, nicht so lange her. Ulli hatte die angepeilte Forschungslaufbahn aufgegeben, hatte nach der Karenz in einer Apotheke begonnen und mit ihrem Mann ein eigenes Geschäft gegründet. Sie hatte das Beste aus der Situation gemacht, aber es war nicht ihre wirklich freie Entscheidung gewesen.

Schwangerschaften würden in ihrer Firma nie eine Benachteiligung für Frauen bedeuten, hatte sich Joni geschworen. Ein Kind auf die Welt zu bringen, durfte nicht bestraft werden, genauso wenig, wie sich dagegen zu entscheiden. Sie musste mit ihrer Tochter reden, dringend. Wenn Stefanie dachte, Joni hätte keine Zeit, um sich ihre Sorgen und Ängste anzuhören, war das eine Sache, schlimm genug. Aber wenn sie glaubte, ihre Mutter hätte vergessen, wie es war, Mutter zu werden, dann wusste sie einfach zu wenig über Joni und ihre tiefen Überzeugungen.

In der Ankunftshalle in New York wartete Julian gleich hinter der Absperrung, heftig winkend und rufend. Seine Bassstimme ließ ihren Namen über dem Lärm tanzen.

»Natürlich wohnst du in meiner Stadtwohnung, keine Frage, wenn du New York vorziehst, aber musst du wirklich in diesem Bratofen schwitzen? Ich bin im Haus draußen, wenn du also …«

»Die Kinder haben mich beide versetzt. Hätte ich das früher gewusst, wäre ich direkt nach Kanada geflogen.«

»Familie!« Er warf die Arme theatralisch hoch und übernahm ihren Trolley, »mach einfach Pause bei mir, drei, vier Tage, und dann fliegst du weiter. Lass dich verwöhnen, tu, was du willst, du weißt ungefähr, wie es auf dem Land bei mir zugeht. Wir sind in drei, höchstens vier Stunden dort. Nein Joni, denk gar nicht erst drüber nach. Manhattan im Juli hast du doch nur wegen Stefanie geplant. Dir gehört das Gästehäuschen am Waldrand, du kannst dich zurückziehen, wann immer du willst, und wir anderen sind auch ziemlich gesittet.«

»Wer wir?«

»Ich habe wieder eine Freundin!«, grinste er. »Ja, es ging verdammt schnell, ich schwöre, ich habe sie vorher nicht gekannt, und ich habe nicht gesucht. Sie ist zurzeit bei mir, und das Paar, das gerade bei mir wohnt, ist seit Jahren mit mir befreundet.«

»Deine Scheidung ist also durch?«

»Ja.«

»Und du überlegst immer noch, deinen Beruf aufzugeben?«

»Ja.«

»Du bist wirklich verrückt, verrückt wie eh und je.«

Er lachte. »Joni, du hast mir so gefehlt. Also abgemacht?«

Sie nickte und setzte sich in seinen Wagen.

Julian war ein brillanter Anwalt, wenn er frei reden durfte. Er selbst verwirbelte geschriebene Buchstaben, die seinen Augen nur als Wortverklumpungen erschienen, ein Legastheniker der Spitzenklasse. Kein Wunder, dass er trainiert im Auswendiglernen war, sein Hirn einem phänomenalen Textlagerplatz von Paragrafen und ihren Zusätzen glich. Außerdem rezitierte er gern und gut amerikanische Gedichte der Gegenwart, vor allem, wenn er zu viel getrunken hatte. Manchmal hatte ihn Joni im Verdacht, aus mehreren Quellen neue Lyrik zusammenzubasteln, vor allem, wenn sie über Bob Dylans Liedtexte stolperte und erkannte, dass mehr als zwei seiner Zeilen bei Julians Versionen aufgetaucht waren. Er war der einzige Mensch in ihrem riesigen Bekanntenkreis, der Lyrik so im Vorbeigehen einstreute, noch dazu, ohne gekünstelt zu wirken. Aber das lag vielleicht daran, dass sie viel Zeit mit Faktenmenschen und Analytikern verbrachte. Im Vergleich mit ihren anderen Freunden war Julian um nichts absonderlicher als die anderen. Im Grunde waren fast alle ihre Freunde Einzelgänger, um den Planeten kreisend und ständig vom Jetlag geplagt. Asteroidenabfall, nannte Julian sich und die Vertreter dieser Lebensform, »im Gegensatz zum Menschensternenstaub der üblichen Art«. Er überspitzte gern.

Sie hatte ihn während ihres Doktoratsstudiums 1994 in London kennengelernt, als die Stadt noch nicht mit so vielen Hochhäusern und hippen Vierteln brillieren konnte. In ihre zugige Souterrainwohnung mit Blick auf Stufen, gusseiserne Geländer, vorbeigehende Beine und die untere Hälfte parkender Autos pflegte sie erst spät abends zurückzukehren. Im Rucksack trug sie Bücher und Skripte, in der Hand eine Tasche mit chinesischem Fastfood oder äthiopischen Gemüsehäppchen vom Restaurant an der Ecke. Eines Nachts hatte es wie aus Eimern geschüttet, und Julian, der ihr in den letzten Tagen in der U-Bahn bereits aufgefallen war, hatte ihr seinen Schirm und seine Begleitung angeboten. Pendler entwickelten wohl einen Wiedererkennungsfaktor bei ihresgleichen, als wären sie Vertraute.

Er redete ohne Punkt und Komma. Sie erfuhr auf dem Nachhauseweg von seinem Praktikum in einer Innenstadtkanzlei, seiner Spezialisierung auf internationales Wirtschaftsrecht, einem Gebiet, das ihm an der Ostküste der USA nützlich sein würde, von seiner autistischen Schwester, die fasziniert war von veralteten Atlanten, seinem Hund, der daheim bei den Eltern wohnte, weil die britische Quarantäne eine Zumutung für ihn gewesen wäre. Vor Jonis Haustür wartete er, bis sie ihren Schlüssel gefunden hatte, und lud sie für den nächsten Abend zu einem Essen ein, er fände, er hätte genug über sich erzählt und sie sollte sich jetzt revanchieren. Er war nicht aufdringlich, sondern von einer geradezu kindlichen Offenheit und Joni vermutete, dass er ebenso einsam war wie sie.

Sie nahm seine Einladung an und schrieb Mike in ihrem nächsten Brief, dass sie noch einem Mann begegnet wäre, der sich als Lebensfreund entpuppen könnte. Mike antwortete einen Monat später aus Mexiko City, wo er seit einem Jahr an der Botschaft arbeitete, gebeutelt von den Auswirkungen der gerade grassierenden Tequila-Krise. Die kurze Funkstille irritierte Joni nicht. Sie war sicher, die Freundschaft mit Mike würde jede Art von Schweigen überstehen und die Nähe zu Julian sich weiterentwickeln.

Genau so war es passiert.

Joni hatte Julians Appartement während ihres Arbeitslebens schon viele Male genutzt. Jahrelang hatte er die Wohnung sein Zweitlager genannt, die Jurte des Büronomaden, während seine Frau draußen auf dem Land lebte und arbeitete. Das winzige Junior-Schlafzimmer mit eigenem Bad hatte ihr zur Verfügung gestanden, wann immer sie es haben wollte. Julian war vor Jahrzehnten durch seinen Vater an diese der Stadt gehörende Mietwohnung gekommen, und hatte dafür gesorgt, dass sie ihm erhalten blieb.

Joni kannte mittlerweile eine Nachbarin, Musikerin und Komponistin, mit der sie eine schöne Freundschaft verband, obwohl sie unterschiedlicher nicht hätten sein können. Manchmal ergaben sich Möglichkeiten, ein Konzert in der Stadt zu besuchen, manchmal boten sich Treffen in Europa an, wenn Molly, die immer wieder am weltberühmten amerikanischen Juilliard College unterrichtete, in Paris einen Lehrvertrag in Kompositionslehre angeboten bekam. Molly lebte seit einigen Jahren alleine, geprägt von einer großen Liebe, die ein Unfalltod beendet hatte. Sie entpuppte sich als eine Kennerin zeitgenössischer Lyrik, die sie schon seit ihren frühen Blueszeiten vertonte; vermutlich war auch diese Leidenschaft ein Bindeglied für sie und Julian gewesen.

Manche ihrer alten Songs wurden jetzt noch gespielt, brachten ihr Tantiemen ein, die ihr das Überleben mit klassischer Musik ermöglichten, der sie sich in letzter Zeit wieder zugewandt hatte. Eines ihrer Hobbys war das Erfinden von Krimis, die im barocken Wien Mozarts spielten. Joni vermutete, dass das der Grund war, warum Molly sich überhaupt für sie interessiert hatte, die Essenz eines ersten nachbarlichen Tratsches zwischen Julian und Molly und ihr bei einem späten Bier.

Molly gehörte also zu diesem Ankerplatz Jonis und bekam größere Bedeutung als Mikes Nachbarin, als Lorenz' erste Frau. Obwohl Julians Wohnung zentral und trotzdem ruhig mitten in Manhattan lag, war die Anwesenheit Mollys mit den Jahren zum favorisierten Pluspunkt für Joni geworden und hatte ihr klargemacht, wie wichtig Freunde waren, um weitere Freunde zu finden und sich an den unterschiedlichsten Orten daheim zu fühlen.

»Molly werde ich wohl erst treffen, wenn ich mit den Vorlesungen beginne«, wandte sie sich an Julian, der die Brücke aufs Festland anvisierte.

»Wer weiß, ich habe ihr eine Nachricht geschickt, wo du bist.«

»Du warst dir so sicher, dass ich mit aufs Land komme?«

»Ja.«

»Warum?«

»Weil ich dich brauche.« Er grinste und wandte sich wieder der Stadtautobahn zu, den rollenden Autoschlangen im diffusen Nachmittagslicht.

Sein europäischer Wagen war gut isoliert, der Lärm, der die City umhüllte, erschien ihr wie eine Wand, die vorüberglitt, sachte an den Fenstern entlangzog. Sie querten Queens, ließen den Botanischen Garten hinter sich, schoben sich Richtung Yonkers. Joni war schon einmal mit ihm die Strecke den Hudson entlanggefahren, manchmal in Sichtweite der intensiv leuchtenden Steinwände der Cascades, durch Vorstädte mit Spielzeugvillen und vereinzelten Hochhäusern in der Nähe der Industrieanlagen direkt am Fluss. Sie erinnerte sich an saftiges Grün hinter aufgegebenen Geschäften neben florierenden Burger Kings, die schäbigen Malls an wichtigen Kreuzungen, die neugotischen Steinkirchen der Presbyterianer und Methodisten. Sie erinnerte sich an das Haus, das Julians Großvater nach dem Zweiten Weltkrieg hatte bauen lassen, damals vollkommen von Wald umgeben. Hyde Park war zu der Zeit eine winzige Stadt mit einer Handvoll Kirchen gewesen, einem Jesuitenkonvent, einer Poststation und einigen Villen reicher New Yorker. Julians wohlhabender Großvater – er hatte Sinn fürs Geschäft – kaufte günstig Land, als die Fabriken am Fluss sich gerade noch rentabel hielten, der Schmutz und Lärm jedoch viele Ruhesuchende vertrieb. Später standen die meisten Hallen leer genau wie die Arbeitersiedlungen. Spinnereien rentierten sich nicht mehr, nicht hier.

Julians Vater hatte sich dort nie heimisch gefühlt, seine Kinder und die Frau oft wochenlang bei den Großeltern zwischengeparkt, wie er sich ausdrückte. Seine Mutter erlebte Julian hingegen entspannt, sie war fröhlich unterwegs mit Menschen, die er in den New Yorker Monaten nie sah. Selbst Emily, seine Schwester, wirkte offener, liebte es, auf der Pferdeweide eines Nachbarn am Gatter zu sitzen und mit den alten Ponys zu plaudern. Wenn sich jemand näherte, verstummte sie, bewegte sich nicht, während die Tiere an ihr zupften oder einfach den Kopf auf ihre Schulter legten. Julian liebte diese Sommer auch um ihretwillen. Emily zeigte eine spezielle Fröhlichkeit, die in New York nie gelebt wurde, war nicht so schnell aus der Ruhe zu bringen, wenn die täglichen Rituale und Routinen durcheinandergerieten.

Als sein Vater den Eintritt in die Kanzlei an die Übernahme des Hauses koppelte, akzeptierte Julian, ohne lange zu überlegen. Das war kurz nach seiner Rückkehr aus London passiert. Joni konnte es nachvollziehen, obwohl ihre Jugend ganz anders verlaufen war. Schließlich hatte Julians Landidylle sie an Tante Federspiels Reich erinnert, an Ulli mit ihren Uhu-Lauten, Geheimwörtern und saftigen Bezeichnungen. Sofort tauchten die Bilder dieses fantastischen Zuhauses auf, das ihre Eltern nie mit ihr geteilt hatten, sofort schmerzte sie die Erkenntnis, zu selten die eigenen Kinder im Weinviertler Garten der Weinviertler Schwiegereltern beobachtet zu haben.

Erstaunt hatte sie jedoch, wie schnell Julian heiratete, sich einem geregelten Leben ergab, als wäre es vorbestimmt, er sich als angepasst erwies und sie nur an manchen gemeinsam verbrachten Abenden in Manhattan an den leichtlebigen Luftikus in London erinnerte, der ihr bei ihren Entscheidungen damals geholfen hatte.

Ehen konnten etwas Wunderbares sein, war Joni mit ihrem Blick von außen sicher, aber Julian tat ihr schnell leid. Es war so anders bei ihm als bei Georg, der die Richtige 2003 endlich fand. Sylvie war ein Segen, auch für Joni, die das mit erleichterter Begeisterung jederzeit zugab.

Julian spürte offensichtlich, wie sie ihn betrachtete und zu lächeln begann. Aber er verriet nichts über die neue Frau, und Joni fragte nicht. Ihr war schon klar geworden, dass er auf ihre Reaktion beim ersten Treffen neugierig war, und wieder erinnerte er sie an den Mann, der er in London gewesen war. Also erzählte sie ihm von Manuel und wie sehr sie sich darauf freute, ihm zu zeigen, was sie in Kanada geschaffen hatte.

»Weißt du«, sagte sie, »manchmal passiert mir etwas Neues, nämlich dass fremde Landschaften vertraut wirken. Als wären sie ein altes Foto aus einer Kindheitserinnerung, das sich plötzlich in der Gegenwart einnistet; ein Schnipsel, der sich wie eine unerwartete Umarmung anfühlt. Genau so erging es mir mit diesem Tal.«

»Wie hast du es kennengelernt?«

»Zufall. Du weißt doch, dieses Wandern bringt einen an Orte, mit denen man nicht rechnet.« Sie erzählte noch nichts über Sam, behielt für sich, was sie mit diesem Mann verband.

Julian nickte nur und begann, über Manuel laut nachzudenken. In Joni wuchs die Überzeugung, dass ihr die kommenden Tage guttun würden, eine Unterbrechung in freundlichem Kreis mit Menschen, die nichts von ihrer Arbeit ahnten. Es würde die Ungeduld, mit der sie ihren Sohn erwartete, erträglicher machen, und sie sollte diese Tage als willkommenes Zwischenlager betrachten. Gab es da nicht auch einen kleinen Pool, den Wald auf drei Seiten von Julians Haus, die Sonnenterrasse mit Blick auf eine Wiese, auf der in der Dämmerung Rehe auftauchten?

Noch dazu würde dort nicht wie das letzte Mal Julians Ex-Frau Betsy warten, mit ihrem massiven Unverständnis für die Bereitschaft ihres Mannes, seine Stadtwohnung mit Freunden zu teilen. Trotz der Gewissheit, dass er oft nicht da war, wenn Joni auftauchte, dass es noch zwei Männer gab, die sich tage- oder wochenweise einquartieren durften, war es Betsy ein Rätsel geblieben, was und warum es Julian so viel bedeutete, Gastwirt zu spielen, und warum diese Europäerin lieber in der Junggesellenwohnung ihres Mannes lebte als in einem Hotel. Joni kannte einen Teil von Julian, der Betsy unerklärlich war. Das war genug Nährboden für Verunsicherung und Abneigung.

Julian steckte gerade mitten in den zum Teil sehr komischen Schilderungen seines Scheidungsverfahrens, er konnte bereits darüber lachen, wirkte tatsächlich befreit. Joni fiel manchmal ein, fragte nach, vor allem, als er die letzte gemeinsam verbrachte Ehewoche schilderte. Wieder brachen eigene Erinnerungen durch.

Das Malvenblau dieses verrinnenden Nachmittags den Hudson aufwärts wurde plötzlich vom Rosagrau des Berliner Braunkohlenhimmels an diesem Märztag 1990 verdeckt. Sie entsann sich, wie sie den sichtbaren Schlussstrich unter ihre Ehe zog, noch umdrehen hätte können, sich dagegen entschied, wieder und wieder, während sie Kilometer um Kilometer zwischen sich und das Haus in Pankow brachte. Die Erkenntnisse der letzten Tage und Wochen, die Nächte des Redens und der bittern Tränen waren kein Irrtum gewesen.

Sie hatte damals die Autobahn Richtung Süden genommen, nicht die Straße gewählt, die hinter Dresden an der Elbe entlang, sondern die, die über die Berge führte. Das rote Sonderkennzeichen des Wagens erleichterte ihr wie üblich den Grenzübertritt in die Tschechoslowakei. Stefanie schlief, als ihr Pass das letzte Mal von Ostdeutschen bearbeitet wurde; sie war eines jener ausländischen Kleinkinder, deren Ausweise mit Leichtigkeit innerhalb eines Jahres zur Hälfte voll gestempelt waren. Sie war ein Mädchen, das natürlich nicht verstanden hatte, warum eine Mauer den gemeinsamen Besuch mit Ostfreunden im Westzoo bis vor Kurzem verhindert hatte. Aus und vorbei. Joni hatte bloß gedacht, dass ihre Tochter jetzt nie wieder mit Rätseln der Weltpolitik und Verboten zu tun haben würde, eine Illusion wie vieles andere auch.

Vom sauren Regen getroffene Wälder breiteten sich auf den tschechischen Hängen aus, nackte Stämme, eine geradezu obszöne Installation braunschwarzer Astgerippe, deren Anblick Joni seit drei Jahren jedes Mal zum Weinen gebracht hatte.

Sie hätte sich nicht vorstellen können, Jahre später, im Frühling 2000, dieselbe Strecke, noch dazu schwanger, zurückzufahren und voll Staunen das Wunder des genesenden Waldes zu erleben. Damals hatte sie hoffnungsfroh eine verrückte Wiederauflage ihrer geschiedenen Ehe und unkonventionell verlaufenden Mutterschaft versucht.

Hirnrissig, dachte sie und dass sie die Existenz ihres fabelhaften Sohns diesem nervenaufreibenden Melodram verdankte. Sie hatte nie an Omen geglaubt, wie auch in ihrem Beruf? Warum dann damals im Angesicht der fast wieder intakten Landschaft? Weil ihr bewusst wurde, dass sie gerade alles bekam? Kinder mit Familienanschluss, eine steile Karriere, die sich abzeichnete, einen Beruf, der sie erfüllte, und nichts, nichts davon mit derart beschnittener Zeit, wie es anderen Frauen passierte. Sie war in jeder Hinsicht privilegiert, in jeder Hinsicht glich sie ihren erfolgreichen Kollegen.

»Glück ist eine Angelegenheit von zufällig verstreuten guten Gefühlssplittern«, war Ullis vehement vertretene Meinung und dass man es ergreifen musste, ohne sich den Kopf darüber zu zerbrechen, ob man es verdiente oder woher es kam.

Von Hormonen überschwemmt und trotzdem viel zu kopflastig, dafür hielt sich Joni und starrte auf gepflegte amerikanische Vorgärten, als könnte sie eine Erklärung für ihre abrupte Art finden, mühsam gefällte Entscheidungen umzusetzen. Hinter den blassen Fensterscheiben stellte sie sich Familien in ihren Kokons vor, in einem Leben, wie sie es selbst einmal geführt hatte, Vater-Mutter-Kind.

Herrje, dieses Berlin lag doch seit Jahrzehnten hinter ihr. Berlin war damals nur die Bühne ihrer Ehe gewesen, das Desaster mit Georg, das sie auch zu der gemacht hatte, die sie nun war: eine international gefragte Expertin, eine in mehreren Sprachen arbeitende Frau, eine nomadisierende Individualistin, die nun wieder in Berlin ein Standbein besaß. Mittlerweile hatte sie gewisse Fantasien über Heim, traditionell gelebte Mutterschaft, Leben in überlieferten Normen für sich ad acta gelegt. Warum irritierten sie dann die allzu seltenen Mails ihres Sohnes, die plötzliche Verweigerung ihrer Tochter so sehr?

Nach Poughkeepsie bogen sie in Hyde Park rechts ab, verließen den Fluss, das winzige Stadtzentrum mit seinen letzten Spuren verlassener Fabriken und neuer Industriebauten, die die Ausläufer des Rusty Belts nicht wirklich vergessen ließen. Sie folgten sanft geschwungenen Villenstraßen, leicht stieg die Straße an, umrundete eine bewaldete Kuppe. Julian bremste ab, hinter Büschen erschien eine Kiesauffahrt, dahinter leuchtete das Haus im Schatten einer gewaltigen Eiche. Sie waren angekommen.

Joni hatte es größer in Erinnerung. Aber das lag vielleicht daran, dass sie das letzte Mal im Winter hier gewesen war, die Kronen der mächtigen Bäume filigraner gewirkt und Durchblicke auf die verschneite Lichtung gewährt hatten. Sie gingen an dem Glasanbau vorbei, den Betsy für ihre tropischen Pflanzenlieblinge hatte bauen lassen und der nun weiß gekalkt und leer stand. Julian führte sie auf die Terrasse, auf der ein beeindruckend großer Mann am Grill werkte, während zwei Frauen am gedeckten Tisch saßen, gefüllte Gläser vor sich. Einen Moment lang kämpfte Joni mit dem Impuls, sofort hinüber in das Gartenhäuschen zu laufen, dessen Scheiben im Abendlicht schimmerte, geduckt hinter noch üppig blühenden Rosen. Auf dem Dach thronte ein kupferner Hahn, den Julian vor vielen Jahren auf einem Flohmarkt in Europa erstanden hatte.

»Julian!«, rief die junge Schönheit am Tisch und fuchtelte wild mit den Armen, als befänden sich Joni und Julian weit weg in einer bunten Menschentraube.

Während er breit lächelte und Joni verwundert seine Nervosität spürte, flüsterte er Joni ins Ohr »Sie ist ganz anders, als sie auf den ersten Blick wirkt!«, nahm ihre Hand und stellte sie vor.

»Meine Freundin Joni, die ich einer Londoner U-Bahn und Sturmregen verdanke, lang, lang ist's her, und die fast alles von mir weiß.«

Die drei starrten ihr entgegen, als erwarteten sie mehr Informationen oder eine spektakuläre Geste. Doch Joni nickte nur freundlich, wollte Julian auf keinen Fall noch mehr verunsichern.

»Jim und Lee aus New York, ich habe ihn einmal vor Gericht vertreten, als er noch im Betrieb seines Vaters arbeitete, Lee nahm er von dort mit und gründete seine eigene kleine Firma. Und das hier ist Sabina, die sich, was für ein Geschenk, gerade darauf einlässt, mich kennenzulernen. Sie kommt von der Küste«, sagte Julian, als machte dieses Detail die Frau einzigartig.

»Na so was«, fiel Joni nur ein, und sie sah zu, wie Sabina aus dem tiefen Fauteuil sprang und herhüpfte, ihr Strahlen ging Joni durch Mark und Bein. Deutlicher hätte ihr nicht klargemacht werden können, wie erschöpft sie war und eben nicht mehr jung. Sie wechselte zur Bar im Wohnzimmer, griff nach dem Gin Tonic. Nein, sie hätte doch nicht kommen sollen, dachte sie wieder und ließ sich auf das Sofa dort fallen, mit Blick hinaus auf die anderen, auf das sattgrüne Gras. Sabina nahm neben ihr Platz.

»Ist es nicht friedlich hier?«

»Mhm«, sagte Joni, trank und beschloss, doch Konversation zu führen: »Früher gab es auf dieser Wiese Pferde, die Julians Schwester liebten. Aber seitdem sie drüben in Kalifornien wohnt …«

»Eigentlich wollte ich Tierärztin werden, wie viele kleine

Mädchen.« Anscheinend wusste Sabina nicht, dass Emily Autistin war, dachte Joni und war dabei, wegzudriften.

»Aber zum Glück wurde ich schnell erwachsen und begann eine Tischlerausbildung.«

»Wie bitte?«

»Ja, es passierte wirklich überraschend. Ich habe dafür das College aufgegeben.«

»Von heute auf morgen?«

»Ich habe noch nie vorher etwas so eindeutig gewusst. Mein Bruder Bob hat in seiner eingeheirateten Familie Quaker. Einer arbeitet mit Holz, wunderschöne Möbel. Bob nahm mich einmal mit, er ahnte, dass ich einfach nicht wusste, wohin mit mir, und dachte, das könnte helfen.«

»Kluger Versuch.«

»Es roch so himmlisch in der Werkstatt. Ich hatte bis dahin gar nicht geahnt, wie sehr mich das Collegeleben anödete. Ich lerne gern, aber ich arbeite noch lieber mit den Händen. Und ich liebe gutes Design, das die Stärken eines Materials hervorhebt. Der Tischler erklärte mir alles Mögliche, er nahm sich wirklich Zeit, und ich merkte dabei gar nicht, dass er mich prüfte. Bobbie hatte ihm erzählt, wie geschickt ich mich bei vielem anstellte. Ich bettelte noch am selben Tag darum, dass er mich ausbildete, dass ich bei ihm lernen durfte. Er verlangte, dass ich zusätzliche Abendkurse zu Architektur und Kunstgeschichte belegte. Ich war die erste Frau, die er ausbildete. Deswegen sehen meine Hände aus, wie sie eben aussehen.«

Sie hielt Joni ihre Arme entgegen. »Papa sagte, ich würde schwer einen Mann finden mit meinen vernarbten und klobigen Pranken, als Kunsttischlerin mit eigener Werkstatt, die sich nicht reinreden lässt.«

»Aber dann kam ich«, mischte sich Julian ein, »weil mir jemand von ihren Tischen erzählt hatte.«

»Und sie verdrehte ihm den Kopf«, sagte Jim. »Und schon interessiert ihn seine Arbeit nicht mehr, und er verkauft alles!«

Das New Yorker Paar wandte sich wieder einer Umzugsgeschichte zu, die komischen Aspekte durchaus betonend, und füllte die Luft mit leichtem Geplauder, in das Julian einfiel, während Joni das geduldige Schweigen Sabinas auffiel, eine stille Aufmerksamkeit, die in krassem Widerspruch zu ihrer Begrüßungshüpferei stand. Irgendwann fielen Joni die Augen zu.

Später in der Nacht wachte sie wieder auf, auf dem Sofa hingekippt, jemand hatte ihre Beine hochgelegt, sie hörte Lachen und Gläser klirren, sah Kerzenlicht draußen auf der Terrasse, den dunklen Waldsaum dahinter wie eine Basaltwand, die im Himmelsschwarz verschwamm.

Sie kroch hoch, suchte ihre Sandalen, ging am Tisch vorbei, lächelte kurz und deutete nur auf den Pavillon, der am Ende der Wiese hell schimmerte. Niemand hielt sie auf, vermutlich hatte Julian schon eine theatralisch aufgemotzte Beschreibung ihres stressigen Lebens geliefert, die im Grunde nichts Wahres enthielt, weil er trotz allem viel zu wenig Einblick hatte. Jemand hatte ihr Gepäck in das Zimmer gestellt, die Lampe neben dem aufgeschlagenen Bett schwebte über einem honiggelben Lichtkegel, auf dem Tischchen standen Rosenknospen in einer Schale. Im Bad lag alles bereit, was sie brauchte. Filippina, die Betsys rigoroses Auswahlverfahren als perfekte Putzkraft bestanden hatte, dachte Joni und überlegte, ob Julian sich je außerhalb seiner Studentenzeit mit einem Alltagsleben hatte auseinandersetzen müssen oder wann er wohl zum letzten Mal seine Wäsche selbst gewaschen hatte.

Als Joni ins Bett fiel, schob sich kurz der Gedanke an all die Senkgruben unter diesen Häusern vor. Alle diese kostspieligen Häuser der Begüterten saßen wie brütende Hühner auf dem versenkten Mist, für deren Beseitigung sie Menschen brauchten, die im Schatten lebten, vermutlich auch noch dankbar waren für das Geld. Sie stellte sich die Betonkammern unter Blumen, Hibiskus und Magnolien vor, die älteren bereits versiegelt, alle fein säuberlich in den Grundstücksplänen eingetragen, die problematisch für den Aushub eines Swimmingpools oder einer weiteren Kloake werden konnten. Menschen sind seltsam, dachte Joni, dann glitt sie endgültig weg.

Sie wachte früh auf, Vögel lärmten in der Kastanie hinter dem Pavillon, Lichtbalken fielen durch die schlampig zugezogenen Stores auf den Holzboden, den offenen Koffer, die aufs Sofa geworfene Kleidung. Von der Terrasse drangen leise Stimmen. Joni verschwand im Bad, betrachtete entnervt die dunklen Ringe um die Augen, die Mundwinkel, von denen seit Kurzem flache Falten kinnwärts krochen. Nichts war mehr von dem jugendlichen Glanz zu sehen, den sie jahrelang als gegeben betrachtet hatte. Die Chemie ihres Körpers hatte schon längst die Menopause eingeleitet, dieser blöde fünfzigste Geburtstag ließ sich nicht länger ignorieren.

Auf ihrem Handy las sie das Abstimmungsergebnis aus Großbritannien. Brexit! Also doch. Es würde gewaltige Probleme bedeuten, dachte Joni, Einfluss auf ihre zukünftigen Analysen haben und Aussichten auf weniger Freiraum, obwohl gerade der so vielen Menschen versprochen worden war. Urlaub, dachte sie entnervt. Urlaub bedeutet, eine Pause zu machen. Du musst lernen, eine Blase voll Nichts als Vergnügliches anzusehen.

»Gib endlich Ruhe, Joni«, sagte sie laut und stellte sich die Buchstaben dieser Aufforderung vor als bunten übergroßen Zaun.

Sie wählte helle Jeans und ein buntes Top, band die Haare zu einem voluminösen Knoten, aus dem sich sofort Lockensträhnen ringelten, setzte ihre Sonnenbrille auf. Ferien! Sie würde drei Tage hierbleiben und dann weiterfliegen. Drei Tage waren lang genug, um die Nähe zu Julian wieder aufzubauen, den dichten Hügelwald zu erkunden, am Pool zu liegen und vielleicht zu versuchen, Sabina näher kennenzulernen.

Lee brachte gerade Obst und Joghurt heraus, Sabina stellte Tee und Kaffeekanne ab, es war für alle gedeckt. Nichts mehr mit dem Espresso im Stehen in der Küche, dachte Joni, nichts mehr mit dem aufmerksamen Blick Betsys, der Julians Brotkrumenspur folgte. Die Männer kamen mit vollen Platten und Gebäck, sie redeten über Baseball, unterbrachen einander ständig, dazwischen platzierte Julian einen Kuss auf Jonis Wange.

»Gut geschlafen, du Schöne?«

Sie lächelte und registrierte Jims taxierenden Blick, bevor sie sich setzte und über die Wiese zum Wald hinschaute. Vermutlich würden am Abend wieder Rehe hervorkommen, entspannt grasend mit ihren Jungtieren. Sie hatte fast vergessen, in was für einer friedlichen Umgebung dieses Haus lag. Das Gespräch wandte sich Julians Plänen zu, seine Kanzlei zu verkaufen, immer noch heiter, als wären es Traumspinnereien, blitzende Möglichkeiten, die Schmetterlingsflügeln glichen und keine profunden Lebensumstellungen waren. Joni hörte nur halb zu, während Lee und Jim offensichtlich eingebunden waren in den Entscheidungsprozess, zumindest klang es so. Ihr fiel auf, dass Sabina sich nicht einmischte und wie sehr ihr das behagte.

Es erinnerte Joni an die Familienessen mit Georgs Eltern nach ihrer Flucht aus Berlin, an die Frühstücke auf der Weinviertler Terrasse mit der kleinen Stefanie, die den Hochsitz erfolgreich ablehnte und ungeduldig umherrutschte, weil sie ihr Butterbrot selbst beschmieren wollte. Schwiegervater Erich war zu diesem Zeitpunkt schon im Ruhestand, plante seine Freizeit akkurat und war um jede Arbeit dankbar, die Zdenka ihm zuteilte. Joni wusste, dass beide geradezu erleichtert über die Rückkehr ihres Enkelkindes aus der DDR waren, über die Verpflichtungen, die sie daraus für sich als hochwillkommene Aufgabe ableiteten, über Jonis sichtliche Bereitschaft, jede Hilfe anzunehmen. Es waren schöne Gespräche gewesen, ohne taktische Züge oder kaschierte Anspielungen, obwohl Georg noch in Berlin arbeitete und erst Ende des Sommers zurückkehren würde.

»Woran denkst du?«, fragte Julian.

»An ein Leben, das vorbei ist.«

»Und?«

»Gar nichts und. Ich finde es gut, wie sich alles für mich entwickelt, was sich woraus ergibt.«

»Nicht wahr? Vergangenheit ist immer auch Gegenwart, nichts kann man isoliert bewerten.«

»Das sehe ich nicht so«, warf Jim ein.

»Ich glaube, wir wollen es bloß nicht wahrhaben, schließlich verdrängen wir allzu gerne die Fehler unserer Eltern, um nicht für sie büßen zu müssen«, erwiderte Julian, und Joni dachte an die Auseinandersetzungen, von denen er erzählt hatte, an die unerwartete Bereitwilligkeit, mit der er sich trotzdem allen Plänen seines Vaters unterworfen hatte. Sie sah, wie sich Jims Gesicht verspannte, vielleicht hatte er ähnliche Dispute durchgemacht.

Trotzdem nahm sie das Thema auf: »Ich halte dieses Verdrängen nicht für förderlich. Außerdem ist es scheinheilig. Die Vergangenheit gehört zu uns, ob wir das wollen oder nicht, ob wir stolz sein könnten oder nicht. Es gibt keine erfolgreiche Zukunft für lange Zeit, wenn wir in der Gegenwart die Vergangenheit ausblenden oder uns mit Lügen beruhigen. Ein ehrlicher Zugang dient nicht nur uns, sondern auch unseren Kindern.«

»Glauben die Kinder das auch?« Streitlust blitzte in Jims Augen.

»Ich denke schon.«

»Du weißt es nicht?«

»Nein.«

»Ich habe gehört, dass du ein eher loses Verhältnis zu den deinen pflegst.«

»Jim!«

»Nein, lass nur, Sabina.« Joni nahm die Tasse hoch, trank langsam, bevor sie Jim direkt ansprach. »Wir alle sehnen uns nach Sicherheit. Aber wir wollen nicht immer den Preis dafür zahlen.«

»Law and Order, meine Rede!«

»Nein, das brauchen wir nur bedingt, bezogen auf gewisse Grundsätze. Regeln, die etwas mit Menschenrechten, gleichen Rechten für alle zu tun haben. Die gibt es nur, wenn wir uns mit den Folgen unseres Fehlverhaltens auseinandergesetzt haben. Ich weiß, das klingt schrecklich moralisch und erzieherisch. Aber in Wirklichkeit ist es effizient. Populisten fangen gar nichts damit an.«

»Wieso sagst du so was?«

»Weil es so ist.«

»Hat es etwas mit unserer Wahl und dem einen Kandidaten zu tun?«

»Eigentlich nicht, nicht nur. Ich denke so, weil ich mit Menschen auf der ganzen Welt zu tun habe und immer wieder den gleichen Fehlern, Enttäuschungen, Problemen begegne.«

»Starke Männer haben etwas für sich.«

»Frauen nicht?«

»Herrje, Julian, warum hast du mich nicht vor ihr gewarnt? Sie erinnert mich an Hillary Clinton, und du weißt, was das mit mir macht«, lachte Jim.

Joni stand auf und ging in die Küche, wo Lee gerade Eier kochte, sich zu ihr drehte, hinaus auf die Terrasse deutete: »Morgens ist er selten charmant.«

»Seine Meinung hat nichts mit Charme zu tun.«

»Wenn er getrunken hat, ist er unterhaltsamer.«

Joni verkniff sich die Antwort, nahm eine Banane, spazierte hinaus, am Tisch vorbei hinüber zum Pavillon.

Was hatte Julian ihr noch erzählt? Dass die bevorstehende Wahl dieses Mal eine andere Atmosphäre schuf als sonst? Dass es schwerer fiel, über die Kandidaten zu reden? Dass es Wirte gab, die sich politische Diskussionen an der Bar verbaten – und das in dem Land, dessen politische Streitkultur nach dem Zweiten Weltkrieg als ein ersehnter Importartikel in Europa empfunden worden war? Sie nahm sich vor, Julian einfach an der Hand zu nehmen und im Wald zu verschwinden. Neben Jim und Lee würde er doch nie mit seinen wahren Zukunftsplänen herausrücken.

LONDON, 1994

Du kannst dein Glück immer noch nicht fassen, für dieses Projekt ausgesucht worden zu sein, mit Leuten zu arbeiten, deren Bücher du für deine Masterarbeit verschlungen hast. Zu beobachten, wie sie an Themen herangehen, wie sie sich vorbereiten, wie die interaktiven Vernetzungen greifen. Du liebst Oxford, vor allem, weil du es in spätestens einem Jahr wieder verlassen wirst und weil du dich trotz der geradezu brutalen Teilung in privilegiertes Universitätsviertel und Arbeiterschaft an Tante Federspiels Märchengarten erinnert fühlst. Du magst sogar die Studentenabsteige in London, die du für die nächsten Monate, während du hier für dein Forschungsprojekt arbeiten darfst, als Untermieterin einer Untermieterin unangemeldet bewohnst.

Mike ist weiterhin Nomade im Dienst der Königin, arbeitet in Mexiko, und du wirst ihn nicht wiedersehen, während du in England studierst. So hast du dir das nicht vorgestellt, aber er schreibt verlässlich, zumindest tat er das bis vor Kurzem.

Georg hat nicht vorbehaltlos auf deinen Plan reagiert, noch ein Doktorat anzuhängen. Ihm wäre lieber gewesen, du hättest dir einen Job in Wien gesucht, deine beruflichen Ambitionen sind ihm suspekt. Du weißt, dass er – eigentlich Zdenka – die Hauptlast von Stefanies Erziehung trägt. Wenn du alle vier Wochen nach Hause fliegst und in der Wohnung übernachtest, die Ullis Mann als Student benutzte, deine Tochter zu dir holst und drei Tage mit ihr verbringst, versuchst du, dein schlechtes Gewissen mit Aktivismus zu verbergen. Es geht dir vermutlich nicht anders als anderen geschiedenen Elternteilen. Nur bist du weiter weg als die meisten anderen Mütter von ihren Kindern. Immer, wenn du ins Flugzeug nach London steigst, versteckst du deine rot geweinten Augen hinter einer Sonnenbrille. Wenn du dann in der rumpelnden Bahn von Heathrow hinein Richtung City fährst, stellst du jedes Mal deine Pläne infrage, dein Hinarbeiten auf dein Ziel, von dem du immer noch nicht weißt, was es eigentlich ist. Du vermutest, dass Selbstkontrolle eine Sackgasse sein könnte, aber das passiert nur, wenn die Enttäuschung zu groß wird. Immer hast du das Gefühl, den Erwartungen Stefanies nicht zu entsprechen, die viel zu kurze Mutter-Tochter-Zeit nicht optimal genutzt zu haben, alles falsch gemacht zu haben. Selbst ihr Lachen, ihre Umarmungen, ihr Strahlen überzeugen dich nicht vom Gegenteil. Georg argumentiert vehement, du könntest ja Soziologisches in Wien betreiben, die Stadt böte sich mit den schleichenden Veränderungen nach dem Verschwinden des Eisernen Vorhangs genauso gut an wie vor hundert Jahren für Freuds Studien psychischer Störungen und Defekte. Doch das zeigt dir nur, dass er nicht ahnt, was dich treibt. Du willst nicht in nur einer Stadt leben, sei sie noch so schön wie Wien. Du willst nicht in einer Nische arbeiten, die sich aus dem begrenzten Themenkomplex deines Arbeitgebers ergibt. Du kannst dir dein Leben so nicht vorstellen, nicht für Jahrzehnte.

Natürlich fragst du dich, was dein zukünftiger Job eigentlich sein wird, welchen Platz du finden, ob du ihn ausfüllen wirst, wo es dich hin verschlagen wird.

Noch hast du keine Ahnung, dass deine schmerzvollste Aufgabe sein wird, geheime Lasten für viele zu tragen, Fakten zu kennen, von denen andere zu wenig wissen oder die sie gegebenenfalls verschweigen wollen. Du weißt noch nicht, wie viel Zorn in dir schwelen wird, wie oft du vor Menschen, Männern zumeist, sprechen wirst, und sie werden dir nicht zuhören oder dir erklären, wie du denkst, weil sie nur das zu akzeptieren bereit sind. Du hast keinen Schimmer, was dir noch blüht.

Aber dir dämmert, dass du es einfach auf dich zukommen lassen sollst und Gelegenheiten ergreifst, die deinen Interessen entgegenkommen. Du füllst in eurer verqueren Elternbeziehung die Rolle eines abwesenden Vaters aus, auch wenn es bei euch Georg ist, der gut verdient und nicht du. Mit Soziologie, das ist dir klar, wirst du das vermutlich auch nicht. Später wirst du wissen, dass du auch darin eine Ausnahme darstellst. Aber das hat kein Gewicht. Du denkst an deine Eltern. Es ist schwer, deren Beziehung zu verstehen, wenn die Distanz zu groß ist, um das wirklich Prägende ihres Lebens zu kennen. Ja, es gab Drogen in begrenztem Maß, es gab Zusammenhalt, die du ihnen manchmal fast neidetest, es gab einen gemeinsamen Traum und eine Schwäche für Joni Mitchell. Und sonst? Du weißt nicht einmal, ob deine Mutter in ihrem Beruf Erfüllung fand, ob sie von etwas ganz anderem träumte, ob damals ein noch unangepassteres Leben als das deiner Eltern überhaupt möglich gewesen wäre. Du kommst mit deinen Fragen zu spät. Didi gibt Antworten, wenn ihr euch zufällig zur selben Zeit in Wien trefft, aber er ist kein Vater, der sich seiner erwachsenen Tochter aufdrängt, und sei es nur, um sein persönliches Heiligenbild von der geliebten Frau zu teilen. Georg ist ein großmütiger Widerpart. Die Freiheit, zu tun, was du tust und wo, verdankst du der finanziellen Unterstützung deines Vaters, der vorbehaltlosen Hingabe deiner Ex-Schwiegermutter und dem Wissen um das großzügige Erbe, das dir deine Mutter hinterlassen hat und das du als dein zukünftiges Startkapital betrachtest. Du hast jeden Grund, dankbar zu sein. Daher reißt du dich zusammen und beginnst die nächsten Arbeitswochen in England mit einem eifernden Gleichmut, der bloß die anderen täuscht, im Ohr noch die Stimme deiner nun Achtjährigen. Jeder Tag, der folgt, entfernt dich weiter von ihr, selbst wenn du Briefe schreibst, zum Telefon greifst und hörst, wie sie von Zdenka herbeigerufen wird. Das Trappeln ihrer Füße,

die Aufregung, mit der sie schon mit dir zur reden beginnt, bevor der Hörer noch übergeben wurde. Sie sprudelt über vor Freude. Sie hat Freundinnen, sie wird geliebt, ohne Vorbehalt. Genau das gibt sie weiter an dich. Stefanie ist der großartigste Mensch in deinem Leben. Nur ihr gestehst du das Recht zu, dich infrage zu stellen. Doch sie tut das nie.
Georg hatte eine Liaison. Sie war mit ein Grund, warum er seine diplomatische Laufbahn beendet hat, sich versetzen ließ in den Innendienst. Die Frau wollte ihn nicht auf seinen neuen Posten begleiten, es war ihr zu weit weg, zu fremd, vermutlich hielt sie es aus Unwissenheit auch für schäbig. Sie wollte ihren Beruf nicht dafür aufgeben. Du weißt, wie viel es ihn gekostet haben muss, ihretwegen zurückzustecken. Er muss verrückt nach ihr gewesen sein. Und trotzdem verließ sie ihn.
Er hatte Berlin geliebt, danach durfte er auf dem Balkan einspringen, ein schwieriges Terrain zwischen den Fronten der aufgewiegelten Völker. Du bist immer noch erleichtert, dass er nicht deinetwegen aufgehört hat. Du verstehst, wie angeschlagen er zurzeit ist. Du weißt, dass seine Familie in dir eine Flüchtige sieht, die sich ihren eigentlichen Pflichten entzogen hat. Das Dilemma mit der Nachfolgerin wäre gar nicht passiert, wenn du deine Rolle erfüllt hättest. Aber dieser vage Vorwurf seinerseits prallt an dir ab. So stark bist du schon trotz oder vielleicht gerade wegen der Liebe zu eurem Kind.

> Well, something's lost, but something's gained
> in living every day

Wie immer betrittst du spät abends die U-Bahn, und wie fast immer steigt Julian vier Stationen später dazu. Obwohl ihr es nicht ausgemacht habt, scheint ihr euch aufeinander abzustim-

men. Seine Leichtigkeit schwappt über auf dich, schon verliert der Tag an Düsterkeit. Seine Art, die Leute in dem Büro zu beschreiben, in dem er sein Praktikum absolviert, gleicht einer Sammlung von witzigen Dramoletten und Kabarettnummern. Sein Humor ist geistreich, ohne je bösartig zu werden. Du beschließt, mit ihm noch auf einen Absacker zum Inder zu gehen. Ihr steigt hinauf in die Welt der Straßen. Der Mond wirft sein Licht bereits aus, ein erfolgreicher Angler, der euch an der Leine führt.

Julian redet. Er hat ein Gefühl dafür, wie Menschen erscheinen wollen, ob sie etwas Wichtiges verbergen, ob sie sich zur Lüge gezwungen sehen. Er erfasst die Essenz von Persönlichkeiten, schon bevor sie ihm nahekommen. In der Hinsicht ist er viel erfahrener als du. Du glaubst, dass er mit der Zeit zum Philanthropen werden könnte. Er sammelt Geschichten, als wären sie sein Elixier. Es gibt Menschen, in deren Gesprächen türmen sich ganze Leben, und es gibt andere, die Blasen schlagen.

Julian erfasst Details, und du weißt, dass er als Anwalt erfolgreich sein wird, selbst wenn er sich nicht in amerikanischen Gerichtsarenen produziert. Ihn faszinieren globale Zusammenhänge, und darin seid ihr euch ähnlich. Dort, wo du schnell ernst und geradezu schwermütig wirst, findet er komische Elemente und appelliert an deine ostösterreichische Variante von schwarzem Humor. Er ist so jung und bei Weitem noch nicht erfahren wie du, die du dich selbst als ständig Lernende empfindest. Du bist eine, die damit gar nicht aufhören kann, verbissen geradezu. Er hat sich eine Unschuld erhalten, um die du ihn manchmal beneidest. Er ist wie ein kleiner Bruder, er kann dich so zum Lachen bringen, dass du dich am liebsten auf dem Boden wälzen würdest. Du bist dir sicher, dass das irgendwann passieren wird, mit ihm auf jeden Fall.

Es ist eine Art von Freundschaft, die du dir nie hättest vorstellen können. Als Mann interessiert er dich genauso wenig wie du ihn als Frau, er ist dir einfach zu jung. Außerdem gibt es einen Kollegen, der für eine unkomplizierte Affäre begeistert zu haben ist, genau das, was du im Moment brauchst. Mehr nicht. Aber mit Julian ist das nie ein Thema. Eine asexuelle Beziehung, die trotzdem so schnell von solcher Nähe wie mit ihm geprägt ist, hast du bis jetzt für unmöglich gehalten.

Mit Mike ist es anders. Er ist brüderlicher mittlerweile, und trotzdem zieht er dich auf eine Weise an, die du nicht wahrhaben willst. Mike taucht manchmal für Monate unter, ist irgendwo in der Welt unterwegs, arbeitet, lebt, ohne dass er dir Einblick gewährt, entzieht sich vollkommen deiner Welt. Aber du weißt, wenn du ihn wirklich brauchst, ist er für dich da. Noch sind handgeschriebene Briefe euer Halt, geradezu antiquiert in einer Welt, in der Computer so vieles auch im Alltag schon übernommen haben.

Du hast Mike von Julian erzählt, aber Julian nichts von Mike. Das allein sagt doch etwas, oder?

Julian oder eine junge Version von ihm hättest du gerne als Spielkamerad in Tante Federspiels Garten gehabt, in Kostümen, die ihr aus der großen Kiste geholt hättet, in der so viele Schätze für die Faschingsmaskeraden gelagert wurden. Julian wäre der Junge gewesen, der sich nicht zu blöd für solche Spiele mit einem Mädchen gefühlt hätte, selbst nicht mit Ulrike. Er scheint frei von Standesdünkel zu sein, und du fragst dich, ob er sich diese Qualität erhalten wird können.

Er führt dich aus in Spelunken und klebrige Bars, er zeigt dir Viertel, die er selbst erst durch Zufall entdeckt hat. Er macht dich mit Sozialarbeiterinnen bekannt, als wäre ein Gespräch mit ihnen wie ein gut verpacktes Überraschungsgeschenk, was es oft

auch ist. Sein Eifer, sich für alles zu interessieren und dich dafür zu begeistern, selbst wenn du todmüde bist, scheint unendlich zu sein. Gibt es irgendetwas, das er nicht als Spiel auffasst?
Erst kurz bevor du nach Oxford zurückkehrst, erwähnst du Stefanie. Seine spontane Reaktion: »Aber da könnte ich doch ihr Onkel werden!«, bestärkt dich darin, den Kontakt mit ihm nicht abzubrechen.
Eine gute Entscheidung, denn als die erste Anfrage kommt, ob du freiberuflich arbeiten möchtest, wartest du gerade auf die Beurteilung deiner Dissertation. Julian nimmt den Bus, fährt zu dir und erklärt dir mit umwerfender Naivität und überschäumend, warum du das Angebot annehmen und keine Behörde, keine Institution, keine riesige Beratungsfirma als einzigen Arbeitgeber in Betracht ziehen sollst. Er sagt genau das Gegenteil von dem, was Georg rät. Geprägt von seinem Heimatland offeriert er dir Aussichten, die dich nicht schrecken. Von manchen Sehnsüchten wissen wir gar nicht, dass sie schon Jahre auf dem Weg zu uns sind.
Du bist, als du die Weichen für dein ungebundenes Arbeitsleben stellst, geschiedene Mutter mit neunundzwanzig Jahren, finanziell unterstützt von deinem Vater und einem Begabtenstipendium der Universität. Julian ist gerade noch zweiundzwanzig, war angeblich dreimal unsterblich verliebt, wurde von seiner Mutter an der kurzen Leine gehalten und weiß, dass ihm die Kanzlei seines Vaters offenstünde. Aber er weiß nicht, ob er tatsächlich mit seinem Vater auf Dauer arbeiten könnte. Ihr habt wirklich wenig gemeinsam, und doch vertraut ihr beide blind der Stärke des anderen, unterstützt eure geheimen Träume.
Offene Wege. Ersehnte Erfüllungen wie aufgehende Sonnen. Und du in ihrem flutenden Licht. Das verdankst du Julian.

Der Aufenthalt wurde nicht langweilig, wie Joni befürchtet hatte. Julian hatte ein Bouquet an Möglichkeiten präsentiert, und sie wurde nicht unter Druck gesetzt, mitzumachen. Gerade deshalb war sie tatsächlich bei fast allem freiwillig mit von der Partie. Sabinas erfrischende Art ließ sie geduldiger über Jims Attitüden hinwegsehen, auch, weil sie erkannte, wie sehr sich Sabina zusammenriss, um Julians Freunde nicht zu vergrämen. Joni betrachtete Jim mit dem Sarkasmus, den sie in den letzten Jahren oft als ihre Waffe einsetzte, wenn sie Gefahr lief, vor Publikum Männern kränkende Wahrheiten an den Kopf zu werfen. Männern, die sich ihrer selbst allzu sicher fühlten. Jim war leicht zu durchschauen, ging zum Gegenangriff über. Vermutlich war er in der vertrauten kleinen Runde mit Julian ganz anders. Er gehörte zu den Menschen, die Joni nicht wieder treffen wollte, und sie ahnte, dass Sabina für Jim ähnlich irritierend in ihrer offensichtlichen Stärke erschien. Als Julian nebenher bemerkte, dass Sabina im ganzen Distrikt die einzige Frau war, die auf so hohem Niveau tischlerte, und Lee sich dafür interessierte, welche Designer kamen, um mit ihr zusammenzuarbeiten, hatte er hilflos, fast überfordert reagiert.

Joni beobachtete, schwieg und freute sich, als Julian mit ihr allein aufbrach, um den alten Pfad hinauf auf die Hügelkuppe zu gehen. Es gab dort oben einen baumfreien Fleck, ein paar verwitterte Felsen, eine Kanzel formend, den freien Blick nach Südwesten weit über den Hudson River hinweg. Sie gingen schweigend los, tauchten ein zwischen den Bäumen. Wenig später kämmten die ersten Lichtstreifen der tief stehenden Sonne das schütter werdende Blätterdach. Erst da begannen sie, miteinander zu reden, teilten ihre Ansichten, wie sie es immer schon getan hatten, von Thema zu Thema springend über Details, die sie gelesen oder gehört hatten, die ihnen aus ganz bestimmten Gründen wichtig schienen. Es waren Gespräche aus dicht ineinander verflochtenen Szenen und Zitaten, die sie auf ihren Gehalt hin zerlegten. Alles Gesprochene lud dazu ein, später weiter nachzudenken und sich, vielleicht Monate später und im erweiterten Blickwinkel nach einer Mail, einem Telefonat, damit auseinanderzusetzen. Das war ihr gemeinsames Bindeglied, das, was ihre Freundschaft über so viele Jahre am Leben erhalten hatte, die nie erlahmende Neugier, wie der andere die Welt sah, menschliche Aktionen beurteilte.

Außerdem verriet Julian ihr seinen Plan.

Er wollte den ganzen Appalachian Trail gehen, von den Ausläufern an der kanadischen Grenze bis in den Süden über die Blue Ridge Mountains, und das alleine, auch jetzt noch, obwohl er sich in Sabina verliebt hatte. Er wollte herausfinden, ob er lange auf teils katastrophalen Wegen wandern konnte, ob er diese persönliche Einschränkung und körperliche Herausforderung in einer sich ausweitenden einsamen Bergwelt überhaupt aushielt: »In Europa machen sie sich doch dafür auf den Weg nach Santiago de Compostela.«

»Bloß alleine bist du da nicht, was nicht schlecht ist, wenn dir etwas passiert. In der schönen Jahreszeit gehst du mit Tausenden.«

»Das ist der Vor- oder Nachteil eines schmächtigen Kontinents«, lachte Julian.

Sabina wusste bereits Bescheid, würde ihn mindestens einmal in einem bewohnten Tal erwarten. Sie würde da sein, sagte er, und sein offensichtliches Staunen darüber erzählte

Joni mehr über die Enttäuschungen seiner letzten Jahre, als ihm vielleicht bewusst war. Erst danach würde er sich entscheiden, was er mit dem Rest seines Lebens beginnen würde.

Nun lachte sie. »Du bist vierundvierzig!«

»Genau. Findest du, dass ich erwachsen handle?«

»Ja. Du bist niemandem mehr und noch nicht jemandem so verpflichtet, du hast die Zeit, du hast das Geld, um das Haus und deine New Yorker Wohnung eine Zeit lang weiter halten zu können. Du wärst dumm, wenn du diese Chance nicht nutzt.«

»Meine Kollegen waren entsetzt, als ich die Kanzlei verkaufte und mich selbst entließ.«

»Das sind Anwälte!«

»Wie ich.«

»Du bist Julian. Du bist besonders. Du warst es wenigstens immer für mich.«

»Ach Joni! Ich hoffe, du wirst Sabina auch mögen, wenn ihr euch in deiner Bostoner Zeit trefft. Oder in New York.«

»Wann willst du denn los?«

»Nächste Woche. Ich bin schon spät dran, wenn mich nicht der Winter in den Bergen erwischen soll. Das ist auch der Grund, warum ich von Maine aus gehe. Dann habe ich das anstrengende Stück in Pennsylvania noch im Sommer.«

»Seit wann wanderst du überhaupt?«

»Seit Neuestem. Spleenig, nicht wahr? Ich habe voriges Jahr vor der Scheidung damit begonnen, weil ich es mit Betsy nicht mehr aushielt. Außerdem hast du mir immer erklärt, dass Gehen ausgesprochen hilfreich ist, um sich über etwas klar zu werden. Du bist also schuld. Keine Ahnung, wie lange ich durchhalte. Meine Schuhe schauen schon ordentlich benutzt aus. Außerdem habe ich gelernt, mein ultraleichtes Einmannzelt aufzubauen, und die Fähigkeiten meines Schweizer Messers entdeckt.«

»Du hörst dich wie ein kleiner Junge vor einem Abenteuer an.«

»Aber ist es das nicht? Der Trail ist eine Herausforderung, nicht nur für mich, sondern auch für geübte Wanderer.«

»Das glaube ich. Wann hast du das letzte Mal in der Wildnis übernachtet?«

Er lachte. »Vor dreißig Jahren, ungefähr. Und vor Kurzem hier draußen, um zu üben. Joni, es ist so aufregend! Es gibt Unterstände, es gibt genügend andere Wanderer auf der Strecke, es gibt Dörfer, wo ich übernachten kann, wenn mich die Sehnsucht nach einer Dusche überkommt. Oder hast du etwa Angst, dass mich ein Bär fressen wird?«

»Du freust dich wirklich darauf.«

»Ja.«

»Ich bin einmal in Kanada in der Gaspésie fast einen Monat gegangen und mehrmals eine Woche in den Rockies.«

»Das hast du mir nie erzählt.«

»Nein.«

Nun lachte er. »Du warst nicht allein.«

»Nein.«

Julian lächelte. Er kannte sie gut genug, um nicht weiter zu fragen.

Am dritten Tag wurde sein Versprechen wahr, und Molly tauchte auf, entführte Joni hinunter an den Fluss, spazierte mit ihr die verschlafene Promenade entlang und dirigierte sie an windschiefen Häusern, einer stillgelegten Tankstelle vorbei zu einer Kreuzung der Albany Post Road. In einem Eckbau befand sich eine Bäckerei. Der Plafond war niedrig und hing in der Mitte durch, zwei meergrüne Säulen, deren

Farbe dort abblätterte, wo Stühle seit Jahren dagegen scheuerten, trennten den Verkaufsbereich vom Gastraum. Es standen fünf Tische darin, unterschiedlich groß, unterschiedlich geformt. Hölzerne Kastenfenster, wie Joni sie nur aus Mittel- und Nordeuropa kannte, gaben den Blick auf einen prächtigen Rosenstrauch frei.

»Sie haben Kuchen, das glaubst du nicht! Eine Großmutter war aus dem Böhmerwald, von ihr sind die Rezepte. Der Kaffee ist grässlich, aber mit diesen Wunderwerken aus Hefe und Schlagobers und Früchten und Schokolade und Nüssen – oh, ich höre mich wie eine Verrückte an!«

»Überhaupt nicht! Das klingt nach Wien!« Joni konnte den Blick nicht von der Theke abwenden. »Und es sieht aus wie eine Konditorei in Österreich! Eigentlich müsste das hier eine Goldgrube sein.«

»Falsche Gegend, behauptet Julian. Manche bestellen Torten zu den Wochenenden, für Geburtstage, aber es gibt zu viele Arbeiterfamilien in der Gegend, denen es nicht rosig geht. Von den besser Situierten kaufen die meisten in den Malls oder in der City. Für mich ist es ein typisches Relikt aus der Zeit, als hier alles boomte. Versteh mich nicht falsch, hier gibt es keine Städte, die so heruntergekommen sind wie drüben in Pennsylvania. Aber die New Yorker, die hier Häuser besitzen, sind gepflegte Mittelschicht, nicht mehr die Neureichen, die Millionären wie den Vanderbilts folgten. Julian redet nicht gern darüber, wenn seine Freunde da sind, aber die Idylle verbirgt gerade noch die schäbigen Seiten, man darf nur nicht zu genau hinschauen.«

»Interessiert er sich deshalb seit Neuestem für Tagespolitik?«

»Das hast du schon bemerkt?«

»Ja«, Joni setzte sich an einen Tisch neben dem verstaubten Kamin, lächelte Molly an, hinter der die Säulen wie vergessene Theaterrequisiten leuchteten.

»Er wird natürlich Clinton wählen. Sanders war ihm ein wenig zu links.«

»Und dir?«

»Ich hab was übrig für alte Männer, wenn sie radikal sozial eingestellt sind.«

Joni lachte. »Und hältst du es für möglich, dass Trump überhaupt eine Chance hat?«

»Du fragst die Falsche. Ich bewege mich unter Künstlern und Studenten, außerdem in New York. Da ist die Stimmung ziemlich eindeutig, was natürlich keine Rolle spielen mag bei unserem antiquierten Wahlsystem.«

Eine Frau mit grüner Schürze brachte eine Etagere voll saftig glänzenden Petits Fours, cremigen Versprechungen, schimmernden Fruchtstückchen in karamellisierten Teignestern. Politik wurde sofort völlig unwichtig, die Menschen in Julians Haus waren keine Tratschminute mehr wert, es ging nur um Genuss und endlich um Mollys Musik, um Lyrik, die sie in letzter Zeit vermehrt geschrieben hatte, um eine Komposition, die sie beschäftigte.

Es spielte keine Rolle, dass Joni kein Instrument spielte, überhaupt viel zu wenig Ahnung hatte. Sie hörte gerne zu, auch fremdartigen Melodiefolgen, weil sie darin eine Art Sprache sah, die sie einfach noch nicht entschlüsseln konnte. Molly hatte ihr einmal erzählt, dass Musik vermutlich die erste Kunstrichtung war, die dem Menschen geholfen hatte, nicht nur zu überleben, sondern zu erahnen, welchen Stellenwert das menschliche Wesen im großen Ganzen einnahm. Das war selbst damals schon der Fall, als Heimat bloß aus ein paar Hektar rund um eine Höhle bestand, ein Erdloch unter einem noch namenlosen Himmel mit der verlässlich wiederkehrenden Mondscheibe war. Molly konnte Joni jederzeit aus ihrer Welt der Katastrophen und düsteren Kassandrarufe entführen.

»Weißt du«, erzählte Joni, »es gibt Namen, die mich immer träumen lassen, vom Moment des ersten Hörens oder Lesens weg.«

Meist waren es Fluss- oder Bergbezeichnungen, Landmarken in den Sprachen der First Nations, Silbenmusik, die ihr Fernweh anheizten und Bilder beschworen. Besuchte sie diese Orte später, enttäuschte es trotzdem nie. Etwas war immer fremd, und sie genoss die Neuartigkeit der Schönheit, ergab sich dem Unbekannten, Farben, Formen, Gerüche, Texturen nahm sie über Sprachklänge auf und speicherte sie als akustische Bilder ab. Im Hintergrund konnte sie hören, wie etwas den Namen sang, wieder und wieder, ein endloses Lied, das vielleicht von Vogelstimmen, Motorenlärm oder Menschengeräuschen untermalt wurde. So grub es sich in ihr Gedächtnis ein, ein Schatz besonderer Art. Wenn sie sehr traurig, sehr erschöpft war, half ihr diese Klangbibliothek. Sie summte Namen, einen nach dem anderen in nie gleichbleibender Reihung, und die Bilder der Orte umgaben sie, bis sie ihr Gleichgewicht wiedergefunden hatte.

»Dieser Planet ist eine Schatzkammer«, sagte Joni.

»Meine Rede«, erwiderte Molly. »Es ist wie Musik, die uns alles Vorhandene verschlüsselt und enthüllt, für jede Person anders und doch nachvollziehbar. Deshalb liebe ich es, mit anderen zu musizieren. Es ist ein Geschenk.«

»Wenn ich im Herbst in New York bin, wohne ich wieder bei Julian, und wir können uns treffen«, sagte Joni später auf der Fahrt zurück.

»Wie lange bist du da?«

»Eine Woche, vielleicht noch ein zusätzliches Wochenende, aber ich halte mir für dich zwei Abende frei. Versprochen.«

»Ich bleibe jetzt über Nacht hier und bringe dich morgen zum Flughafen. Stundenlanges Plaudern inkludiert, egal, welches abstruse Thema du streifst oder ob du über die Kinder berichten willst.«

Joni strahlte. Wie geschickt Julian alles eingefädelt hatte. Vor dem Haus blieb sie abrupt mitten auf dem Asphalt stehen.

»Was überlegst du?«, fragte Molly.

»Nichts. Ich stehe nur auf meinem Schatten.« Vergnügt deutete sie auf die über ihnen gleißende Nachmittagssonne und auf ihre Füße, die mitten im dunklen Oval standen, das ihr Körper auf den Asphalt warf. Molly kam näher, der Schattenfleck wuchs.

»Doch, tatsächlich habe ich gerade über etwas nachgedacht«, Joni legte ihrer Freundin den Arm um die Schulter. »Weißt du, Erinnerungen zerrinnen manchmal, und ich denke mir, es muss einen Grund geben, warum diese zwei Worte einander so ähneln, zumindest in meiner Sprache.«

»Frag Freud!«

Sie begannen beide zu lachen. Joni lachte wirklich gerne. Aber das wusste eigentlich nur ihr engster Freundeskreis.

Im Haus liefen bereits Vorbereitungen fürs Grillen und eine Filmvorführung. Filippina würde viel wegzuräumen haben, dachte Joni noch, bevor ihr ein Aperitif in die Hand gedrückt wurde.

»Was sehen wir?«

»Woody Allen.«

»Wer hat denn den ausgesucht?«

»Molly.«

»Bloß nicht den *Stadtneurotiker*«, stöhnte Lee. »Ich begegne zu vielen solchen Typen in meinem Alltag!«

»Nein, nein.« Molly zeigte die DVD Hülle. »Ich mag ihn als Boris Gruschenko sehr. Nur er kann Musik mit irren Dialogen verbinden.«

»Er spielt da einen slawischen Underdog, oder?«

»Ist das der Film, der in Russland spielt, und Napoleon soll abgemurkst werden?«

»Ja. Umwerfend komisch«, Molly drehte sich um sich selbst.

»Eine Grauslichkeit nach der anderen, oder?«, warf Lee ein.

»Zum Niederknien!«

Julian begann zu lachen. Es war sein übliches Dröhnen, ein abnormes Kichern zuerst, dann mischten sich breit gewölbte Diphthonge hinein und tauchten Trompetentöne auf, in die sich ein geschnaubtes R hineinschob. Julian hielt sich mittlerweile den Bauch. Joni konnte nicht anders, als mitzumachen. Er war der einzige Mensch, dessen Lachen eine derartige Bandbreite an wüsten Klängen erschuf, sie hatte schon erlebt, wie er damit Menschenmengen ins Mitkreischen drängte oder bis zur Peinlichkeit still werden ließ. Mittendrin bemerkte sie, dass Sabina Julian hingerissen beobachtete. Von dem Moment an mochte sie die junge Frau.

»Was ist?«, fragte Julian keuchend und schluckend.

»Du hast Glück«, antwortete Joni und wandte sich Molly zu, die sich immer noch drehte, um dann auf einen Sessel zu fallen und zu jubeln: »So einen Tod hätte ich gern, der mit mir in die Ewigkeit tanzt, eine Allee entlang mit glänzender

Sichel, und das Wasser im Teich glitzert verheißungsvoll als Antwort auf Prokofjews Musik.«

»Ihr seid alle verrückt«, sagte Jim und öffnete eine Flasche kalifornischen Riesling.

Gegen Abend baute sich ein Gewitter auf, im Wind ritten Vogelschreie. Als die ersten Tropfen fielen, wechselten sie von der Terrasse hinein vor den Fernseher. Woody Allen übernahm, während die Freunde zu kichern begannen und später Jims sanftes Schnarchen die Geschichte begleitete. Draußen war der Himmel wieder klar, Julian begleitete Joni hinüber zum Pavillon.

»Bist du glücklich?«, fragte er.

»Zufrieden.«

»Alleine?«

»Aber definitiv nicht einsam, das weißt du doch.«

»Du vermisst wirklich nichts?«

»Doch. Die Kinder. Immer wieder. Und manchmal die Freunde. Aber niemand hat alle Menschen, die er liebt, ständig um sich.«

»Du weißt, woran ich denke.«

»Julian, ich bin nicht wie du. Und es geht mir gut. Wirklich. Ich fühle mich privilegiert, meine Problemchen sind alle zu lösen. Es gibt keine Streitereien, keinen Zorn, keinen Neid in meinem Privatleben, nichts, was rundum Menschen unglücklich macht. Ich erlebe so viel Leid, immer als Beobachterin, und es ist nie meines. Wenn das nicht Glück ist, was dann?«

»Ich bin verliebt. Ich werde etwas komplett Neues unternehmen. Ich lebe in einem großartigen Land. Also sind wir beide eigentlich glücklich, oder?«

»Unbedingt.«

»Ich wünschte nur, du könntest auch so verliebt sein wie ich.«

»Wer sagt dir, dass ich es nicht bin?«

»Was?«

Joni lachte. »Weißt du was? Vielleicht treffe ich dich im Oktober oder November, wenn du deine Wanderung fast geschafft hast. Vielleicht komme ich nach Asheville und lade dich auf eine luxuriöse Hoteldusche ein. Was hältst du davon?«

»Das wäre großartig! Einfach wunderbar.«

»Schau, dort drüben steht der Große Wagen über dem Wald!«

Julian folgte ihrem Blick, legte ihr den Arm um die Schultern, sie schwiegen eine ganze Weile in freundlichem Frieden, bevor sie sich umwandten, einander umarmten und er zurück zum Haus ging.

»Wir gehören zu den Glücklichen, Joni!«, hörte sie ihn noch sagen, bevor sie die Tür schloss, »Wir leben unter Sternen, die wir nicht fürchten.«

Am nächsten Morgen brachte Julian Jonis geliebten Pfefferminztee, sah zu, wie sie ihre Dinge im Boardcase verstaute, sich dann zu ihm an das Tischchen setzte und seine Hand hielt.

»Wirst du das Haus überhaupt behalten?«, fragte sie.

»Ich weiß es nicht. Sabina lebt an der Küste, arbeitet dort. Keine Ahnung, ob sie sich eine Zukunft mit mir vorstellt, du weißt schon, mit Familie und so. Ich bin noch nicht zu alt dafür. Soll ich dir was verraten? Sie macht Jim Angst.«

»Das glaube ich sofort.«

»Wieso? Er ist ein Kumpel. Nett. Verlässlich.«

»Er ist wie ein alter Schuh, ausgebeult an den richtigen

Stellen, tut nicht weh, ist bequem und gut eingelaufen. Und geht vor allem die Wege, die er kennt.«

»Das sind lauter positive Eigenschaften.«

»Und schrecklich langweilig.«

»Früher haben wir oft was gemeinsam unternommen. Zu viert.«

»Das wird nicht mehr passieren, nicht so häufig. Sabina wird dich nicht verändern, wie Betsy das versucht hat, aber sie lebt auf eine Art, die Jim nicht versteht, und deshalb wird er es sein, der sich entfernt.«

»Glaubst du, Betsy war unglücklich mit mir?«

»Ihr wart es beide.«

»Manchmal klingst du wie eine uralte Hexe.«

»Das höre ich oft, rund um die Welt.«

Julian gluckste wieder, stand auf, zog sie hoch, fing zu trällern an, Wiener Blut, Wiener Blut, und tanzte mit ihr aus dem Pavillon hinaus hinüber zur Terrasse, wo Lee und Molly gerade mit Frühstücksgeschirr in den Händen erschienen.

»Wenn du im Herbst fertig mit deiner Arbeit bist, musst du mich wirklich entweder in Georgia aus den Bergen holen oder mich in New York treffen«, sagte Julian und umarmte Joni heftig.

»Darum will ich dich gebeten haben.«

»Du kommst zu mir, meine Werkstatt möchte ich dir gerne zeigen«, bat Sabina, und Joni nickte entzückt.

Filippinas klagende Balladen sickerten aus dem Haus, während sie ihrer täglichen Arbeitsstrecke durch die Zimmer folgte, singend und summend, als baute sie mit zerstückelten Liedern eine Mauer um sich. Lee und Jim verabschiedeten sich mit einer Herzlichkeit, die Joni nicht nachvollziehen konnte, aber von vielen Amerikanern gewohnt war.

Sabina legte ihr ein schmales Kuvert in die Hand. Wie altmodisch, dachte Joni und dass ihr das sehr gefiel.

Molly tauchte auf und schob sie in Richtung Auto. Türen klappten zu, im Seitenspiegel sah Joni, wie Julian ihnen nachrannte, winkte. Dann schob sich der Baum davor, das Haus verschwand, die grüne Hecke verschlang den Freund. Schon während sie auf dem Zubringer zum Highway waren, versanken Joni und Molly tief in Überlegungen, die nichts mit dem Wochenende bei Julian zu tun hatten.

Sie sprachen über Verhaltensmuster, wie Generationen Tradiertes übernahmen oder Kinder sich von Eltern lossagten. Joni dachte daran, wie sie von ihrer Mutter und Tante Federspiel geprägt worden war, was ihre Tochter von ihr übernommen hatte oder zutiefst ablehnte. Sie wusste, dass Molly sehr an der Familie ihres toten Mannes hing und die eigene ignorierte. Keiner konnte sich als Solitär betrachten, alle waren sie vergleichbar mit Steinen mit Einschlüssen, gefärbt von Fehlern, geformt von unkontrollierbaren Kräften, Teil einer Masse und doch, das war das Schöne daran: individuell, unverwechselbar.

»Hast du kein Foto von deiner Tante?«, fragte Molly.

»Nein.«

»Gar keines?«

Wie hätte sie in Kürze erklären können, dass ihre Eltern sie nie beim Spiel im Garten gesehen hatten, nie auf der Bank vorm Haus gesessen waren, sie nie einen Ausflug gemeinsam mit der Tante unternommen hatten? Joni konnte sich an kein einziges Treffen erinnern, obwohl doch bei den Übergaben nicht nur das Kind, sondern auch Worte und Dinge gewechselt worden waren. Sie war noch so klein gewesen, und später war es ihr nicht aufgefallen und kein einziges Mal so passiert, dass es ihr im Gedächtnis geblieben wäre.

»Weißt du, Tante Federspiel war besonders. Ihre Augen waren riesig, verzerrt durch die Brille natürlich, aber das verstand ich damals ja nicht. Ich dachte, das war so, weil sie Fähigkeiten hatte, die andere nicht besaßen. Ihre Augen erinnerten mich an die offenen Rundmäuler von Putzerfischen. Die kannte ich vom Aquarium beim Optiker, wohin ich sie begleiten durfte, wenn sie wieder neue Gläser brauchte. Ich war sicher, es hatte mit Zauber zu tun. Außerdem hatte sie faszinierende Hautlappen unterm Kinn, fleischlos, ich konnte sie mit einem Finger hin und her schaukeln lassen. Sie roch am Hals nach Lavendel und Talkumpuder. Wenn sie sang, vibrierte ihr Hals hinter den weißen Kinnschleppen.«

»Das mochtest du?«

»Ich liebte es.«

»Kein Wunder, dass Feen in deiner Vorstellung alt sind«, sagte Molly.

Joni hatte sich vor Jahren einmal mit Märchen beschäftigt, eigentlich nur deshalb, weil ihr die Gemeinsamkeiten in den Geschichten aus aller Welt auffielen und sie kurz darauf einem Projekt von Historikern, Psychiatern und Soziologen zuarbeitete. Also verglichen sie und Molly nun mit wachsender Begeisterung die Spuren von Märchen in ihrer Kindheit, den Flügelschlag von Elfen, den Geheimnissen in Moospolstern, hinter Regentonnen, an den Rückwänden eingebauter Kästen.

Molly war in einer Kleinstadt südlich von Philadelphia aufgewachsen. Zu der Zeit wurde der Ort strikt in zwei Hälften geteilt, obwohl alle Bewohner wussten, dass sie eigentlich verwandt miteinander waren, erzählte sie. Immer noch stellte die einflussreichste Familie den Bürgermeister, bestimmte, wer wo Baugrund zugewiesen oder eine Geschäftslizenz erhielt. Alle Einheimischen stammten vom selben Urahnen ab, doch allein die Hautfarbe entschied, was man wo wurde.

»Es war wie in den Geschichten von zwei Brüdern, die einander ignorieren«, erzählte Molly. »Ich erfuhr erst, als ich das erste Mal meine Periode bekam, dass und wie sehr wir miteinander verwandt waren. Mutter wählte diesen Zeitpunkt, um mich aufmerksam zu machen auf die ›Fallstricke des Bösen‹, wie sie sich ausdrückte.«

»Was?«

»Was hältst du von einem Espresso? In dem Diner da vorne?«

Molly wurde bereits langsamer, lenkte auf den Parkplatz. Noch während sie ausstiegen und das Lokal betraten, sprach sie weiter: »Ich wollte doch nur wissen, ob das Blut war in meiner Hose, ob ich jetzt endlich zu den Erwachsenen zählte. Du hast keine Ahnung, wie das bei uns gehandhabt wurde.«

»Aber ihr hattet doch die Hippies und Woodstock! Davon haben meine Eltern immer geträumt.«

»Meine haben es gefürchtet. Ich glaube, dieses Unverständnis zwischen den Generationen ist bei uns zusätzlich durch die Familiengeschichte verstärkt worden. Stell dir Folgendes vor: In den Dörfern rundherum gab es Witze über unseren Ahnen! Wir waren ›Kindeskinder des Zuchtbullen, der alle Kühe und Färsen besprang‹, bis ihn der Schlag im Bett seiner dritten Frau erledigte.«

Sie setzten sich direkt an die Bar und bestellten.

»Ein Casanova?«, fragte Joni.

»Nein, ein Mann, der sich ungestraft Freiheiten nehmen

konnte. Es war demütigend für alle im Ort. Wirklich für alle, weil es uns verformte und den Blick auf jedes Familienmitglied beeinflusste. Wir waren die Ableger, bloß der Beweis für eine menschliche Samenbank. Kein Wunder, dass so viele weggingen, weil es nämlich, geradezu pervers, ein Städtchen rigoroser Regeln und Verbote geworden war. Die Wahrheit wurde geflüstert, man schämte sich für die diversen Verwandtschaftsgrade und erzog die Kinder mit grausamen Märchenvarianten.«

»Ihr habt nicht miteinander spielen dürfen?«

»Nein. Angeblich hat sich das jetzt geändert. Es gibt mittlerweile einen schwarzen Bürgermeister. Kannst du dir vorstellen, wie das ist, wenn du die ersten braunroten Streifen in deiner Unterhose entdeckst und deine Mutter dir, während sie zeigt, wie man eine Binde einlegt, erklärt, warum du mit den Jenkins unten am Fluss und den Blakes, den Simons und selbst den O'Farells nicht mehr spielen durftest? Wir hatten alle entweder eine Ururgroßmutter oder einen Ururgroßvater, allesamt Halbgeschwister, verschwistert mit einer ach so weißen Familie. Alle hatten sie Angst, es könnte wieder passieren, dass du dich in einen von ihnen verliebst, dass Sodom und Gomorrha wieder beginnen. Schau«, Molly griff nach Jonis Händen, strich ihre Finger gerade und legte ihre eigenen vorsichtig dazwischen. Es entstand kein ineinander Verschränken, darauf achtete sie.

»Was siehst du? Stell dich nicht so an, es sind nur unsere Hände.«

»Finger hell und Finger dunkel.«

»Genau, ein Muster. Erkennst du es nicht? Ich bemühe mich grad so. Wir stellen den Ausschnitt aus einer Klaviertastatur dar! Du und ich, schwarze und weiße Tasten, und wenn es jetzt das echte Instrument wäre, könnte ich Musik machen. Vielleicht ist das sogar ein Grund, warum ich dieses Instrument liebe. Ich spiele mit Farben und erschaffe menschliche Musik. Verstehst du jetzt, warum ich so erschüttert war? Wir waren alle im Dorf verwandt miteinander und trotzdem rigoros eingeteilt in diese und jene.«

»Ist es jetzt noch so?«

»Jetzt nicht mehr in dem Maße, aber als ich jung war, auf jeden Fall.«

»Das ist ja unfassbar!«

»Märchen über Geschwisterliebe waren bei uns speziell verpönt. Es gab diesbezüglich keine Unschuld. Konnte es nie. Blut war nicht Blut. Uns trennte die Hautfarbe, das wog schwerer und spielt heute ja immer noch eine Rolle, wenn man sich umschaut in der Welt.«

»Und O'Farell?«

»Ein rothaariger Klischee-Ire! Er verliebte sich in meine schwarze Großcousine und blieb trotz der Familiengeschichte. Seine Töchter haben genauso wie ich den Ort verlassen.«

»Das erinnert mich an Geschichten von Tante Federspiel, die mir von Dörfern in den Alpentälern erzählte, dort, wo das Kalkgebirge besonders zerklüftet ist. Alle irgendwie miteinander ein bissl zu nah verwandt und von der Nachbarschaft geächtet.«

»Siehst du.«

»Haben nicht fast alle Familien etwas in ihren Geschichten versteckt, wofür man sich schämt? Ist das nicht ein Grund für diese vielen Märchenmotive von Schränken, Kellern, Erdspalten, in denen das Böse lauert?«

»Worüber redet man bei euch nicht?«

»Über den Nazionkel oder die Großmutter, die einen

Nachbarn, aus welchen niederen Gründen auch immer, an die Gestapo verraten hat. Meistens ging es da um einen geschäftlichen Vorteil. In meiner Generation hat das diesbezügliche Schönfärben mittlerweile etwas aufgehört. Aber ich sehe das in allen Ländern, die mit einer von Gewalt geprägten Vergangenheit belastet sind.«

»Weißt du, was ich am schlimmsten an meiner Familie finde? Dass sie den Alten nicht wegen seiner Unmoral verdammen, sondern dafür, dass er keinen Unterschied zwischen Weißen und Schwarzen machte. Ihrer unterschwellig geäußerten Meinung nach hätte er sich entweder auf die Sklavinnen oder auf seine Frauen und die weißen Witwen beschränken sollen. Ihr Zorn hat nichts mit dem sechsten Gebot zu tun, sondern nur mit Rassismus. Deshalb hielt ich es nicht mehr aus.«

»Und warum beschäftigt dich das so?«

»Ich vertone einen Text, es ist ein Zyklus über Märchenthemen.«

»Welche?«

»Stiefmütter, Stiefkinder und sexuelle Tabus.«

Nun lächelten sie beide, tranken aus und setzten ihre Fahrt fort. Wieder empfand Joni Dankbarkeit für ihre Herkunft, für die Parallelwelt ihrer Eltern, die kühle Distanz, die offensichtlich zu den Großeltern gepflegt wurde und die viele spätere Fragen gar nicht mehr möglich machte. Vor allem aber war sie dankbar für die alte Fee, die ihre Kindheit behütet und der Freundschaft mit Ulli keinen Stein in den Weg gelegt hatte. Wenn sie gelernt hatte, auf Menschen zuzugehen, dann war das Tante Federspiels Verdienst gewesen.

Was hatte sie doch für Glück mit ihren Freunden, dachte Joni. Nach dem gerührten Abschied am Flughafen und den gegenseitigen Versprechen, sich im Herbst wiederzusehen, überprüfte sie zum wiederholten Mal, ob ihr eines der Kinder eine Antwort auf ihre Nachrichten geschickt hatte. Noch während sie in der Lounge wartete, meldete sich Manuel mit der Botschaft, sein Vater habe ihm den ultimativen Rucksack geschenkt.

Joni hatte keine Ahnung, ob das gut war, aber gesendete Smileys konnten kaum falsch sein. Wenigstens hatte Stefanie alle Botschaften ihrer Mutter gelesen oder zumindest angeklickt und ein wortloses Herz geschickt. Ein Anfang war wieder gemacht.

**MITSCHNITT AUS DER ERKUNDIGUNG DES
VERNEHMENDEN BEAMTEN ZUM FALL
DR. JONI LANKA, WIEN, 27.10.2016**

Am 27.10.2016 um 11.30 Uhr erteilt Stefanie Deschner, MEd, geborene Laube (* 9.4.1986 in Wien), Beruf Primarpädagogin, die Erlaubnis zum Mitschnitt ihrer Darstellung im Fall Dr. Joni Lanka vs. Unbekannt

Ich muss jetzt etwas ausholen, damit Sie verstehen, wie unsere Familie funktioniert und was anders ist bei uns.

Ich wusste immer:

Meine Mutter würde rund um die Welt fliegen, wenn ich sie darum bäte. Sie würde alle Hebel in Bewegung setzen, damit sie rechtzeitig bei mir sein könnte. Das ist quasi eine Grundsicherheit, ein Wissen, das mir niemand nehmen kann. Ich erwähne das bloß, damit Sie verstehen, warum es etwas absolut Ungewöhnliches war, dass ich sie so lange im Unklaren über meine Schwangerschaft gelassen habe, und dann auch ewig brauchte, bis ich mich bei ihr für mein Abtauchen entschuldigen konnte. In unserer Familie wird miteinander geredet. Punktum. Ja, »coole Patchwork«, und es funktioniert, und ja, das passiert nicht überall, ich weiß. Ich habe in meiner Klasse genug Kinder, die es anders erleben.

(Räuspern.)

Meine Mama hat immer das Handy ausgeschaltet oder stumm, wenn wir zusammen sind. Sie sieht nie nach. Sie ist kategorisch unerreichbar für alle in der Zeit, die mir oder meinem Bruder und mir gehört. Das war von Anfang an so, egal, ob sie für zwei Tage nach Wien kam oder uns zu sich holte, wohin auch immer. Das unterschied sie von allen Vätern und berufstätigen Müttern um uns herum. Daran hat sich nichts geändert. Vermutlich deshalb verzeihen wir ihr ihre vielen Abwesenheiten. Sie ist anders als die meisten Mütter. Sie ist definitiv anders, als ich als Mutter sein werde. Sie hat mich immer bestärkt, meinen eigenen Weg zu finden, mich nie für andere zu verbiegen. Ich verstehe, warum sie ein Vorbild für Frauen rund um den Globus ist. Und ich weiß, dass sie mir nie krummnehmen wird, dass ich anders leben möchte als sie.

(Schnäuzt sich.)

Wir haben ein schwieriges Jahr hinter uns, mein Mann und ich. Weil wir ein Baby verloren haben und es mir danach sehr schlecht ging, auch noch, als ich im Frühling wieder schwanger wurde. Ich hab mit Müh und Not meine Arbeit machen können, ansonsten hab ich mich verkrochen und war nicht fähig, ordentlich zu kommunizieren. Meine Mutter ist eine tolle Frau, sie schafft einfach alles, was sie sich vornimmt, und glauben Sie mir, sie hat in jeder Hinsicht schon Berge versetzt. Aber als ich mich so mies fühlte wegen des Babys, hatte ich das Gefühl, nein, eher war es eine Art Furcht, sie könnte mich für schwach halten. Dass ist natürlich blöd, aber so war es halt. Ich hab mit Sylvie, der Frau meines Vaters, geredet, das hat gutgetan. Sie hat etwas Ähnliches erlebt, das wusste ich vorher nicht, wir Frauen reden ja viel zu wenig über diese Art von Katastrophe. Jedenfalls hatte meine Mutter vor, mich in New York zu treffen, gleich in der ersten Ferienwoche. Ich wollte ja auch, aber dann fürchtete ich mich und wusste nicht, wie ich es ihr beibringen sollte. Ich wollte die Schwangerschaft nicht gefährden, ich war starr vor Angst. Sie hat uns Kinder quasi nebenher bekommen, völlig ohne Schwierigkeiten. Sie hat, als ich noch klein war, ein Fernstudium absolviert, weil sie da viel mit mir daheim sein konnte, und als sie für das Doktorat nach England ging, war eben die Omama da, und der Papa arbeitete nicht mehr lange im Ausland. Bei Manuel hat sie alles durchgeplant, damals dachte ich mir, wenn es so einfach ist, dann schaffe ich das auch mit links.

(Trinkt aus dem Wasserglas.)

Jaja, ich komme gleich zu meinem kleinen Bruder, ich wollte nur klarstellen, dass bei uns in der Family alles paletti ist. Und Sie brauchen jetzt nicht mit den Augen zu rollen, es ist wirklich so, auch wenn's manche Nachbarn oder Freunde nicht verstehen. Jedenfalls ist mein Vater eingesprungen und hat ihr wegen meiner Schwangerschaft Bescheid gegeben, und ab da war alles gut, weil sie sich bei mir gemeldet hat und versucht hat, mich zu beruhigen. Ich war wohl ein bissl schwierig zu der Zeit, aber sie war geduldig. Dann hab ich ihr Fotos vom Ultraschall gezeigt, sie hat sich einfach mit mir gefreut, vor allem, weil ich da schon im vierten Monat war.

(Räuspert sich wieder.)

Kurz darauf ist Manuel zu ihr nach Vancouver geflogen. Es muss einfach toll gewesen sein. Ich weiß ganz genau, dass ich nächstes Jahr auch hinfliegen möchte mit Felix und der Kleinen. Mein Bruder hat als Erster von uns auch Sam kennengelernt. Hat ihn schwer beeindruckt. Manuel hat nicht zu reden aufgehört, als er wieder daheim war. Jedes Mal, wenn wir uns sahen, ging es um Mama hier, Mama da, Sam hat dies getan, Sam kann jenes. Und dazu dieses irre Haus, ich hab Fotos gesehen – unglaublich, auch die Lage über dem See, Weingärten und Obstbäume rundherum und die Städte so nett, sauber, freundlich. Und diese Berge! Ich verstehe Manuels Begeisterung. Es gehören ihr übrigens auch Weingärten, das muss man sich mal vorstellen, unsere Mutter hat einen Winzer, der für sie arbeitet – in Kanada! Und im Weinviertel, wo wir wohnen, hat sie noch nie einen besucht. Jedenfalls war mir klar, dass Manuel damit angeben wird. Hat er ja auch. Blöderweise hat er den Mund nicht gehalten, als ihn nicht nur die Freunde ausquetschen wollten. Blöderweise war da Beppo nicht dabei, sein ältester Freund, den er im vorigen Jahr links liegen gelassen hat. Vielleicht haben die Jungs sich gedacht, wenn sie sich mit ihm anfreunden, dürfen sie auch einmal auf Kosten meiner Mutter mitfliegen. Vielleicht hat er übertrieben, jedes Mal ein bissl mehr, oder was erfunden. Dabei braucht es das bei unserer Mutter gar nicht. Unsere Mutter ist nicht nur das Ideal einer emanzipierten Frau, sie ist bekennende Feministin, was manchmal ganz schön anstrengend sein kann. Sie ist bewundernswert in jeder Hinsicht, das weiß ich einfach, auch wenn es mir nicht jeder glauben mag. Sie wird nicht müde. Die Haltung ihrer Gegner ist oft von niederträchtigem Charme und jederzeit von Geld geprägt. Sie ist keine Heilige, doch sie setzt sich für Menschen ein, an die keiner denken will, sie bekämpft Probleme, deren Folgen alle treffen, nur die Machtblase von privilegierten Arschlöchern nicht. Entschuldigen Sie, aber manchmal kann ich mich so aufregen.

(Greift nach dem Glas und lässt es fast fallen. Atmet tief durch, mehrere Male, schließt kurz die Augen.)

Bis dahin haben wir Kinder uns immer daran gehalten, dass wir über ihren Job in der Öffentlichkeit nicht reden. Bei mir war das sowieso nie schwierig, weil zuerst hat sie studiert, dann hat sie gearbeitet und sich ihr Standbein in Berlin aufgebaut, und sie ist halt Wissenschaftlerin und Soziologin, also eh nichts Schillerndes. Das war doch mir wurscht, Hauptsache, sie ist immer wieder heim nach Wien gekommen. Ich war allerdings in der Pubertät, als sie noch am Anfang ihrer Karriere stand, ich hab studiert, als es bei ihr losging. Das war cool, denn ich konnte sie und ihre Freunde in London und Berlin besuchen, wir machten tolle Reisen, einmal sogar nach Thailand, als Mike schon wieder versetzt worden war. Mike ist ein ganz Lieber. Also ein Freund von ihr, das, was man unter einem echten Freund versteht. In Berlin war es immer besonders lustig, weil dort Lorenz lebt, den wir Renzo nennen, ein Künstler, und seine Kinder echt witzig sind und wir alle miteinander so gut auskamen. Das gehört zu meinen tollsten Erinnerungen. Renzo ist auch so ein Freund wie Mike, seit ewig schon.

(Hustet.)

Mit Manuel machte sie andere Sachen als mit mir. Manuel war noch so klein, ich war ja schon fast fünfzehn, als meine Eltern die schräge Idee hatten, es wieder miteinander zu probieren und er auf die Welt kam. War das ein Theater!

(Lacht.)

Manuel hat mitgekriegt, dass sie international arbeitet, was ihn jahrelang auch nicht tangiert hat, aber plötzlich, und das muss im September angefangen haben, war ihm das wichtig. Er ist überhaupt ein bissl komisch geworden, komischer noch als im Frühling, als er anfing, mit diesen neuen Freunden herumzuhängen.

(Verstummt, will etwas sagen. Setzt neu an.)

Ich hab ihn einmal drauf angesprochen, weil er mir auf

die Nerven ging, aber da wurde er ganz schön patzig. So kenn ich ihn gar nicht. Wir haben uns richtig gefetzt, bis mein Felix dazwischenging und Manuel die Tür vor der Nase zuknallte. Felix ist ein ganz Ruhiger, der meinte damals, es steckt entweder ein Mädchen dahinter oder was Schräges in seiner Clique oder eine Mischung aus allem, weil diese echten Millenials schon anders ticken als wir. Felix ging dann vor zwei Wochen einmal mit ihm auf ein Bier, eigentlich können sie sich nämlich ziemlich gut leiden, und da hat Manuel ihm erzählt, was im Internet abgeht und dass er komplett die Kontrolle verloren hat. Und dass unser Vater es eh schon weiß und sich bei der Polizei informiert hat.

(Räuspert sich wieder.)

Ich hab mich so aufgeregt. In der Volksschule versuchen wir, unseren Schülern den Umgang mit sozialen Medien beizubringen, wovor sie sich hüten müssen und was überhaupt nicht geht und was sie sofort den Eltern oder uns sagen sollen. Ich weiß von mir, wie die fiesen Spiele losgingen, als die Handys überhandnahmen. Aber in den letzten zehn, zwölf Jahren ist uns so viel entglitten, und ich weiß, jetzt hör ich mich wie eine alte Frau an. Es ist eine fürchterliche Situation, mein Bruder ist fix und fertig, die arme Sylvie rotiert, mein Vater setzt alles, was er kann, in Bewegung, und wie es meiner Mutter geht, möchte ich mir gar nicht vorstellen. Ich erlebe zum ersten Mal, dass jemand, der mir nahesteht, öffentlich beschimpft und in den Dreck gezogen wird. Sie persönlich wird diffamiert, einfach weil sie eine Frau ist, an den Pranger gestellt, reduziert auf einen Gebärapparat. Und damit sollen diese Typen davonkommen? Es ist nicht nur eine Schweinerei, es ist ein Verbrechen!

3

DER FAST PERFEKTE SOMMER

Sam oder
»Du solltest eine Weile mit mir
in der Sonne liegen«

Heimkommen war etwas, das Joni seit Neuestem zelebrierte. Das hatte vor allem mit ihrem Haus am Okanagan Lake zu tun.

Als sie ihren Arbeitsmittelpunkt in Berlin aufbaute, hatte ihr zu Beginn das winzige Gästenest in Lorenz' Atelier ausgereicht, ein nachlässig ausgetüftelter Horst oberhalb einer gusseisernen Wendeltreppe hoch über seinen Arbeiten. Es mochte in den Augen ihrer Familie kein anständiges Zuhause gewesen sein, zu sehr vergleichbar mit den Untermieten während ihrer Studienzeit. Doch später, nach der Renovierung und dem Umbau war es auf jeden Fall schon besser, heimeliger als die vielen Hotelzimmer, deren Austauschbarkeit sich mit der Zeit aufs Gemüt schlug. Sie hatte ein Schlafzimmer mit einem Riesenschrank, der etwas von einer pingelig geordneten Abstellkammer an sich hatte, ein kleines Wohnzimmer mit Bücherwand. Außerdem ein ausziehbares Sofa für die wenigen Kinderbesuche, während der Stefanie und Manuel nicht in Lorenz' Haus übernachtet hatten, ein Bad und ein WC. Sie hatte keine Küche, nur einen Wasserkocher, eine minimalistische Kochplatte und Tassen für drei Personen auf der Truhe direkt an der Glaswand zum Atelier. Es war nichts anderes als eine Schlafwohnung mit Tratschmöglichkeit, perfekt zugeschnitten auf ihre Bedürfnisse. Sie kochte selten, obwohl sie auch darin nicht schlecht war. Aber Kochen gehörte in ihrem Leben zu Freizeitbeschäftigungen, die sie sich für Urlaube aufhob. Die Kinder fanden das seltsam, aber lustig. Georg verkniff sich jede Bemerkung. Ulli fand es großartig praktisch, hauptsächlich, weil es das genaue Gegenteil ihres chaotischen Haushalts war, in dem man permanent über Dinge, Tiere und Kinderspielzeug stolperte und andauernd irgendwer irgendetwas suchte oder essen wollte. Megumi erinnerte es an Japan, an die winzigen Wohneinheiten ohne Küchen und Waschmaschinen, an ordentliche Übersicht, die nicht der Ästhetik, sondern dem Platzmangel geschuldet war.

Joni war zufrieden damit. Mikes Haus, Julians Wohnung, dann, nach der Renovierung, die Einliegerwohnung bei Lorenz wurden zu Orten, an denen sie sich aufgehoben und geschützt fühlte. Heimat war es nicht. Joni gab zu, dass ihr Bedürfnis danach nicht groß war. Sie liebte bestimmte Menschen und ihre Nähe, in welcher Art auch immer. Aber mit Begriffen wie Wurzeln, Muttererde, Vaterland konnte sie wenig anfangen.

Das änderte sich, als sie älter wurde und der zweite Anlauf, mit Georg eine funktionierende Liebesbeziehung zu versuchen, sich nur als Intermezzo herausstellte und gründlich danebenging. Plötzlich drängte sich eine Art Sehnsucht nach einem Ort vor, den ihre Kinder nur mit ihr verbanden, an dem sie frei von Arbeitsverpflichtungen und nur Mutter war. Sie nutzte ihre Reisen, hörte sich um, fragte Kollegen und Übersetzerinnen, traf, nachdem sie sich in der Region umgeschaut hatte, eine Entscheidung und wählte einen Makler in Südspanien. Sie hatte keinen persönlichen Bezug zu der Region, ging einfach davon aus, dass ein Platz, der dem Daheim nicht ähnelte und außerdem den Blick auf das nahe Meer bot, den Kindern gefallen würde.

2003 erstand sie ein Steinhaus unterhalb des Westhangs von Vejer de la Frontera, ließ den Brunnen neu schlagen, moderne Leitungen legen, ein zusätzliches Badezimmer installieren. Ein Bauer aus der Nachbarschaft half ihr, den verwahrlosten Garten von allem Gestrüpp freizulegen und die noch tragenden Olivenbäume richtig zu schneiden. Er kannte einen Gärtner, der den Weinstock, dessen dicke Triebe das Dach über der Terrasse ins Windschiefe gedrückt hatte, auslichtete und alles reparierte, Pfirsichbäumchen setzte, einen winzigen Gemüsegarten und neue Wege anlegte. Plötzlich wirkte das Häuschen luftiger, eine junge Säulenzypresse markierte, wo ein frisch gepflasterter Platz mit Tisch und Bank den uneingeschränkten Blick auf die untergehende Sonne und die Costa de la Luz bot. Joni kam während der Arbeiten einige Male vorbei und gestand sich ein, dass es sehr hübsch wurde, nach Ferien aussah und ihr trotzdem nicht das bedeutete, was Mikes Haus und Julians Appartement für sie waren.

Egal, dachte sie, ihr würde es über die Jahre schon vertraut werden, jetzt sollte es ihr als das erträumte Refugium für die Wochen mit den Kindern dienen. Stefanie fand es nach dem ersten Aufenthalt langweilig, Manuel war noch so klein, dass Joni Probleme hatte, beiden Kindern gerecht zu werden. Muttersein wurde schwerer, je älter die Kinder waren. Sie bewunderte Zdenka, die zwar die täglichen Turbulenzen nicht verschwieg, aber von denen sie mit einem hörbaren Lächeln bei ihren wöchentlichen Telefonaten berichtete.

Hatte ihre Mutter jemals Freundinnen gegenüber ebenso ruhig und überlegt reagiert? Oder hatte sie mit denen nie über ihre Tochter geredet? Sie gestand sich zögernd ein, dass sie Helli nie so entgegengelaufen war wie Stefanie ihr.

Jedenfalls schwor sie sich, das Haus bei Vejer zu einem Paradies für ihre Kinder zu machen. 2005 organisierte Joni dort ein Camping-Ostern, um die baldige Matura ihrer Tochter zu feiern. Stefanies beste Freundin durfte mit, sie kicherten stundenlang in ihrem Zelt im Garten oder am Strand oder fuhren mit den Rädern hinauf in die Altstadt. Georg, der die Kinder schon einmal nach Spanien begleitet hatte, liebte Sylvie seit einigen Monaten und fuhr mit ihr eine Woche durch Andalusien, bevor sie die Kinder wieder abholten. Es war eine der besten gemeinsamen Wochen für Joni und die Kinder. Alle waren entspannt. Manuel musste seine Mutter mit niemandem teilen und verliebte sich endgültig in sie. Das Osterfrühstück wurde ein regelrechtes Fest, weil Joni und Sylvie sich ausnehmend gut verstanden. Die Kinder erlebten den Vater gut gelaunt und verliebt, ohne ihnen lächerlich zu erscheinen. Es wurde klar, dass Sylvie ab nun Teil der Familie war. Für Joni waren es friedvolle Tage, von denen sie lange zehrte. Stefanie hatte sichtbar genossen, was ihr geboten wurde. Sie freute sich über das Interesse, das Joni für ihr zukünftiges Studium, für Freunde, für ihre Meinung zu unterschiedlichsten Themen aufbrachte.

Im folgenden Sommer lieh Stefanie sich das Haus aus, war verliebt, umtriebig und schwer zugänglich. Joni sagte kein Wort, als sie entdeckte, was in den zwei Wochen im Liebesnest alles kaputtgegangen oder überhaupt verschwunden war. Der Bursche verließ Stefanie noch im Herbst, Sylvie wurde zur Ersatzmutter, die Enttäuschungen und Wutanfälle abfing. Joni akzeptierte, dass sie zu einer Randerscheinung im Alltag ihrer Tochter geriet. Wann immer es ihr möglich war, skypten sie. Die Distanz bedrückte beide. Aber Joni war glücklich, weil Stefanie das Erzählen nicht beendete. Es gab Gespräche, die sie sich wortwörtlich merkte, weil das Glück, eingeweiht zu werden, Mutter sein zu dürfen, so guttat. Sie gab sich nicht nur mit dem zufrieden, was ihr von den Kindern bereitwillig an Nähe geboten wurde, sie verstand es mittlerweile als Geschenk, das sie immer wieder überwältigte.

In ihrer Arbeit hatte sie häufig mit ansehen müssen, wie Familien auseinandergerissen wurden. Zeit in friedlicher Nähe verbringen zu können, war ein Glück. Sie dachte kurz an die Rückführungsversuche von Kindersoldaten im Kongo und Südsudan, an die Protokolle der ihren Eltern entrissenen Kleinen in Kambodscha, mittlerweile selbst alt genug, um Enkel zu haben.

Joni wusste, dass sie zu viel von Menschen verursachtes Elend kannte; Naturkatastrophen spielten natürlich auch eine nicht unerhebliche Rolle in ihrem Job. Doch an Tragödien waren fast immer Menschen schuld. Sie hatte jede Naivität verloren. Manchmal gestattete sie sich, darüber traurig zu sein, manchmal erfüllte sie diffuse Sehnsucht nach einer weniger gierigen Gesellschaft. Das Einzige, was Joni an ihrem Platz in ihrer Welt hielt, war die Neugier, Menschen in ihrem heimatlichen Umfeld zu beobachten und zu verstehen. Daneben gab es die Hoffnung, die ihre eigenen Kinder in ihr entfachten: das Gefühl, für sie nützlich zu sein. Über allem schwebte die Sicherheit, dass sie ihr die Absenzen und unregelmäßigen Mutterphasen verziehen. Darum beschäftigte sie Stefanies momentanes Schweigen, aber es stürzte sie in ihrer Mutterrolle in keine essenziellen Zweifel; darum fieberte sie den Wochen mit Manuel entgegen, obwohl sie seine pubertären Seltsamkeiten nervten.

Joni besaß das spanische Haus immer noch. Manchmal nutzten es Georg und Sylvie, peinlich bedacht, keine Spuren zu hinterlassen. Joni brachte Sylvie von Jahr zu Jahr mehr Bewunderung entgegen. Sie erhob die einfachsten Tätigkeiten zur Kunst, sie tat, was getan werden musste, und es wirkte bei ihr spielerisch.

Einmal, daran würde sich Joni immer erinnern, saß sie mit Ulli beisammen und schilderte ihr die Gründe, warum sie für Sylvie so vorbehaltlos schwärmte, so froh über sie war. Ulli hörte zu, ohne sie zu unterbrechen, nahm einen Schluck von ihrem Kaffee und stellte trocken fest:

»Was wundert dich daran? Ihr seid euch in vielem ähnlich: Du ziehst durch die Welt, um die Menschheit zu retten. Und sie rettet deine Kinder.«

Es stimmte. Sylvie war da, wann immer Georg sie brauchte. Sie übernahm, was seine alten Eltern nicht mehr leisten konnten, sie gab Manuel das Gefühl, in einem Zuhause aufzuwachsen, das dem anderer Söhne glich: Vater-Mutter-Kind. Und sie tat es nicht, weil es einer althergebrachten Norm entsprach, Sylvie tat es, weil sie es liebte, ein paar Kinder um sich zu haben, egal, wie alt, und sie wusste, dass sie gut darin war.

Als Stefanie als fertige Lehrerin ihre erste Klasse übernahm, mit Felix zusammenzog und ein Jahr später heiratete, tauchte Manuel in eine Pubertät, deren Strudel zuerst beachtliche Wellen schlugen, um nach wenigen Monaten in sich zusammenzufallen. Darauf plätscherte sie lächerlich sanft dahin, und Manuels Benehmen lullte alle drei Elternteile gleichermaßen ein. Joni war die Sanftheit ihres Sohnes in letzter Zeit fast suspekt, aber sie wagte nicht, Zweifel zu äußern oder Sylvie und Georg deswegen zu befragen. Sie wusste zu wenig. Hauptsache, er kam nun und gehörte ihr den ganzen August lang. Wie wunderbar, dass er der Erste aus der Familie in ihrem neuen Zuhause sein würde!

Seit einem Jahr war das Haus in Summerland südwestlich von Kelowna am Okanagan Lake fertig. Auch hier hatte sie einen Gärtner gefunden, der ihre Vorstellungen von sanft kontrolliertem Wildwuchs und einer Kombination aus Zierpflanzen und Gemüse teilte. Der Blick auf die Weingärten, die Obstbäume, hinter denen in der Ferne der See glitzerte, die hübschen Häuschen direkt am Wasser und dahinter imposant die Waldmauer der noch gemäßigten Rockies hatte sie schon bei ihrer ersten Fahrt durch das Tal beeindruckt. Manuel würde es lieben. Und wenn alles gut ging mit Stefanies Schwangerschaft, würde sie für ihre kleine Familie in den kommenden Jahren British Columbia als Urlaubsregion genauso zu schätzen lernen. Sie sah in *Out of the Blue*, wie sie ihr Haus nannte, ein Daheim, wie es ihr seit Tante Federspiels Garten nicht mehr passiert war: ein unverhofftes Geschenk, das ihren Kindern ebenfalls ein Zuhause werden sollte.

Über Vancouver flog sie rein. Es war immer noch taghell, und die letzten grau-weißen Gipfel des Küstengebirges glitten unter ihr vorbei. Sie sah das blinkende Wasser, bevor das Flugzeug nach rechts drehte und dem Tal entgegensank. Zwei Stunden später betrat sie ihr Grundstück. Daheim! Es kam ihr verrückt vor, dass sie das so stark empfand.

Joni hatte die Gegend bei ausgedehnten Wanderungen und Fahrten ungeplant entdeckt. Sam hatte sie dazu überredet, er fand es dringend notwendig, dass sie bestimmte soziologische Veränderungen im Westen Kanadas beobachten konnte.

Zu dem Zeitpunkt wusste er bereits, dass sie die Tundra nicht lange aushielt, seine Leidenschaft dafür nie teilen würde.

Sam nahm in Jonis Sammlung spezieller Freunde eine Stellung ein, die andere nicht hatten. Er war ihr im Jänner 2007 bei einer mehrtägigen Konferenz in London aufgefallen. Es ging um die katastrophalen Schäden und Auswirkungen nach den klimatisch außerordentlich verlaufenen letzten zwei Jahren.

Sie stritten von Anfang an.

Sam wurde ihr persönlicher Advocatus Diaboli, sie vermutete, er sah in ihr etwas Ähnliches. Es gab nichts, was sie verband. Zumindest dachten sie beide so, bevor sie sich nach dem Symposium auf einen Mailaustausch einließen. Joni war ehrlich genug, sich einzugestehen, dass er eine erfrischende Art hatte, andere Blickpunkte einzunehmen. Sie hatte ihn im Verdacht, das bewusst zu inszenieren, weil er gute Streitgespräche als hilfreich für Lösungsansätze betrachtete. Die anderen Teilnehmer während dieser und der nächsten Konferenz freuten sich über die Verbalduelle, die pointierten Sätze, die teilweise absurden Vergleiche, die Sam fand und die Joni jederzeit konterte, wobei sie sich deutscher, spanischer und französischer Lehnwörter in ihrem Englisch bedienten, in einer Geschwindigkeit, die viele verblüffte und die Dolmetscher zum Schwitzen brachte. Es war Theater pur.

Vermutlich waren ihre Ausführungen nicht nur hilfreich für die Arbeitsgruppen, sondern machten Joni auch einem breiteren Publikum innerhalb des Gebiets bekannt. Nichts war so befriedigend wie dieser Schlagabtausch in einer Sprache, die nicht nur das Fachliche betraf, sondern sich Bildern aus ihren Interessen und Problembereichen bediente. Joni selbst hatte das Gefühl, dass sie ab diesem Zeitpunkt nicht mehr nur über ihre Oxford-Verbindungen an Aufträge kam, sondern dass Mundpropaganda sie und die Firma in ein internationales Spitzenfeld katapultierte. Sam wurde ihr Türöffner in die Welt der Klimaforscher.

Nun ging es nicht mehr um einigermaßen lokal begrenzte Umweltkonflikte und lauernde Katastrophen, die zu Migrationsströmen führen konnten. Jetzt interessierte man sich für ihre Erfahrungen, um Folgen kriegerischer Auseinandersetzungen mit denen von Naturkatastrophen zu vergleichen und etwas daraus zu lernen. Es war so spannend, diesen Verflechtungen zu folgen, sie verstehen zu lernen, herauszufinden, wie kulturelle und religiöse Hintergründe eine Rolle spielten. Den Globus umspannte ein Netz aus Rätseln, und Jonis Aufgabe war es, Dekodierungen zu liefern, die Arbeitsergebnisse vieler zusammenzufassen und denen verständlich zu machen, die Entscheidungen trafen, letztlich eine Sprache zu finden, die zu Gemeinsamkeiten führte. Aufgrund ihres Studiums hatte sie das Glück, ein weitläufiges Netzwerk zu besitzen. Das hatte ihr schon zu Beginn ihrer Karriere dabei geholfen, sich nicht punktuell, geografisch eingegrenzt einem Schwerpunktthema widmen zu müssen. Sie wusste, dass das nichts für sie gewesen wäre. Joni hatte ihren Beruf von Anfang an geliebt. Doch ab diesem Zeitpunkt riss die Begeisterung sie einfach mit.

Sam war sehr schnell zu ihrem Freund geworden, aber einem, von dem sie keinem in ihrer Familie oder in ihrem auserlesenen Freundeskreis erzählte. Sie hatten natürlich viele gemeinsame Kollegen und Bekannte weltweit, sie hatte seine Schwester Belinda getroffen, einige Vertraute in Toronto, wo er oft lebte und arbeitete.

Doch Sam war eben nicht nur ihr Freund, er war auch seit

nun fast acht Jahren ein Liebhaber und der Mann, durch den sie ihr Refugium gefunden hatte. Es war an der Zeit, dass sie ihr Versteckspiel beendete. Hatte sie sich deshalb beim Abschied von Mike so unerwartet unsicher gefühlt und sich das erste Mal dabei ertappt, einen Grund zu finden, um diese Freundschaft neu zu definieren? Über Treue hatte sie seit Jahren nicht nachgedacht. Weder mit Sam noch mit Mike hatte sie je über ein Reglement ihrer Beziehung geredet. Es war nie von Interesse gewesen.

Sie erinnerte sich an eine Diskussion mit Ulli, die zwar Verständnis für die Freiheiten, die sich Joni nahm, hatte, aber ihre Bedenken behielt. Ulli schien monogam zu leben aus Überzeugung und Gewohnheit, dass dies Treue ausmachte, und war sicher, dass ihr Mann es ebenso hielt.

»Als du noch mit Georg verheiratet warst, stellte sich diese Frage für dich doch auch nicht«, hatte sie gesagt.

»Vier Jahre lang und nach der Trennung und Scheidung blieb ich es ein weiteres Jahr. Ich hatte weder Zeit, Kraft noch Interesse. Das hat doch nichts mit Treue zu tun.«

»Ach Joni, es sollte auch nichts mit Geboten und Verboten zu tun haben, sondern einfach mit einem Grundvertrauen und Freude aneinander. Ja, ich weiß, das klingt naiv und auch der Meinige und ich haben Zeiten, wo wir uns überhaupt nicht füreinander interessieren, weil das Rundherum gerade heftig fordert, weil wir im Alltagstrott untergehen.«

Joni hingegen hatte zu viele Menschen weit weg von ihren Partnern beobachtet, um dieser Art Treueschwur zu trauen. Es mochte diese Liebe geben, aber vielleicht nur deswegen, weil die Lebensumstände ruhig waren, ein beständiges Miteinander an einem Ort, in tiefer Zuneigung; auch ungefährdet, weil der Hunger beider auf dieselbe Art und jederzeit gestillt werden konnte. Ulli und ihr Wolfgang waren vielleicht gerne und leicht einander treu, empfanden es mit den Jahren als bereichernd. Joni wollte das glauben, doch für sie galten andere Regeln, sie hatte niemandem etwas versprochen. Treue war förderlich für gesellschaftliche Konventionen, und mithilfe der Beschwörung romantischer Liebe konnte sie leichter verlangt und gelebt werden.

Joni war sicher, dass in fast allen Kulturen Männer und Frauen unterschiedlich darüber dachten. Freiheiten waren ungleich verteilt, doch in ihrer Welt und in ihrer Position würde sie weiter ihrem eigenen Regelwerk folgen, solange sie gute Gründe dafür hatte. Außerdem liebte sie bestimmte Männer vorbehaltlos, so wie sie waren, und schlief trotzdem nicht mit ihnen und konnte sich doch über eine durch und durch geglückte Nacht mit einem Fremden freuen.

Da stand sie nun in ihrem neuen Haus, alleine und zufrieden, und überlegte, ob sie etwas an ihrer Geisteshaltung verändern sollte.

I know that I miss you,
but I don't know where I stand

Am nächsten Morgen fuhr sie hinunter ins Zentrum, spazierte zum See, besuchte ihr Lieblingscafé, ließ sich sehen und plauderte mit den Menschen, die sie bereits kannte. Wie immer stoppte sie bei Elaine Seger. Ihr Buchladen war Treffpunkt für Lesende im Winter, wenn silbergraue Schwaden über dem Wasser hingen, das Tal zu einer Schneesenke wurde, an deren Hängen schwarze Rebstöcke wie Gekritzel auf Weiß leuchteten, bevor die Frühlingsblüher den tauenden Schlamm in bunte Teppiche verwandelten.

Bei Elaine gab es eine Leseecke für Kinder, Sofas für erwachsene Schmökernde, von denen manche aussahen, als wären sie bereits mit dem abgewetzten Schnürlsamt der Möbel verwachsen. Es gab eine Art Café, in das niedrige Regale hineinragten, und eine Kasse, hinter der Elaines Mann Lin Bo thronte. Sie hatte ihn kurz nach seinem überstürzten Abschied aus Hongkong vor zwölf Jahren in Vancouver kennengelernt und mitgebracht. Er sprach ein klassisches Britisch, seine Langsamkeit täuschte nur Fremde, ihm entging nichts im vorderen Teil des Ladens. Weiter hinten hortete Elaine ihre Schätze, zeitgenössische Lyrik, Reiseprosa aus aller Welt, feministische Meisterwerke und Cartoons. Die Kunden waren gewohnt, über ihre jeweilige Lektüre zu reden, Tipps auszutauschen, hängen zu bleiben und mit mehr Büchern als geplant das Geschäft wieder zu verlassen. Joni hatte Laden und Besitzerin gleich zu Beginn gefunden und gespürt, dass sie sich gerade in einer noch fremden Welt verankerte.

»Stefanie wird deine Bücherhöhle lieben.«

Elaine blickte lächelnd hoch. Beide waren Mütter erwachsener Kinder, beide kannten die unsichtbaren Ketten, die Ängste und Freuden enthielten, vor allem aber latente Sehnsucht, etwas, das beide nicht erwähnten, keine jemals zum Thema machen würde. Und doch gehörte Elaine zu Jonis vagem Bild von Heimat.

»Kommt sie?«

»Nein, jetzt kommt erst mal Manuel. Er liest nicht so wie Stefanie, die ohne Bücher nicht leben kann. Sie bekommt aber ein Baby.«

»Oh!« Elaine ließ ihre Arbeit sein und wandte sich Joni uneingeschränkt zu. »Wann?«

»Im Winter. Ich möchte sie und ihre kleine Familie im

nächsten Sommer hierher einladen. Dann wirst du sie auf jeden Fall kennenlernen. Sie liest auch auf Englisch und Französisch. Sie will bestimmt von dir in neue kanadische Literatur eingeführt werden.«

»Ihr teilt eure Vorlieben also nicht?«

»Nein. Wir ähneln uns gar nicht. Obwohl Georg behauptet, dass sie mehr von mir hat, als mir bewusst ist.«

»Kinder sind immer Überraschungsgeschenke. Ich habe übrigens ein Buch aufgetrieben, ich glaube, es ist genau das Richtige für dich und deinen Kanadier.« Sie verschwand hinter Buchstapeln und kam mit einem großen Fotoband zurück. *Toward Magnetic North. The Oberholtzer-Magee 1912 Canoe Journey to Hudson Bay* stand darauf, und Joni sah, dass es sich um Bilder aus dem mittleren kanadischen Norden handelte, um Vertreter längst dezimierter Stämme, um intensive Porträts von Menschen und ihrem Umfeld.

»Es war lange vergriffen, wurde nun aber wieder aufgelegt, liebevoll, wie du siehst, in einer traumhaften Qualität.«

Es war genau das passende Geschenk, nach dem sie seit Monaten für Sam gesucht hatte, eines, das seinen Interessen entgegenkam. Es berichtete von all dem Untergegangenen, nach dem er auf seinen Kanufahrten und Streifzügen durch die Wildnis suchte, von Völkern, deren Spuren in den weiten Ebenen unwiederbringlich ausgelöscht worden waren. Sie umarmte Elaine überwältigt.

Die Strände füllten sich langsam. Sie erging sich die Plätze, die ihr von Anfang an gefallen hatten, genoss den Ausblick auf das gegenüberliegende Ufer, diese grünen Rücken, die sie an die Voralpenlandschaft ihrer Kindheit erinnerten, die lang gezogenen Weinstockzeilen. Von fern wirkten die Wälder wie

Samt, nicht wie das zottelige Fell der Erde. Wie immer vergaß sie die Zeit, erst der Hunger trieb sie zurück in eine kleine Mall mit wunderbarem Delikatessenladen und Reinigung. Sie stopfte die Einkäufe in den Toyota, den sie im März gekauft hatte. Wieder hatte sie die Obstblüte versäumt, und sie schwor sich, im nächsten Frühling und Frühsommer Zeitfenster einzuplanen. Sie musste darauf achten, nicht wieder in eine wirbelnde Arbeitsspirale zu geraten, Getriebene statt Treibende.

Dies würde der erste Sommer seit vielen Jahren sein, in dem sie eine Mischung aus Arbeit und Freizeit wagte. Sie würde fast jeden Tag eine kurze Videokonferenz mit ihrem Berliner Team abhalten, spät nachts, damit sie das Schönwetter ausnutzen konnte, wenn ihr danach war, und die Berliner den Kaffee am frühen Nachmittag intus hatten. Ihr Auftrag an den Universitäten war von langer Hand geplant worden, sie war dabei, Homeoffice in Berlin zu forcieren, um sowohl das berufsbedingte Reisen einzudämmen als auch die Kosten zu reduzieren. Es kam den Wünschen aller ihrer Mitarbeiter, entgegen, sie hatten Familien daheim, Schulkinder und Partner, von denen einer den Beruf aufgegeben hatte. Er hatte überrascht von sich selbst erkannt, dass ihn ein Leben als Hausmann mehr ausfüllte als alles andere zuvor.

Das andere, das sie verstärkt mit Pierre anging, war die Art der Lässigkeit, mit der Spesen zur Bezahlung privater Vergnügen missbraucht wurden. Ihr Team wusste, dass sie nicht von Geiz getrieben hinter allem Betrug witterte, ihr schien nur die Grenze zwischen Betrug und schleichend einsickernder Korruption zu verwaschen. Gerade in Ländern mit über Jahrhunderte gewachsenen Strukturen der Bestechlichkeit wurde es zu einem Problem, das sie erboste. Diese Systeme galt es, nicht zu unterstützen.

In manchen Bereichen war Joni nicht kompromissbereit. Sie erlebte Käuflichkeit in den meisten Ländern, nicht nur in armen Gebieten war es gang und gäbe. Joni empfand es als Alltagsschmiere, die sich mit der Zeit nicht mehr abwaschen ließ, bis irgendwann das sonntägliche Familienessen, das man auf die Firmenrechnung setzte, nicht mehr auffiel.

Lorenz hatte sie vor vielen Jahren einmal gefragt, ob sie es nicht mühsam fände, dem üblichen Reglement nicht zu folgen, ob es sich nicht auf ihr Geschäft auswirkte. Sie hatte ihn entgeistert angesehen. Er hatte ihr erzählt, auf welche Art Kompromisse er sich noch zu DDR-Zeiten eingelassen hatte, und wie erstaunt er später war, dass westliche Kollegen Ähnliches kannten. Künstlerinnen waren zusätzlichen, sexistischen Übergriffen ausgesetzt. Sie erhielten für ihre Werke zum Teil einen unverschämt niedrigeren Lohn, weil Galeristen behaupteten, Frauenkunst wäre unter den richtigen Sammlern einfach weniger wert. Das höhlte auf Dauer aus.

»Und wenn du nichts zu beißen hast«, hatte Lorenz gesagt, »dann sammelst du Rechnungen von Freunden und Bekannten und listet sie in deiner Steuererklärung auf, damit dir mehr bleibt. Und du findest, es ist dein Recht, einfach, weil du sonst nicht weißt, wie du im Winter die Heizung zahlen sollst. Versteh mich recht, Joni, aber manchmal kann man es sich nicht so leicht aussuchen, fehlerlos zu bleiben.«

Joni hatte es nicht vergessen. Sie wollte nicht arrogant erscheinen. Einige, die ihren Erfolg sahen, vergaßen, dass sie mit Elend zu tun hatte und nie verdrängte, dass persönliche Armut keine ihrer Erfahrungen war. Als nicht Betroffene redete es sich leicht. Aber deswegen musste sie keine Heuchlerin sein. Die Gesellschaft, die Pierre mit ihrer Hilfe aufgebaut hatte, war ihr ganzer Stolz, doch je länger sie arbeitete, desto stärker entwickelte sich ihr moralisches Bewusstsein. Auch darin, das wusste Joni, unterschied sie sich von vielen und erweckte bei einigen Widerwillen.

Mittlerweile war sie daran gewöhnt, wohlhabend zu sein. Manchmal dachte sie, es hätte etwas mit ihren Eltern zu tun, mit der Mutter, die in den Siebzigerjahren finanziell unabhängig von ihrem Mann gewesen war, mit einer Selbstverständlichkeit, die die anderen Mütter nicht kannten. Aber auch verglichen mit ihren Freundinnen war Joni etwas Besonderes gelungen: Sie hatte aus Liebe geheiratet, eine durch und durch zivilisierte Scheidung mitgestaltet, hatte zwei liebenswerte Kinder und war dabei von Tragödien und wirtschaftlichen Unglücken nie getroffen worden. Nichts ähnelte dem Leben ihrer drei Freundinnen. Was für ein Leben, das sie so nie erträumt hatte, und geplant war reichlich wenig davon. Sie war ein Glückskind, trotz ihrer einsamen Kindheit und der Erziehung ihrer meist abwesenden Eltern.

Das Haus, dachte Joni, war ein sichtbarer Beleg ihres Erfolges. Der Gedanke an einen Waldbrand erschien ihr absurd. Das Unbehagen, das ihr Elaines diesbezügliche Bemerkung einmal bereitet hatte, wischte sie beiseite, Sie war sich bewusst, dass ihre Reaktion genau der der Masse entsprach, die an Naturgewalten in ihrem eigenen Umfeld nicht glauben wollte. Sie schaute stattdessen auf die Berge, die Spaliere der Obstplantagen und die Weingärten, die bunten Blumenbeete, und je länger sie dieses pointillistische Vergnügen rund um die Häuser herum betrachtete, desto mehr ahnte sie, dass sie nicht nur verliebt in die Szenerie war, sondern dass sie sich sehnlichst wünschte, hier heimisch zu werden. Sie wollte Vertraute finden, Teil der Gemeinschaft werden.

Sie dachte an die Wochen mit Manuel und wie er es genießen würde. Noch einmal fiel ihr Elaine ein, wie sie von den Waldbränden in Kalifornien erzählte, dass die Rauchschwaden bereits zweimal den kanadischen Teil des Tales erfüllt hatten, dass in ein paar Jahren jeder Sommer davon betroffen sein konnte. Dann schob sie den Gedanken daran erfolgreich weg. Diesen August würde nichts beeinträchtigen.

Auf dem Weg zurück ins Haus blieb sie kurz bei Józefina, Joss, stehen, der Frau, die sich während Jonis Abwesenheiten um das Haus kümmerte, alles in Schuss hielt und den Kühlschrank verlässlich für ein Frühstück befüllte, sobald Joni ihre Ankunft ankündigte.

Joss war als junge Frau mit ihrem Jurek aus Krakau eingewandert, hatte mit ihm ein winziges Delikatessengeschäft in Edmonton eröffnet, drei Kinder großgezogen, ihren Mann mitsamt dem Laden an eine Jüngere verloren und war Richtung Südwesten gefahren, um Arbeit in den Obstplantagen oder sonst wo zu finden. Hauptsache, es war milder als in Edmonton, weil ihr dann vielleicht auch das Leben leichter erscheinen würde. Sie ergatterte eine Stelle in einem Supermarkt und suchte nach etwas anderem.

»Ich bin das wandelnde Klischee der Frau, die zu früh heiratete, zu früh schwanger wurde, zu früh resignierte und dann die Rechnung dafür präsentiert bekam«, trompetete sie gleich zu Beginn ihrer Vorstellung auf Jonis Inserat. Joni erkannte schnell, wie praktisch die Frau dachte, wie gut ihr Zeitmanagement war, später fand sie heraus, dass Joss nicht tratschte und verlässlich war. Sie stellte sie als offizielle Haushälterin ein, die ihr nie in die Quere kommen würde, wenn sie anwesend war, und alles, was liegen geblieben war, nach

Jonis Abflug übernehmen würde. Es war ein Arrangement, das beiden entgegenkam, Joss trotz der extrem variierenden Arbeitszeiten mit einem großzügigen regelmäßigen Einkommen und einer ordentlichen Versicherung versah. SAL, safe and lucky, nannte Joss ihre neue Anstellung, und Joni wusste, dass es für sie beide ein Glücksfall war.

»Ich bleibe diesmal richtig lange«, sagte Joni und überreichte eine Schweizer Bonbonniere, die sie am Flughafen in New York gekauft hatte. »Ich arbeite von hier aus. Mein Sohn landet Anfang August und bleibt knappe vier Wochen. Ich werde ihn aus Vancouver abholen, vermutlich tauchen wir erst ein paar Tage später hier auf und bringen noch meinen Freund mit. Es wird also ungewohnt lebendig im Haus. Wenn Manuel nach Europa zurückfliegt, werde ich kurz darauf ebenfalls aufbrechen. Diesmal werde ich Thanksgiving noch nicht hier feiern, aber das nächste Jahr wird ganz anders werden.«

»Ich werde also Manuel kennenlernen?«

»Ja.« Joni lächelte.

»Ich werde backen. In seinem Alter braucht man Kuchen und Fleisch.«

»Das wird ihm gefallen!«

»Davon bin ich überzeugt. Sonst alles wie üblich?«

»Ja, Joss. Ich kümmere mich, solange ich hier bin, um alles oder zumindest vieles.«

Sie wusste schon, dass die Polin das Talent besaß, Dinge zu erledigen, ohne sie zu stören. Sie war eine weitere Frau, die Joni dabei unterstützte, so leben zu können, wie es ihr behagte, und die das Verhältnis genauso als Gewinn betrachtete.

Ob Sam sich damit anfreunden konnte, dass sie eine Haushälterin beschäftigte? Er war der Typ, der Hemden zwar in die Reinigung brachte, ansonsten aber alles selbst erledigte. Er lebte in einer karg eingerichteten Wohnung, in der es einen extra Speicherraum für Wanderutensilien, Zelt, Kanu, Felle, Ski und Überlebensausrüstung gab. Die Wohnung lag im Erdgeschoss eines Mehrfamilienhauses im Norden von Toronto, und das Kanu wurde bei Bedarf direkt aus dem Fenster hinaus zum Wagen bugsiert, wenn er sich wieder auf Fahrt in die Wildnis begab. Joni hatte einmal zwei Nächte dort verbracht, und seitdem wusste er, dass sie unterschiedliche Vorstellungen von Urlaubsgestaltung und Alltag pflegten.

Joni ließ den Ort endgültig hinter sich und fuhr die letzte Hügelkuppe hinauf, passierte den von zwei Kirschbäumen flankierten Eingang und folgte dem Weg, der links von verwilderten Obstbäumen, Birken und zerzausten Kiefern gesäumt war, unter dem sich ein schmaler Felssims erhob. Dahinter lag bereits der Garten. Rechts in den Spalierreihen leuchteten in mattem Gelb die ersten Pfirsiche zwischen den glänzenden Blätterbüscheln. Direkt vor dem Abhang war ein kleiner Platz gepflastert, umgeben von Buschwerk und den dunklen Säulen schlanker Zypressen. Hier parkten Arbeiter und Winzer, hier wurden die Tische aufgebaut, wenn das Ende der Weinlese miteinander gefeiert wurde, während in den Hallen die ersten Trauben schon über Förderbänder den Gärungsprozessen entgegenrollten. Von diesem Platz führte links ein asphaltierter Weg der Abrisskante folgend höher auf das Hügelplateau, wo Jonis Haus thronte.

Jedes Mal erinnerte sie dieses letzte Stück an eine Mischung aus österreichischer Südsteiermark und Toskana, bot es doch den Ausblick auf den See, die Weingärten, die oberhalb des gegenüberliegenden Ufers die Hänge säumten, und die weißen Häuser am See, das malerisch gelegene Penticton im Süden. Dahinter schimmerte in der Mittagssonne die trockene Ebene mit den kleinen Seen in Richtung der USA. Wandte sie sich zurück zum Haus, leiteten die steilen Felsflanken hinter den letzten Weinbergen den Blick Richtung Norden zu den Wäldern, die im blauen Dunst weit hinter Kelowna verschwanden. Es war ein Paradies, das sie nie ohne Sam gefunden hätte.

OSTKANADA 2008

Manchmal versuchst du, den Schatten einer Erinnerung festzuhalten, obwohl du noch gar nicht weißt, wohin es dich führt, woran du dich erinnern sollst.
Ihr seid seit fünf Tagen unterwegs. Sam hat eine leichte Wanderroute gewählt, noch steht nicht fest, in welchem Tempo ihr weiterkommen werdet oder wo es euch so gefällt, dass ihr das Zelt früher aufschlagt als gedacht. Eigentlich liebt er die Wildnis Richtung Norden, doch für den Anfang fand er die zivilisierte Gaspésie für dich besser. Du hast zuerst an das Nordufer des Lorenzstroms gedacht oder an Neufundland, du dachtest, es würde so sein wie Alaska oder die sibirische Tundra, die du nur vom Flugzeug, aus Filmen und von Fotos kennst. Er lachte bloß, der Norden und der Westen würde später kommen, du solltest Geduld lernen, sagte er.
Er war dir nach Quebec entgegengekommen, hatte mit dir pflichtschuldig das Touristenprogramm in der steinernen Altstadt und oben auf der Holzpromenade vor dem berühmten Hotel absolviert, über die Kasematten und Kanonenstellungen der Franzosen hinüber auf das südliche Ufer des Lorenzstroms gewiesen, wo ihr eure Urlaubsreise antreten würdet. Er hatte

dich in ein Museum geführt und anschließend hinaus, weg vom Reichtum der französischen Händler, den Männern, die mit Pelzen und Metallen, mit Schiffen und der Eisenbahn ihr Vermögen gemacht hatten. Ihr seid hinaus in die Viertel hinter den Fabriken gegangen, in denen die Armen wohnten, denen es immer noch besser ging als den obdachlosen Inuits, die weder Arbeit noch Heim fanden. Du liebtest ihn dafür, aber es wurde dir noch klarer, dass die Beziehung mit ihm schwierig werden würde. Wenn du dich schon als kompromisslos verstehst, was ist er dann?

Aufrechte Männer sind deine Spezialität, auch wenn du die Erfahrung gemacht hast, dass sie fast immer eine Herausforderung bedeuten.

Später, während ihr von Quebec auf der Südseite des Stroms unterwegs wart, Obstbäume blühten und die Äcker einen frischgrünen Rahmen für die winzigen Dörfer mit ihren neugotischen Kirchtürmen bildeten, erzählte er dir von seinen Ausflügen in den Norden.

»Nichts bereitet einen auf die Tundra vor«, sagte er. »Es ist eine Grasebene mit Wellenhügeln in einer Endlosigkeit, die wie eine Auslöschung wirken kann. Man muss Spuren lesen können. Der Mensch geht dort leicht verloren, sich selbst und der Welt.« Wenn ihm etwas wirklich wichtig ist, klingt er wie ein Buch. Du hättest ihm ewig zuhören können, während die Schären wie uralte Schildkröten in seichten Buchten wachten. Die Ebbe kündigte sich an, in silbrigen Sichelreihen schimmerte feiner Sand zwischen den Felsen. Weit draußen glitten riesige Schiffe auf dem Lorenzstrom dahin. Wo Wasser und Himmel ineinander verschwammen, tauchte mitunter eine dunkle Linie auf. Es war das Nordufer des Mündungstrichters mit seinen steilen Felswänden, von denen du bis jetzt nur weißt, dass sie an norwegische Fjorde

erinnern und Buchten schützen, die tief genug sind, um Walen als Kinderstuben zu dienen.
Vor dir leuchteten Robben, schwarz glänzende Kegel auf den Felsen, Skulpturen wie aus Obsidian. Die dunklen Tannen oberhalb der Sandbänke hielten den Wind ab, Schwaden süßen Heudufts waberten über vertrocknenden Kräutern, von Schmetterlingen und Bienen umschwärmt. Der Mann, von dem du deine Finger nicht lassen kannst, packte dich und den Picknickkorb ein, bog nach Süden ab, fuhr zum Nationalpark, verschwand mit dir in den Bergen.
Jetzt, eine knappe Woche ungeteilter Zweisamkeit später, bist du immer noch hingerissen von ihm und gestehst dir ein, dass seit dem ersten Jahr mit Georg keine Beziehung mehr sich so anfühlte wie diese. Du bist vorsichtig geworden, wenn es um Liebe gehen könnte. Und nur für deine Kinder bist du bereit, Abstriche in Kauf zu nehmen.

I am on a lonely road and I am travelling.

Aber ist Sam denn nicht einer von deiner Art? Er kennt das unregelmäßige Leben, das du führst, weil es ihm ähnlich geht. Er geht auf in seiner Arbeit, auch einer der Glücklichen, die ihren Platz nicht nur gefunden haben, sondern als sinngebend empfinden. Er ist neugierig, fasziniert vom menschlichen Wesen, der Vielfältigkeit, die die meisten leider irritiert. Das Neue erschreckt euch beide nicht wegen seiner Fremdheit, sondern zieht euch an. Doch etwas in dir warnt dich auch: Er ist ein Außenseiter wie du, fremd im Gefüge der Masse, einer, der aneckt und dessen Kanten sich nicht schleifen lassen.
Ihr fallt als Paar auf, du spürst die Blicke, die euch verfolgen, das Abschätzende, Beobachtende, Beurteilende. Diesmal, das weißt

du, hat es nichts mit deinen feuerroten Haaren, deinen weit ausgreifenden Schritten, deiner Präsenz zu tun, sondern mit ihm, fast so groß wie du, kompakt und wendig, dem blauschwarzen Haar, dem ungewöhnlichen Schnitt seiner Augen, all den äußeren Zeichen, die es schwierig machen, ihn einzuordnen. Auf sehr spezielle Weise ist er ein auffallend schöner Mann, und er ist sich dessen nicht bewusst.
Du fragst dich, ob er der Mann ist, der in zeitlich ständig begrenzten Räumen mit dir leben möchte und kann. Was dich am meisten erstaunt, ist, dass du dich das so schnell fragst. Wie bei Georg damals. Bloß ist es diesmal keine naive Besessenheit. Du weißt, dass es dir nicht wirklich entspricht, mit einem Menschen ein Leben am selben Ort zu verbringen. Aber möchtest du es für ihn lernen, es wenigstens probieren?
Ihr steht an einer Felsenkante, vor euch liegt ein Tal, gesäumt von einem gegenüberliegenden Steilhang, dahinter ein Hügel nach dem anderen. Dunkles Tannengrün unterbrochen von den hell zitternden Zweigen des Zuckerahorns, Hartriegels und der Felsenbirken bildet mit den blauen Strichen der Weymouth-Kiefer ein Gemälde, in dem die zerrissenen Felsenkuppen wie Skelette gestrandeter Wale wirken. Es steht in keinem Zusammenhang mit den blank geschlägerten Lichtungen, die ihr schon gequert habt, und die wie grüne Leintücher zum Trocknen ausgebreitet daliegen. Ihr stellt euch das alles im Oktober vor, in Scharlachrot und flammendem Gold.
»Wie viele Tage willst du gehen?«, fragst du.
»Solange du möchtest, solange du kannst.«
»Eine Querung der Halbinsel?«
»Nicht wirklich, wir fahren dazwischen auch. Ich will dir doch die Flussmündungen zeigen, unglaubliche Farbdeltas.«
»Anders als in Ostasien.«

»Genau. Außerdem ist das hier keine wirklich naturbelassene Gegend. Wir haben Minen in der Region und die Fischerdörfer an der Küste.«

»Die weder auf ihren Flößen schwimmen noch von Gärten auf schaukelnden Blattkissen umgeben sind.«

»In nichts mit Asien vergleichbar«, er lächelt, du weißt, dass er ebenfalls an den Mekong denkt, die Exkursion, die euch im kommenden Winter bevorsteht. »Dafür hast du hier Spielzeugstädtchen, Vogelinseln und Freaks, die außerhalb der Parkgrenzen ihre Hütten für die Sirupgewinnung in Schuss halten.«

»Dicht besiedelt quasi.«

»Für einen Waldläufer sowieso«, lächelt Sam.

Zwei Wochen später erreicht ihr östlich von Grand-Métis wieder die Küste. Du bist erholt wie schon lange nicht mehr, ganz ohne Kontakt zur Außenwelt und Gedanken an die Arbeit.

Es ist das erste Mal, seitdem du nach Manuels Geburt wieder ins Büro zur Arbeit zurückgekehrt bist, dass du deine Welt vergessen hast. Dafür bist du einem anderen Menschen zuliebe in die seine eingetaucht.

Ihr legt eine Pause am Wasser ein. Tangfetzen hängen im Schlick fest, es schmatzt, wenn du den Fuß herausziehst. Ihr folgt einem kaum sichtbaren Steig, der sich durch Gestrüpp einen Felshang entlangzieht. Es ist heiß, wenige Meter unter euch klatschen Wellen sanft gegen den Stein. Du setzt dich hin, ziehst dir einen Dorn aus dem Ballen und steigst in deine Schuhe. Sam sieht dir zu, natürlich war er nicht verrückt genug, barfuß heraufzukommen.

»Morgen ist unser letzter Tag«, sagst du und ärgerst dich sofort darüber.

»Hmm.« Er hockt sich neben dich in duftendes Kraut, rückt sich zurecht, greift nach dir.

»*Du solltest eine Weile mit mir in der Sonne liegen*«, *sagt er, und du folgst seinem Vorschlag.*
Den Geschmack von Freude hat dein Körper gespeichert, es erinnert dich an saftiges Fruchtfleisch, an das Platzen von Kirschenhaut.
Trennungen bist du gewohnt. Du fällst nicht aus der Welt deshalb, es gibt genügend Möglichkeiten, in Kontakt zu bleiben.
Aber du gestehst dir ein, dass es dir diesmal an die Nieren geht.
In Quebec werdet ihr euch am Flughafen verabschieden, er wird nach Toronto weiterreisen, später nach Seattle. Du musst zurück nach Europa, im Spätwinter steht die große Mekong-Konferenz bevor, diesmal in Ho-Chi-Minh-Stadt, das du immer noch lieber Saigon nennst. Da werdet ihr euch wiedersehen. Es sind nur ein paar Monate, vielleicht weniger, denn Sam wird im Oktober in Stockholm sprechen und kann ein Wochenende anhängen, wenn du dir dieses Zeitfenster freischaufeln kannst. Ein Lichtblick.
»*Wenn wir in einem Jahr noch zusammen sind, überlegen wir uns einen Ort nur für uns, etwas wie eine Insel, die wir ansteuern können, egal, aus welcher Richtung wir kommen*«, *sagt er.*
Er ist genauso vorsichtig wie du.
Dein Leben hat sich immer in bestimmten Räumen entschieden, die du bestimmten Männern zuordnen konntest. Du hast dich geliebt gefühlt, bis zu einem bestimmten Grad, der nicht immer deinen Bedürfnissen entsprach. So ist das. Die Männer deines Lebens sind sehr unterschiedliche Charaktere, gemeinsam haben sie Humor und eine Geradlinigkeit und Loyalität, die du zu schätzen gelernt hast. An manchen Tagen wird dir bewusst, dass du in ihrem Leben ein Gast bist, keine Konstante, während sie, in der Rolle, die du jedem von ihnen zugeteilt hast, das sehr wohl sind. Hast du sie zu Begleitern auf Zeit gemacht, oder haben das die Lebensumstände mit sich gebracht?

Sam und du, ihr habt beide keine Übung darin, ein gemeinsames Leben zu planen, geschweige denn ohne lächerliche Wartezeiten anzugehen. Ihr seid beide über vierzig Jahre alt, beide seit Jahren geschieden, er hat keine Kinder, aber Geschwister, denen er sehr nahe steht. Was stellt ihr euch vor? Etwas wie eine Zukunft? Einen gemeinsamen Alltag?
Was willst du riskieren? Könnte er der Mann sein, der dich und dein Leben nicht nur aushält, sondern auch versteht? Und wäre es für dich überhaupt möglich, einen anderen Kontinent für dein Zuhause auszuwählen, so weit weg von den Kindern?
Du bist es nicht gewohnt, dir wegen eines Mannes den Kopf zu zerbrechen, Fragen zu stellen, auf die du keine Antworten bekommen kannst, jetzt zumindest nicht.
Du spürst die Sonne auf deiner Haut, du hörst sein Herz unter deinem Ohr klopfen. Tagelang könntet ihr hier liegen, denkst du, und gleichzeitig sticht dich ein abgebrochener Halm in die Hüfte. Das alles kann dir nicht mehr genommen werden.
Du hast dich daran gewöhnt, mit unterschiedlichen Männern Affären zu haben.
Den meisten dieser deiner Partner ist es recht. Es verpflichtet zu nichts, und es bringt keine Ehen in Gefahr. Dafür sorgst du. Es geht leicht, denn du liebst diese Männer nicht. Du magst sie. Manche triffst du sporadisch wieder, und es freut dich, weil eure Herzlichkeit füreinander den Sex besser macht. Manche sind annähernd vertraut wie Mike, es gibt keine bösen Überraschungen, nur Freude.
Doch ist dir klar, woran du jetzt denkst? Dies ist der Augenblick, in dem eine Tür aufgeht, du stellst dir seine Stimme vor, die du dir in letzter Zeit oft herbeigewünscht hast und die das Warten auf dich verrät, immer und immer wieder.
Stunden später im Flugzeug hast du das Licht gelöscht und

schaust hinaus in das Seidenmeer der Nacht. Das Land unter dir ist geballtes Schwarz, bis sich deine Augen daran gewöhnt haben. Aus der Dunkelheit schält sich Schimmern. Dir wird klar, dass ihr schon über dem Atlantik seid, dass Neufundlands Masse unter dir verschwindet. Der Himmel ist von Sternenlicht tätowiert. Die Erinnerung daran wird sich unauslöschlich mit seinem Bild verbinden, voller Schönheit.
Die Sehnsucht nach Stefanie und Manuel vermischt sich sekundenlang mit der nach Sam. Im Kopf hörst du das Rollen vergangener Meereswellen, monotone Wassermusik unter einem prallen Mond.
Doch du versuchst, die Gedanken beiseitezuschieben. Arbeit wartet auf dich. Eine anstrengende Woche liegt vor dir.
Samuel Dickson. Sam. S A M.
Hättest du dir je träumen lassen, dass dir einer wie er passiert? Manchmal ist es Glück genug, jemandem, den du liebst, zuzuschauen, wie er die Wunder des Sommers begreift.

Manuel landete am letzten Juliwochenende in Vancouver. Erst zwei Tage zuvor war Hillary Clinton in Philadelphia zur Präsidentschaftskandidatin ihrer Partei gewählt worden, Donald Trump stand bereits am 19. Juli als Gegenkandidat fest.

Joni hatte die letzten Wochen den Verlauf der Vorwahlen verfolgt, erstaunt über Rückzüge, Entscheidungen und versuchte Wahlbeeinflussungen. Sie wusste, dass Trump, der seine politischen Meinungen generös und laut verriet, ein Desaster für den weltweiten Klimaschutz sein würde, dass ein Erfolg dieses Mannes eventuelle Naturkatastrophen befeuern und dadurch ausgelöste Migrationsströme verursachen konnte. Es gab bereits Statistiken dazu, und manche ihrer Kollegen weltweit rauften sich das Haar, weil wieder niemand ihre Einschätzungen hören wollen würde. Joni selbst versuchte, gelassen zu bleiben. Sie hielt Clinton, vor allem seit Sanders ihr Unterstützung versprochen hatte, für unschlagbar. Die Wahl würde ihr nah genug in ihrem Vortragsalltag kommen, wenn sie in Boston und New York arbeitete. Sie ging davon aus, dass, wie bei allen Wahlen davor, sich in jedem Pub, in jeder Bar, auf jedem Universitätscampus mehr Diskussionen darüber ergeben würden, als ihr vermutlich lieb war.

 Manuel hatte gerade erst begonnen, Interesse an Politik zu zeigen. Dabei ging es hauptsächlich um die Auswirkungen des vergangenen Jahres, um die vielen Frauen, Kinder und Männer, die über unterschiedliche Fluchtrouten nach Österreich und in andere europäische Länder gekommen waren. Sie waren vorm Bürgerkrieg in Syrien geflohen und lebten nun immer noch auf Bahnhöfen, in überfüllten Heimen und Kasernen. Joni wusste, dass Manuel nicht nur auf dem Westbahnhof in einer Suppenküche über viele Wochen hinweg ausgeholfen hatte. Gespräche innerhalb der Familie hatten sein abrupt eröffnetes Engagement begleitet. Joni war stolz darauf, ebenso wie Georg, der jedoch, als die Schulleistungen plötzlich und unerwartet rapide nachließen, von Manuel verlangte, seiner eigentlichen Aufgabe nachzukommen. Auch wenn das, wie so vieles in diesem letzten halben Jahr, nicht so gelaufen war, wie man es sich erträumt hatte, war Joni im Gegensatz zu Georg gelassen geblieben. Allerdings hatte sie da noch nichts von den neuen Freunden gewusst, die sich in Manuels Leben breitmachten.

 Sie lief ihm entgegen, drückte ihn überschwänglich an sich. Wie müde er aussah. Ganz sicher war daran nicht nur der lange Flug schuld. Das Kind würde sich hier erholen, fit für das nächste Schuljahr werden. Sie würde alles dafür tun.

Sie hatte für die ersten zwei Nächte ein Hotelzimmer gebucht mit Blick auf den Hafen mit den Segelbooten, am Horizont ließ sich die Coastal Range erahnen. Es lag direkt am Ufer zwischen Stanley Park und alter Gastown. Oben auf der Dachterrasse lud Joni ihren Sohn auf Meeresfrüchtesalat und Riesling ein.

Manuel konnte die Augen fast nicht offen halten. Perplex erfasste er, dass dies nicht nur ein einfacher Wanderurlaub weit weg von zu Hause sein würde, sondern dass seine Mutter einen Urlaub der Superlative geplant hatte. Während sie beschrieb, was auf ihn in den nächsten Tagen wartete, sackte er trotz aller Bemühungen und Freude im Sessel zusammen und döste weg.

Joni hatte sich für den ersten Tag zu viel vorgenommen und schleppte ihn zum Lift, zurück ins Zimmer, wo sie ihn vier Stunden in Ruhe schlafen ließ. Drei Nächte später flogen sie hinüber nach Victoria Island. Zuvor hatten sie in Vancouver, nach dem Pflichtbesuch im Aquarium und bei den Totempfählen im Stanley Park, einem Ausflug zur berühmten Hängebrücke, deren Schwanken Manuel inmitten vieler anderer junger Touristen begeisterte, und einen Bootstrip an der Nordküste entlang gemacht, von wo aus Joni ihm die Viertel der chinesischen Superreichen und die beeindruckende Skyline von der Bucht aus zeigte. Sie hatte nur einen kurzen Aufenthalt auf Victoria Island geplant, zwei Tage, um ihm einen ersten Eindruck von Wildnis zu verschaffen, ihm die Idylle der viktorianischen Hauptstadt nahezubringen, vielleicht auf einem Boot Wale zu beobachten. Es war ein übliches Touristenprogramm, aber ihm wurde bereits die Riesendimension von Allem auf diesem Kontinent bewusst.

Er hatte in dem Nachtflug von London nichts von der Ausdehnung Neufundlands, nichts von den Ausmaßen des Granitschilds nördlich der großen Seen mitbekommen, er hatte noch nichts von der gigantischen Gipfelprozession der Rockies erspäht. Aber sie spürte, wie es ihn beeindruckte, die Schwanzflossen der Riesensäuger vor sich niederklatschen zu sehen, die Höhe ihrer Atemfontänen vor den Felswänden der Insel zu sich in Relation zu setzen. Er kannte nur den Bogen der Ostalpen von Wien aus bis ins Graubündische und im Süden von den Karawanken bis zu den ersten französischen Zacken der Riviera. Er war über die Pisten von Zakopane gewedelt und hatte einen Sommerhüttenurlaub in der Niederen Tatra verbracht. Auf diesen Teil der Welt hatte ihn nichts vorbereitet. Joni gestand sich ihren Stolz ein, dass seine Erinnerungen an diese Gegend für immer mit ihr allein verbunden sein würden.

Eine knappe Woche nach seiner Ankunft waren sie wieder in Vancouver, wo eine nächste Überraschung auf ihn wartete. Joni eröffnete ihm, dass sie vom regionalen Flughafen über die Küstenbergkette nach Kelowna fliegen würden und dass in der Abflughalle Sam auf sie wartete.

»Sam?«

»Ich habe ihn doch schon einige Male erwähnt. Deinem Vater habe ich übrigens auch Bescheid gesagt. Ich kenne ihn von der Arbeit.«

»Also ist er dein Freund, wie Mike und Julian und Renzo?«

»Anders und mehr. Wir haben beruflich miteinander zu tun, wir haben ähnliche Ziele. Er ist nicht nur ein Freund, so wie ich viele Freunde habe.«

»Also ist er dein Lover?«

»Er ist mein Freund, mein bester Freund und ja, wir gehören irgendwie zusammen.«

»Aha. Irgendwie. Wann hast du das Papa erzählt?«

»Gestern. Ich konnte nicht früher, weil Sam nicht genau wusste, wann er zu uns stoßen würde. Er ist sehr viel unterwegs.«

»Wie lang bleibt er?«

»Eine Woche. Danach sind wir zwei alleine.«

»Warum willst du, dass wir uns kennenlernen?«

»Weil ich glaube, dass ihr euch öfter sehen werdet und dass er dir gefallen wird.«

»Also ist es ernst?«

»Das weiß ich nicht.«

»Mama!«

»Ich weiß es wirklich nicht.«

»Muss alles bei dir so kompliziert sein?«

»Ich finde es überhaupt nicht kompliziert. Ich will doch nur, dass ihr euch beschnuppert.«

»Du bist unmöglich. Ich will niemanden beschnuppern. Sag mir bloß: Könnte er so wichtig werden wie Sylvie?«

»Ich glaube, dass er dir sehr gefallen wird. Gib ihm eine Chance. Er ist wirklich toll.«

»Aber ich werde nicht die ganze Zeit Englisch reden.«

»Nein. Du hast Ferien.«

»Wo hast du ihn denn aufgegabelt?«

»Er ist Kanadier, bei einem Kongress und später dann in Asien.«

»Und wenn ich ihn nicht mag?«

»Gib ihm eine Woche.«

»Ich verspreche dir nichts.«

»Du wirst ihn lieben.«

»Ich weiß nur, dass du mir im Moment ziemlich auf den Geist gehst«, sagte Manuel und schwang den Rucksack über seine Schulter.

Joni hatte allen Grund, nervös zu sein. Ihr war plötzlich eine Erinnerung eingeschossen, ein Satz, den sie Manuel im Frühjahr am Handy hatte sagen hören:

»Geh, der schwoarze Oasch kau ma gsdoin bleibn.«

Dass er Dialekt sprach oder es wenigstens versuchte, verriet ihr, dass der Gesprächspartner ein Junge aus der Clique war, die Georg vermutlich nicht bei sich im Haus duldete. Wer der Arsch war, dessen Hautfarbe Manuel überhaupt erwähnenswert fand, wusste sie nicht und fand es auch nie heraus, weil ihr Sohn auf ihre diesbezüglichen Fragen einfach nicht reagiert hatte.

Sie sah Sam sofort.

Er riss seine Kappe vom Kopf, winkte damit und strahlte übers Gesicht.

Manuels Schultern versteiften sich, er drehte sich kurz zu Joni. »Der?« Er rollte die Augen. Mühsam lächelnd versuchte sie, sich ihr Erschrecken über seine Reaktion nicht anmerken zu lassen. Sie merkte, wie schnell er sich zusammenriss und die Hand ausstreckte. Vermutlich würde Sam ihn nur für einen Jugendlichen halten, der auf ultracool machte, er wusste ja viel zu wenig, nichts Essenzielles von ihrem Sohn.

Sam umarmte sie beide, versuchte sich zu ihrem Erstaunen auf Deutsch: »Ik bin Sam, willkommen in mein Land!«, und drückte Joni einen Kuss auf die Wange. Sie nahm wahr, wie ihr Sohn wegschaute, dann nach ihrer Hand griff und sie ein wenig zu sich zog, sie aus Sams Umarmung löste.

»I am Manuel and very pleased to meet you«, sagte er und drückte Jonis Finger.

So gut erzogen, wie er eigentlich ist, dachte Joni, wird er es sicherlich nicht auf einen Eklat ankommen lassen. Aber sie musste unbedingt mit ihm reden.

Sam strahlte immer noch. Seine schmalen Augen, die er einer Ahnin verdankte, die Angehörige einer First Nation war, verschwanden dabei fast und betonten seine breiten Wangenknochen. Joni betete, dass Manuel schnell erkannte, worin Sams Qualitäten bestanden. Die Reaktion ihres Sohnes schockierte sie nicht nur, sie schmerzte mehr, als sie sich im Moment eingestehen wollte.

Falls Sam etwas davon spürte, ließ er es sich jedenfalls nicht anmerken. Er bemühte sich um Manuel, der sich sichtbar überrollt fühlte von dieser Charmeoffensive. Als sie in Kelowna gelandet waren und ihr Gepäck verstaut hatten, diskutierten sie schon so großartige Ausflugsziele, dass es Manuel schwerfiel, eine Reihenfolge festzulegen. Joni wurde ruhiger. Sam machte es sich sofort auf der Rückbank bequem und schob Manuel nach vorn neben seine Mutter Sie fuhr zügig durch die Stadt hin zur Brücke. Der Junge schaute nach links zum Südufer, nach rechts Richtung Norden, wo die höheren Berge näher rückten wie eine freundliche Mauer. Segelboote trieben übers Wasser, vor den Stränden durchbrachen Schwimmer die glitzernde Fläche. Hinter den Sommerhäusern und kleinen Hotels zogen sich die Linien der Weinstöcke wie eine Pflanzenschrift sorgsam kalligrafiert die sanften Hügel entlang.

»Da wohnst du?«

»Ja, Manu, und es ist mein erster richtiger Sommer hier.«

»Wow! Das ist wie Alpen mit Mittelmeersüden.«

»Sam hat es mir gezeigt. Ich wollte keine kanadischen Winter, sondern etwas wie mediterranes Klima.«

»Echt? Hier?«

»Ja, es ist quasi so etwas wie eine Verlängerung des Death Valley, wenn man den geologischen Verwerfungen folgt. Es gibt heiße Quellen in der Umgebung. Wein und Pfirsiche gehören zu den Exportschlagern, neben anderem Obst. Es ist nicht weit zur Pazifikküste und dem Kulturangebot von Vancouver oder Seattle und nicht weit nach Calgary oder Edmonton. Es ist einfach perfekt für mich.«

»Du klingst wie eine Touristenführerin. Und für dich, Sam?«, fragte Manuel mit hörbar drängender Neugier.

»Ich bin eher der Tundramann. Ich wandere mit dem Kanu durchs weite Land des Nordens. Aber ich mag auch die Berge, sie machen mir keine Angst, ich halte es gut aus, wenn ich nicht in der Ebene bin. Ich muss dir unbedingt das Weißwasser des Athabasca zeigen. In einer derartigen Länge und Pracht gibt es das nicht in Europa.«

»Und Bären?«

»Ja, werden wir sehen. Keine Grizzlys, dafür sind wir zu südlich, und die Gegend ist zu zivilisiert. Grizzlys heben wir uns auf für den nächsten Urlaub, wenn wir von Vancouver aus dem nördlichen Ufer folgen, so weit es geht.«

»Echt? Und dann?«

»Nehmen wir ein Boot und ziehen noch weiter. Die Lachswanderung solltest du wenigstens einmal erlebt haben.«

»Du planst ja für Jahre im Voraus.« Manuel wandte sich an seine Mutter. »Mama?«

»Jaja. Können wir vorher einmal ankommen und es uns bequem machen?«

Summerland war rund um einen fast hundert Jahre alten Kern erst in den letzten Jahren entstanden und wuchs. Joni war froh, gerade noch rechtzeitig das Grundstück auf der Sonnenterrasse oberhalb der Weinberge ergattert zu haben. Die Obstplantage und die Gärten des ansässigen Winzers würden nicht verschwinden und ihr den Blick über den See hin zu dem markanten Bergstock im Norden erhalten. Voll Stolz folgte sie dem schmalen Asphaltband von der Hauptstraße weg, die letzten vier Villen lagen nun hinter ihnen. Sie bog auf die Straße in einen Obstgarten ein, betätigte den Summer, und das Gartentor zur linken Seite eines malerischen Platzes öffnete sich.

Später, der Junge hatte gerade den Pool entdeckt, und neben seiner Liege stand ein Teller mit Kuchen von Joss, legte Sam ein schweres Päckchen in Jonis Hände.

»Es ist etwas Besonderes, von einem Freund. Ich habe ihm von dir erzählt. Er sagt, du klingst nach einem starken Gewebe mit guten Kettfäden und fremden Mustern, und wenn er mich über dich reden hört, erkennt er, wie vielfältig es ist.«

»Das ist ja lustig, dass er mich mit einem Stoff vergleicht. Aber ich schaffe gar nichts. Ich beobachte, analysiere, berichte.«

»Du tust viel für einen guten Boden, ein Fundament, hast du daran gedacht?«

»Nein. Was ist das für ein Freund?« Joni zog an der Masche.

»Er ist Inuit, kommt eigentlich aus Kivalliq, nördlich von Manitoba und hat da bei Trekkingtouren Geld verdient, bis er beschloss, nach Cape Dorset zu ziehen.«

»Was ist dort?«

»Das Kunstzentrum der Inuit mit der besten Druckgrafikwerkstätte des Territoriums. Dort kaufen die guten Galeristen der Großstädte ein. Aber Paul macht keine Zeichnungen, er arbeitet mit Stein.«

»Paul?«

»Paul Tutsweetok. Er ist um die fünfzig, seine Haare werden schon grau. Ich hab ihn vor Jahren kennengelernt, als ich beschloss, die erste große Tour mit einem Führer zu machen. Ich wusste einfach zu wenig über Nunavut, um alleine zu gehen. Bei mir in der Familie hat ja keiner mehr richtig Ahnung, um mir in dieser Richtung etwas beizubringen.«

»Nunavut?«

»Das ist zusammengefasst das Inuit-Gebiet nördlich von Manitoba, an der Hudson Bay, bis rüber Richtung Grönland. Paul hatte es ziemlich schwer wie viele Indigene, zu wenig Möglichkeiten, aber zu viel Alkohol. Doch schon damals schnitzte er.«

Vor Joni lag auf Seidenpapier gebettet eine Skulptur aus dunklem Serpentin, ein menschlicher Körper, ja, eine Frau, leicht nach links gewandt, aus deren Schultern Flügel wuchsen, mächtig und trotzdem voll Schwung, und ihre Beine erhoben sich aus einer Welle, als würde sie aus dem Wasser springen. Nein, es war gar nicht das Meer, es war der im Abtauchen befindliche Wal, das letzte Drittel seines schimmernden Leibes, beide Körper in Bewegung, sich voneinander entfernend und doch noch verbunden, als könnten sie eins sein. Ganz als könnte das Wasser direkt vor der Frau sie halten wie ein Stamm, als wären See und Tier alles, was die Vogelfrau brauchte. Es war aus einem Stück gemacht, sparsam geschliffen, archaisch und standfest. Joni verstand nicht viel von Kunst, aber sie ahnte, dass dies ein Meisterwerk war. Sie strich mit dem Zeigefinger über das flache Gesicht, die eleganten Schwingen.

»Es heißt *Transformation der Schamanin*, aber so oder ähnlich heißen viele Skulpturen.«

»Es ist unglaublich schön.«

»Schamanen bauen Brücken zwischen Natur und Mensch, zwischen unserem Jetzt und der Geisterwelt. Deswegen hast du oft diese Mischwesen.«

»Ich weiß nicht, wie ich dir und ihm danken kann.«

»Er weiß, dass du da bist. Er ist anders, er lebt nach anderen Regeln und Vorstellungen. Paul wohnt nun in Cape Dorset, wo es ihm richtig gut gefällt. Die Inuit dort nennen sich oft noch Eskimos, zumindest, wenn sie mit uns zu tun haben, weil sie sich von den Stämmen weiter westlich unterscheiden wollen. Es dürfte mit einer Geschichte von inneren Fehden zu tun haben.«

»Weiß jeder von euch so viel über die Inuits?«

Sams sarkastisches Lachen sagte genug.

»Aber du weißt es, weil du Freunde an vielen Orten hast.«

»Wie du, Joni.«

»Na, es ist schon ein bissl mehr bei dir.«

»Das verdanke ich alles Paul und seinen Freunden. Ich lernte ihn kennen, als sein Name noch nicht in den staatlichen Künstlerlisten stand. Er nennt sich jetzt Paul Tutsweetok, sie ändern ihre Namen nach Gegebenheiten oder Verwandtschaftsgefühlen. Ich bin seit fünf Jahren für ihn ›Arnaqatiga‹, das heißt ›mein Cousin‹, und ich empfinde das als große Ehre. Ich habe ihm von dir erzählt, es ist wirklich eine Weile her. Als ich ihn das vorletzte Mal besuchte, bat ich ihn um ein Stück für dich. Diesmal brachte er mich sofort in die Werkstatt und zeigte mir das, woran er bei meiner Beschreibung von dir gedacht hatte. Ich finde, er hat viel von deiner Person verstanden. Und dieses Zimmer hier mit dem weiten

Blick nach Norden ist genau der richtige Platz, damit der Stein dein Platz für den Hausgeist werden kann.«

»Du beschämst mich.«

»Du hast mir deinen Sohn vorgestellt.«

»Aber …«

»Gib zu, Joni, wir wissen noch immer so wenig voneinander, dass alles, was wir dem anderen anbieten, ein Geschenk ist.«

Sie saßen da, sahen einander an, und es war erfüllend still.

Dann brach Manuel den Zauber und verkündete, das würde der geilste Urlaub seines Lebens und jetzt hätte er Hunger auf Fleisch.

Nachts fand Sam den Bildband auf seinem Polster, und Joni sah die überraschte und große Freude in seinem Gesicht.

Erst Tage später fand sie den richtigen Moment, um mit ihrem Sohn zu reden. Sie begann mit der Wiederholung eines Lobes wegen seiner Hilfe bei den Suppenküchen am Wiener Westbahnhof. Es bedeutete ihr viel, sie wollte, dass er das auch von ihr hörte. Er wand sich ein bisschen, unsicher, wie er darauf reagieren sollte, dann erzählte er, was ihm jetzt, nach so vielen Monaten davon, als das Wichtigste erschien. Er hatte von Leid in Splittern erfahren, winzig portioniert: ein Haus auf einem Handyfoto gesehen, das mittlerweile eine zerschossene Ruine war, ein Gruppenfoto von Burschen, die so alt waren wie er selbst, und die Hälfte von ihnen war bereits tot.

Später, als die Dienste der Suppenküche professioneller organisiert waren, hatte er sich bereit erklärt, mit Klassenkameraden Kinder zu begleiten, mit ihnen Fußball zu spielen, Wörter zu üben, Spaß zu haben.

»Es dauert, bis man sich traut, sie einfach zu nehmen, wie sie sind«, sagte er. »Das sind lauter Sachen, die man nicht lernt, oder?«

»Doch, aber nur durchs Tun.«

»So Scheiß wie Kafka lesen, bringt da nix.«

»Ich wäre mir an deiner Stelle nicht so sicher. Ich hab's schon früh als Glücksfall betrachtet, Kafka gelesen und zur selben Zeit Monty Python erlebt zu haben.«

»Hä?«

»Es ist einfach gut, sich mit so viel wie möglich zu beschäftigen, neugierig zu sein. Widersprüchliches ist oft richtig gut dafür, und manches macht sehr viel Spaß, während es einem was beibringt.«

»Kann sein.«

»Warum hast du aufgehört?«

»Woher weißt du das?«

»Es hat so geklungen.«

»Mir ist es zu viel geworden. Immer die gleichen Geschichten und immer so traurig.«

Joni nickte. Europa lag so, dass es aus vielen Krisengebieten der Welt erreichbarer war als der amerikanische Kontinent. Sie kannte aus eigenen Untersuchungen die Wahrheit: Menschen versuchten, in der Nähe ihrer Heimat zu bleiben, was natürlich die Situation ihrer oft ebenso armen Nachbarn erschwerte. Das reiche Europa hatte von dem, was sich in den Millionenlagern an seinen Grenzen abspielte, gar keine Vorstellung. Es sah bloß seinen hohen Lebensstandard gefährdet. Joni versuchte, Schuldzuweisungen zu vermeiden, doch keine Hilfe zu leisten, war für alle schlecht. Das auf der Hautfarbe beruhende Vorurteil von Gut, Besser, Schlecht war eine schreckliche Erfindung, und den wenigsten Menschen war bewusst, wie sehr sie es verinnerlicht hatten.

An manchen Tagen, vor allem jenen, an denen sie mit den Folgen dummer Entscheidungen konfrontiert war, verdrängte sie das schlimmere Wissen um Rassismus, weil sie sonst einfach keine Kraft und keinen Sinn mehr gefunden hätte. Sie war sich bewusst, was für eine privilegierte Haltung das war, sich diesem Wissen entziehen zu können, weil man nicht davon betroffen ist. Joni war klar, dass sie trotz ihrer vielen Kollegen, ihrer vielen Freunde, die internationale Hintergründe hatten, genauso wenig davor geschützt war, Rassismus zu reproduzieren, wie andere Weiße. Sie kämpfte vielleicht gezielter dagegen an. Trotzdem merkte sie, wenn sie in alte, über die Jahrhunderte etablierte Denkmuster verfiel.

Doch wie sollte sie Manuel deutlich machen, dass er Falsches dachte, selbst wenn er Mitgefühl zeigte und ein sympathischer Bursche war? Die Konfrontation mit den Flüchtlingen mochte ihn überfordert haben, aber da war noch etwas, das er ihr nicht erzählte und das vermutlich mit der Clique zu tun hatte. Sonst wäre seine spontane Reaktion auf Sams Aussehen anders ausgefallen. Joni zwang sich zur Geduld. Einen Menschen von vornherein ungerecht zu behandeln, weil man ihn nicht als gleichwertig ansah wegen seiner Hautfarbe, war nicht nur ein Verbrechen, es deformierte einen selbst. Um ihm das eindringlich und gut klarzumachen, brauchte sie Zeit. Und sie würde ihn in den Bergen in Pubs mitnehmen. Dort, wo nicht nur Touristen mit ihren Bärenbegegnungen prahlten, sondern Einheimische auch diskutierten. Sich darüber austauschten, was sich südlich der Grenze abspielte und was sie von Trump und den Zuspitzungen in den Wahlkampfreden hielten, während sie gleichzeitig die exzessive Holzschlägerei der Konzerne lobten, weil sie Arbeit brachte, und dabei vergaßen, wie viel zerstört wurde und wer darunter litt. Manuel sollte, ohne dass er mit dem Kopf darauf gestoßen wurde, mitbekommen, dass es keine geschützten Inseln mehr gab, dass alles und jeder Einfluss auf das Leben anderer hatte, dass der Traum vom individuellen und freien Leben eine romantische Chimäre war. Er war Teil von allem und somit auch Teil der Probleme. Je früher ihm das klar wurde, desto besser war er gewappnet für ein verantwortungsvoll geführtes Leben.

Joni fürchtete bloß, dass sie mit der Hammermethode vorging, dass sie Manuel mit Vorträgen eher vergraulte, und sie hoffte auf Sams Einfluss, seine ganz andere Art.

Die Männer waren gerade von einem Ganztagsausflug in den Süden zurückgekehrt, waren baden im Skaha Lake, paddeln auf dem Okanagan River und hatten eine Wanderung in der Wüste und Fotos voneinander zwischen den mannshohen Kakteen und staubigem Beifuß gemacht. Manuels Erzähldrang verriet, wie gut es ihm trotz der Hitze gefallen hatte. Joni beschloss, sie zum Essen in ein Weingut auszuführen, das spektakulär auf einer Sonnenterrasse, von Felswänden umgeben hoch über dem See lag, mit endlosen Reihen von Weinstöcken, die jeder Bodenwelle hinunter Richtung Penticton folgten. Manuel, der nie mit süditalienischem Flair in Kanada gerechnet hatte, war hingerissen. Die Sonne versank, Segel auf dem See leuchteten wie die blasse Sichel über dem Bergkamm, treibende Spielzeugmonde.

Im Haus setzte sie sich kurz zu ihm in das Zimmer, das er für sich in Anspruch nahm und von dem er behauptete, es würde ihm so lange gehören, bis seine Mutter den Besitz verkaufte, was »schön blöd« wäre. In Österreich war er gewohnt, um jede Veränderung mit seinem Vater und Sylvie zu streiten, er wurde nicht müde, sich darüber zu beklagen. Aber Joni wusste, dass ihre unstete Lebensführung ihm ebenfalls viel abverlangte.

»Du kannst Sam gut leiden, oder?«

»Ja.«

»Was hat dich wirklich überrascht, als du ihn gesehen hast?«

»Na, das liegt ja auf der Hand.«

»Ich verstehe nicht.«

»Mama, er schaut anders aus als wir.«

»Du meinst seine Hautfarbe, seine Gesichtszüge?«

»Na ja, wenn du es so brutal sagen willst, ja.«

»Ich bin nicht die Brutale!«

»Verrätst du es ihm?«

»Nein. Aber wenn du insgeheim ein Problem damit hast, müssen wir darüber reden.«

»Nicht jetzt, Mama.«

»Sam verlässt uns morgen, muss zurück zu seiner Arbeit in Toronto, etwas früher als geplant. Aber ich mach mit dir eine Tour hinauf zu den Gletschern, zum Athabasca und nach Jasper. Jede Menge Zeit und Umstände, dass du mir nicht davonlaufen kannst und reden musst. Einverstanden?«

»Wo ist denn Jasper?«

»Nordöstlich von hier, wir queren die Rockies, und du wirst deine ersten Bären sehen. Wir sind acht bis zehn Tage unterwegs, je nachdem. Wir bringen Sam zum Flughafen in Penticton, kaufen dann ein, was du noch brauchst, gehen schwimmen im See und brechen morgen auf.«

»Wilde Bären?«

»Oja. Wilder, als du es möchtest.«

»Und wir kommen ihnen ganz nah?«

»Du wirst genau das tun, was ich dir sage, und mir folgen. Das sind keine Teddys. Und wir werden darüber reden, warum und woher du so seltsame Ansichten hast.«

»Ach Mama, versau es nicht.«

»Das tu ich nicht. Bist du dir eigentlich im Klaren, dass du hier der Ausländer bist, der von nichts eine Ahnung hat? Du weißt nicht, wie man wo zu reagieren hat, du sprichst die Sprache nicht flüssig, dir ist nicht klar, dass die Herkunftsländer der Kanadier einen Schatz darstellen, es sind so viele unterschiedliche Kulturen. Du weißt nicht, dass immer mehr Weiße sich darum bemühen, die Folgen der europäischen Eroberertaten und der Ausbeutung durch Kaufleute in den Griff zu bekommen. Du weißt nichts.«

»Aber Kanada ist doch sehr europäisch!«

»Das hätten einige gern. Es ist eine gemischte Gesellschaft, die sich endlich ein wenig, aber immer noch zu wenig, derer besinnt, die davor hier waren. Weißt du, die Vielschichtigkeit europäischen Denkens wurde auch dadurch erreicht, dass das spezifische Wissen, Kunst und Rechtswesen vertriebener Völker, ausgelöschter Kulturen einverleibt wurde. Auf dem Kontinent wird die Geschichte umgebrachter Völker als Teil der eigenen Spurenlese dargestellt.«

»Was?«

»Seit Jahrtausenden schreiben wir auf, was passiert, natürlich nur Heldentaten und erfolgreiche Kriege. Europa hat wie kein anderer Kontinent Besitzansprüche auf anderen Erdteilen gestellt mit Auswirkungen auf die hiesige Bevölkerung, die du dir gar nicht ausmalen magst. Kaum waren wir dort, betrachteten wir alles als Erbgut, holten heraus, was wir brauchen konnten – aber nur das, was uns in den Kram passte, und verdauten die fremden Geschichten, bis sie europäisiert wieder ausgeschieden wurden.«

»Ich hab immer gesagt, dass ich die Römer nicht mag.«
»Du magst bloß Latein nicht.«
»Mit dir diskutieren ist manchmal echt mühsam.«
»Das freut mich, Schatz.«

Ich liebe ihn, dachte Joni auf dem Weg zum Flughafen, aber sie sagte es Sam nicht. Er saß neben ihr auf dem Beifahrersitz, war in Gedanken doch vermutlich schon bei seiner Arbeit oder an einem Ort, den sie nicht kannte. Sie sah nur, dass er in der Abflughalle einen Moment unschlüssig war, bevor er sich zu ihr beugte, ihre Haare nach hinten strich, bis seine beiden Hände wie Schalen den Kopf hielten, und sie küsste. Es war ein sehr zarter Kuss, voller Versprechungen, ohne Verlangen. Sie sah, wie sich seine Augen dabei schlossen, und wie ein Stich durchfuhr sie ein Schmerz, den sie nicht hätte benennen können.

Danach trat er zurück, umarmte Manuel so, wie sich Männer umarmen, die es nicht oft tun, und drehte sich um. Sie schauten zu, wie Sam mit anderen Fluggästen übers Rollfeld ging, sich auf der Treppe, kurz bevor er in der Tür der schmächtigen Douglas verschwand, umdrehte und winkte.

»Jetzt shoppen!«, rief Manuel und war verwundert, dass seine Mutter noch stehen blieb, bis die Maschine in Bewegung geriet, immer schneller wurde und über dem See in das Himmelsblau tauchte.

Vielleicht sind Jugendliche so, ein wenig unsensibel, wenn es nicht um sie geht, überlegte Joni. Vielleicht sind alle so, laufen neben der Spur, in mysteriösen und manchmal so dicken Kokons, dass sie die zukünftigen Erwachsenen in sich nicht erahnen lassen. Vielleicht lag es nur an ihr, weil sie keine Erfahrung mit Kindern dieses Alters hatte. Sie wusste bloß, wie es sich anfühlte, Tag und Nacht auf jeden Laut, jede Bewegung eines Kleinkinds zu achten. Sie kannte das schmerzende Ziehen in der Brust, wenn die Säuglinge zu schreien begannen, den abartigen Gestank in ihren Windeln, der nichts mit der Kleinheit ihrer Körper zu tun hatte, das witzige Torkeln später, die Entdeckung der Sprache, die Rollenspiele und die Art, wie ein Kindergartenkind seine Welt erklärte. Georg und Sylvie wussten sicher besser, warum Manuel zwischen Betroffenheit und Aggression schwankte, zwischen ungeschickter Zärtlichkeit und mürrischem Mauern.

Sie erinnerte sich an die zweite Bootsfahrt von Victoria aus, Manuel hatte so inständig darum gebettelt. Gleichzeitig sahen sie eine Walmutter mit ihrem Jungen hochkommen und blasen, eine kleine Fontäne und daneben ein riesiger, sich senkender Schirm aus Millionen von Tropfenschnüren, in denen sich das Licht fing. Ihr Sohn hatte nach ihrer Hand gegriffen, gemeinsam atmeten sie ein, völlig durchnässt und glücklich, vom Meer und Riesen getauft.

Vielleicht lag es ja nur an ihr, denn Sam hatte offenbar überhaupt keine Unterströmungen wahrgenommen, dachte Joni. In den Bergen würde alles anders werden, da waren sie alleine, konnten ungestört aufeinander eingehen, sie würde weder von Arbeit noch Telefonaten noch einem Mann abgelenkt sein – reine Mutter-Sohn-Zeit.

Später, im Ort, bevor sie bei Elaine vorbeischauten, um ein paar Bücher abzuholen, kaufte Manuel eine Tüte Eis und präsentierte sie ihr wie eine lang ersehnte Trophäe.

MITSCHNITT AUS DER ERKUNDIGUNG DES
VERNEHMENDEN BEAMTEN ZUM FALL DR. JONI LANKA,
WIEN, 28.10.2016

Am 28.10.2016 um 9 Uhr erteilt Sylvie Laube, geborene Cerha (* 7.7.1960 in Wien), Finanzbuchhalterin, Ehefrau von Dr. Georg Laube (verheiratet am 12.3.2004) und Stiefmutter von Manuel Laube, die Erlaubnis zum Mittschnitt ihrer Darstellung im Fall Dr. Joni Lanka vs. Unbekannt

Als ich Manuel kennenlernte, war er gerade ein Kindergartenkind, der alle inklusive seiner großen Schwester um den Finger wickelte. Ich habe mich heillos in ihn verliebt. Ich habe mir immer schon eine eigene Familie gewünscht, und es funktionierte bis dahin nicht. Manu betrachte ich als Geschenk. Jetzt ist er halt in der Pubertät, aber wer von uns hat in dem Alter keine Blödheiten gemacht?

Sie doch auch, oder? Joni vermutlich nicht. Aber Joni ist ein eigenes Kapitel.

Ich lernte sie kennen, als sie nicht nur die Kinder zu sich nach Andalusien holte, sondern auch Georg und mich dazu einlud. Georg hatte mir wenig über sie erzählt, er wollte, dass ich mir ein eigenes Bild machte. Bis dahin wusste ich nur, was ich im Haus seiner Eltern über sie hörte, was Manu plapperte, was Stefanie, damals schon fast erwachsen, über sie preisgab. Selbst wenn sie sich über ihre Mutter ärgerte, blieb sie immer loyal, immer auf ihrer Seite. Joni war für sie ein

Leitbild, eigentlich fand ich das wundervoll, und an manchen Tagen machte es mich nervös.

Während dieses Urlaubs beschloss ich endgültig, Georgs Antrag anzunehmen und mich gleichzeitig der Frau zu stellen, die seine erste große Liebe war und in die er sich ein Jahrzehnt später wieder haltlos verschaut hatte. Das war ja noch nicht so lange her.

Sie nahm mir jede Befangenheit.

Ich kenne wenige Frauen, die derart in sich ruhen, die so viel Selbstsicherheit ausstrahlen, ohne einzuschüchtern. Ich habe trotzdem von ihr gelernt. Ich weiß, dass wir in vielem völlig unterschiedlich agieren und unterschiedliche Meinungen haben, aber wir mögen und respektieren uns. Keine nimmt der anderen etwas weg.

Haben Sie von ihr Fotos gesehen? Ich meine offizielle, nicht die, die jetzt im Netz kursieren.

Beeindruckend. Sehr groß, dazu diese roten Haare, diese großen Schritte. Sie betritt einen Raum, und sofort müssen ihr alle entgegensehen. Charisma. Angeblich war sie früher nicht so, aber Georg hat mir gesagt, es muss schon in ihr gewesen sein. Sie ist auf dem diplomatischen Parkett in Berlin quasi aufgewacht. Und sie hat sehr lange nicht gewusst, welche Wirkung sie erzielt. Das hat vermutlich ihren spröden Charme verstärkt.

Ich bin die Frau für den Alltag, wenn die Kinder etwas brauchen, kommen sie zu mir. Ich bin immer greifbar, und sie vertrauen mir. Ich weiß, dass sie mich lieben, aber es ist eine andere Art von Liebe, die sie für Joni spüren. Joni ist wie eine Königin, oft weit weg, ein bisschen unwirklich, ein bisschen geheimnisvoll, doch wie über allem thronend. Ich bin da, ich weiß, was ihnen schmeckt, und kann es kochen, ich habe verfolgt, wie Stefanie erwachsen, richtig erwachsen geworden ist und nun selbst Mutter wird. Ich begleite Manuel dabei, sich zu häuten und herauszufinden, wer er ist.

Entschuldigen Sie, wenn ich so weit in die Vergangenheit zurückgehe, aber es hat einen Einfluss auf das, was mit Manuel in diesem Jahr geschehen ist, und nur so können Sie verstehen, warum wir alle so davon getroffen sind.

Ich arbeite mittlerweile wieder dreißig Wochenstunden. Wenn Manuel mit der Schule fertig ist, werde ich voll angestellt, mein Chef wartet schon darauf. Ich fühle mich emanzipiert, auch weil ich mein Leben genau so lebe, wie ich es mir gewünscht habe: Arbeit, um finanziell unabhängig zu bleiben, Mutter, um meine Kinderliebe zu stillen, Frau eines Mannes, der mit mir sichtbar glücklich ist.

Georg redet Joni und mir in nichts rein, sondern hilft. Das ist nicht selbstverständlich, es ist viel mehr, als die meisten seiner Altersgenossen tun. Wir führen eine Partnerschaft auf Augenhöhe, und Joni hat ihren fixen Platz darin wegen der Kinder.

Manuel tut sich in der Schule nicht schwer. Aber er ist nicht so diszipliniert wie seine Schwester. Es freut ihn einfach nicht. Herrgott, wer lernt schon gerne Vokabeln oder Formeln? Es würde ihn nur wenig Zeit kosten, aber es macht ihm im Moment keinen Spaß. Er ist ein Kind mit vielen Gaben, und es irritiert mich, wie wenig er sie nutzt. Ganz sicher wird er später anders sein, wenn er sein Ziel kennt, entdeckt, wo sein Platz ist oder sein könnte. Ich sollte das entspannter sehen.

Ich machte mir Sorgen wegen der Freunde, die er sich in diesem Jahr ausgesucht hat. Es wird anders herum sein: Sie haben ihn ausgewählt, und er, plötzlich ein blinder Dummkopf, fühlte sich geschmeichelt. Ihretwegen hatte er sich auch von seinem ältesten Freund Beppo distanziert, und ich bin so froh, dass Beppo ihm das verziehen hat, sie sich nun wieder näherkommen.

Manuel glaubte mir nicht, wenn ich ihn vor Verstellung warnte, vor Heuchelei. Für das Abschlusszeugnis riss er sich dann wieder zusammen. Aber ich war nicht überzeugt, dass er diese Typen durchschaute. Jedenfalls hoffte ich, dass er die Bande den ganzen Sommer hindurch nicht sehen würde. Ich habe so gebetet drum, weil ich schon nicht mehr schlafen konnte.

Der Bub ist ein Lieber, und plötzlich ist er wie ausgewechselt. Das hören Sie wohl von vielen Müttern.

Georg hat ihm unter der Hand einen Ferienjob verschafft, Manu fehlten noch ein paar Wochen bis zum 16. Geburtstag. Das hat ihn untertags beschäftigt, aber abends war er weg. Ich hab nichts gegen Hallodris, die können sehr lustig sein, solange sie innerhalb einer gewissen Grenze agieren. Doch diese Kerle waren aus einer anderen Menagerie entsprungen. Als Manu für vier Wochen Europa verließ, hat mich das richtig erleichtert.

In Kanada gab's nur Wildnis und Joni. Und diesen Sam, wie wir dann erfahren haben.

Das mit der Wildnis war auch nicht wild, aber es muss toll gewesen sein. Er skypte mit uns drei Mal sehr lange, und jedes Mal war er wie ausgewechselt, voll von Eindrücken, so, wie er schon lange nicht mehr gewesen war.

Er hat uns Fotos geschickt, er auf einem Boot und hinter ihm eine hochragende Walflosse, können Sie sich das vorstellen?

Oder er mitten in Weingärten, dahinter der See und die

Berge, er in einer echten Wüste, es sah schrecklich heiß aus! Oder er in den Rocky Mountains, unterhalb von blauen Gletscherabbrüchen, oder er auf dem Rasen einer Lodge, über den Karibumütter mit Jungen spazierten, und alle Menschen rundherum standen still und warteten lächelnd. Das muss man sich einmal vorstellen! Oder die Braunbären und das Baden in heißen Quellen.

Ich merke, wie begeistert ich bin, obwohl ich nur seine Erzählungen und Fotos kenne. Er war so ansteckend in seiner Freude. Es ist in nichts mit dem zu vergleichen, was er bis jetzt kennengelernt hat. Über Sam verlor er in den Erzählungen über die letzten zwei Wochen kein Wort mehr, der war ja nicht dabei. Ich habe mir nichts dabei gedacht.

Es ist also kein Wunder, dass er angeben wollte, angegeben hat und Fotos hergezeigt hat. Irgendwann hat er sie der Clique auch geschickt.

Aber!

Ein großes Aber!

Es gibt in unserer Familie die Regel, dass nur Selfies verschickt werden dürfen, außer man hat die Erlaubnis der anderen für ein Gruppenbild.

Es ist keine Regel.

Es ist ein Gesetz, ein Familiengesetz.

Georg ist sehr vorsichtig, Joni sowieso, und beide Kinder haben sich immer daran gehalten. Es wurde ihnen erklärt, mehrmals, und sie haben es verstanden.

Darum traf uns dieser Vertrauensbruch jetzt sehr.

Ich habe keine Ahnung, ob Manuel wirklich gleich klar war, was er in dieser Hinsicht angerichtet hat. Georg hat mir auch erst zwei Tage später erzählt, dass Manu erpresst worden ist. Vermutlich ist er aus allen Wolken gefallen, so wie ich. Mich macht es fuchsteufelswild, dass der Bub so blöd war, ich reg mich so auf, dass ich mit ihm nicht gut darüber reden kann.

Manuels Freunde von früher kennen Joni vom Sehen, vielleicht einmal im Jahr liefen sie sich über den Weg. Für sie bin ich die Ansprechperson, die Mama vor Ort. Ich wette, sie hörten daheim genug Negatives über »diese Frau, die im Ausland arbeitet und ihre Kinder zu sich in ein Hotel holt oder nach Spanien oder Berlin«. Das gehört sich für eine richtige Mutter nicht, das machen bloß abhandengekommene Väter, die über das nötige Kleingeld verfügen. Ich kenne diese Redereien.

Ganz sicher wird so über Joni gesprochen. Die meisten Leute sind ja spießiger, als sie sich selbst empfinden.

Die guten, die richtigen Freunde und deren Eltern werden sicherlich nie vor Stefanie und Manuel so geredet haben. Und Beppo, Manus bester Freund, käme gar nicht auf so eine Idee. Es interessiert sie überhaupt nicht, wo Joni wie lebt und was sie tut.

Die neue Clique roch aber das Geld. Dieser Meinung bin ich, davon bringt mich niemand ab.

Manuel blies alle Vorsicht in den Wind und hat sich nicht an unsere Regeln gehalten.

Er verschickte Fotos vom kanadischen Haus und Garten, zumindest ein Foto von seiner Mutter, ein sehr hübsches übrigens, das sie entspannt und in Ferienlaune zeigt, in engem Top und mit der schwer zu bändigenden Mähne.

Mittlerweile kennt ja jeder dieses Bild, auf dem sie wie eine nichts tuende, mondäne Bobofrau wirkt. Ich wette, Sie haben es auch in Ihren Akten. Ich bemühe mich und kann verstehen, dass er mit ihr angeben wollte. Wer hat schon so eine Mutter!

Aber dieser Idiot verschickte auch noch ein Foto, das Joni und Sam zeigt, wie sie sich umarmen und küssen.

Na und?, könnte man meinen. Doch er wusste genau, wie diese Kerle denken, er hat ja selbst solche Sprüche geklopft im Frühling, bis Georg explodiert ist. Wie konnte er nach den Erfahrungen mit den syrischen Flüchtlingen auf nationalistisches Geplapper und Rassismus pur hereinfallen? Hat das wirklich nur mit der Pubertät zu tun?

Noch am selben Tag wusste er, dass es ein Fehler gewesen war, aber das half nichts mehr. Sie hatten ihn in der Mangel und genossen vermutlich die Macht, die sie plötzlich über den verwöhnten Burschen hatten. Zu dem Zeitpunkt wollten sie sicherlich noch nicht mehr, als dass er die Rechnung für einen Abend bestritt, sie ins Kino einlud, und sie wollten ihn unter Druck setzen mit gemeinen Bemerkungen, Sticheleien und den Androhungen, die – ich zitiere wörtlich – »geile Hitz'« an den Pranger zu stellen. Zu dem Zeitpunkt hätte man noch sagen können: Ein blödes Machtspiel, das sich totlaufen wird.

Aber sie kamen auf den Geschmack. Sie zeigten die Fotos anderen, vor allem Erwachsenen, die dem Rechtsaußen-Spektrum zuzurechnen sind, und begannen, Manuels Geschichten aufzubauschen. Es dauerte überhaupt nicht lange, bis gehässige Texte mit den zwei Bildern von Joni und Sam im Netz auftauchten, bis jemand sich überlegte, was man damit machen konnte, sie nach Lust und Laune bearbeitete und jemand intensiv zu googeln begann.

Zuerst waren es nur Bösartigkeiten, die an Manuel adressiert waren. Da half es nichts mehr, dass er zu uns kam, beichtete und Georg nach einem Gespräch mit dem Schuldirektor Maßnahmen gegen die vier Burschen und ein Mädchen einforderte. Die Klasse spaltete sich in Pro und Kontra, es schlug Wellen und war einfach fürchterlich.

Ich glaube, erst da wurde Manuel und wohl auch seiner Schwester bewusst, dass ihre Mutter wirklich keine gewöhnliche Frau ist.

Es gibt gute Gründe, warum sie immer wieder Personenschutz bekommt, warum sie so zurückgezogen lebt, selten in Erscheinung tritt und darauf achtet, mit wem sie fotografiert wird und wo. Ja, sie verdient sehr gut, aber nicht mehr als die anderen in ihrer Branche und mit ihrer Stellung. Es gibt eben nicht viele Frauen, die das schaffen und die dann auch noch durchsetzen, dass sie ein Männergehalt bekommen. Diese Firma, so eine Art Forschungsinstitut, hat Klienten auf der ganzen Welt und als Angestellte lauter Koryphäen, und jeder Fachmensch freut sich, wenn er von ihr gebraucht und angerufen wird. Auf sie hören Regierungen und Konzerne. Sie hat Einfluss, selbst wenn man ihren Analysen nicht glaubt. Sie verdient wenig im Vergleich zu den meisten Großfirmenchefs oder Tycoons, die in die Politik gegangen sind.

Sie arbeitet im Verborgenen, zieht an Strängen, ist extrem gut vernetzt, und das macht manchen Männern Angst. Sie verdient vermutlich außerordentlich in den Augen von Otto Normalverbrauchern. Das weckt Neid. Sie ist keine Superreiche, aber sie hat, was sie an Ackerland und Kleinstadtgründen geerbt hat, gut angelegt. Sie hat sich alles selbst erarbeitet, das macht misstrauisch. Eine Frau!

Ich betone das, weil bei einem Mann hätte diese Schmierkampagne aus den Gründen, die Joni angekreidet werden, gar nichts gefruchtet. Deshalb wäre kein Mensch dort auf so eine Idee gekommen. Mir soll noch wer behaupten, unsere Gesellschaft wäre nicht sexistisch.

Jetzt beschäftigen sich Leute mit ihr, die früher nichts von ihr wussten. Die lesen etwas und erzählen Bruchstücke davon weiter. Trolle nennt man diese Leute, nicht wahr? Sie glauben zu wissen, welche Meinungen Joni vehement vertritt, wofür man sie verantwortlich machen kann. Und Leute, die sich davon etwas versprechen, und sei es auch nur eine schmutzige Befriedigung, hängen sich dran. Sie wird in den Dreck gezogen und mit ihr ihr Lebenswerk. Sie wird von engstirnigen Moralisten zur Täterin gemacht, denn sie hat das alles ja herausgefordert! Warum bleibt sie nicht bei Küche, Kindern und Kirche.

Ich reg mich schon wieder auf. Georg sagt immer, ich werde einmal wie ein Druckkochtopf explodieren.

(Trinkt).

Also haben hinterlistige Geschwätzige und rechter Bodensatz sie zum Ziel erklärt. Ich bin schockiert, auf welchem Niveau Menschen schimpfen und was sie alles androhen, wenn sie sich anonym glauben. Welcher Hass zutage tritt, welche Gewaltfantasien. Wie viele mitmachen, sich groß fühlen, sich begeilen daran.

Es ist widerlich.

Hinterhältig und gefährlich.

4

DIE ERSCHÜTTERUNG

Lorenz oder
»Berlin ist immer eine Option«

Anfang September, drei Tage nach Manuels Abreise, flog Joni von Vancouver zuerst nach Montreal, dann mit den Ergebnissen eines Gruppengesprächs zurück nach Berlin. Zwei neue Projekte versprachen faszinierende Arbeit für mehrere Monate in Europa und Asien. Für die nächste Mekong-Problemanalyse, die kurz nach Weihnachten in Saigon präsentiert werden sollte, lief alles zeitgerecht. Spätestens dort würde Joni Sam wiedersehen. Zehn Tage nach dem Abschied von ihrem Sohn traf sie an einem Freitagabend in Wien ein, um ein kurzes Wochenende fast ausschließlich mit Stefanie und Felix zu verbringen.

Die beiden wohnten nördlich der Donau in einem Neubau mit Blick direkt auf den Strom, in einer der angesagten frisch aus dem Boden gestampften Wohngegenden. Sie verdankten ihr Zuhause dem opulenten Hochzeitsgeschenk Jonis. Es wäre eine Investition in ihre Zukunft, damit könnte das junge Paar in Ruhe für anderes vorsorgen und sie verstünde das als Vorgriff auf ein Erbe, das sie jetzt wohl dringender brauchen könnten als in Jahrzehnten, wenn vielleicht alles unsicherer geworden wäre. Georgs fühlbare Unruhe wischte Joni beiseite, sie hätte nicht vor, es zur Gewohnheit werden zu lassen, so generös mit Geld um sich zu schmeißen. Für Manuel würde aber beizeiten in derselben Weise gesorgt. Alles, was sie sonst noch erarbeiten und nicht selbst aufbrauchen würde, flösse in spezielle Bildungsprojekte für Frauen, in neue Umweltkonzepte für Bauern in Ländern des Globalen Südens.

Ihr Ton war dezidiert, Sylvie und Georg bekamen eine weitere Vorstellung von der Joni, die international Entscheidungen mit beeinflusste und die seit vielen Jahren ihr Geld gut investiert hatte. Was sie, unerwartet, von Tante Federspiel und ihrer Mutter geerbt hatte, hatte sie in den Kauf des desolaten Fabrikbaus gesteckt, Kredite aufgenommen dafür und an die neue Firma weitervermietet. Längst waren die Schulden getilgt, die Mieteinkünfte flossen regelmäßig. Geld war für Joni seit drei, vier Jahren nicht mehr ein Überlebensfaktor, sondern nur Mittel, um gewisse Vorstellungen und private Wünsche verwirklichen zu können. Das sah sie als absolutes Privileg an.

Tante Federspiel hatte immer gesagt: »Jeder Mensch hat ein Recht auf Arbeit, ein Recht auf Freizeit, ein Recht auf Freude und Vergnügliches, jeder. Nur vergessen die Reichen gern, dass auch sie nur einen Bauch zum Befüllen und einen Hintern zum Scheißen haben. Was bleibt, ist Humus oder Asche – und Kinder, die einen lieben oder verfluchen.«

Ulli, die als Einzige ihres Freundeskreises wusste, dass Joni über der Idee für ein spezielles Hilfswerk, »Exodos«, brütete und die den Tantenspruch ebenfalls oft genug gehört hatte, hatte gesagt: »Goi, de drent in da Fremdn, die wos kumma miassn, de druckn di«, bevor sie sich als erstes Mitglied der Helferinnen in Österreich anbot.

Jetzt erst, nach so vielen Jahrzehnten, wurde Joni klar, dass sie in Ulli immer eine Schwester gesehen hatte, jemanden, der ihr bedingungslos zur Seite stand, wenn sie es zuließ. Ulli war nicht nur die Freundin, die ihr in manchem glich und gleichzeitig vorkam wie die Gesandte eines fremden Universums. Ulli kannte sie auf eine Weise, wie es sonst niemand tat, war ein Mensch, der mit und neben ihr erwachsen geworden war, voll Zuneigung alle Fremdheiten überbrückend. Wieso dachten Menschen, sie könnten Joni als einsamen Snob beurteilen, glauben, ihr solitäres Leben wäre ein Beweis für Überheblichkeit und Bindungsangst? Sie hatte Freunde und Freundinnen, sie war Mutter zweier Kinder. Vor allem aber, dachte Joni, hatte sie ein privates Netz aufgebaut, das von Achtung und Liebe geprägt war und das langsam, aber stetig wuchs. Was brauchte man mehr? Nichts konnte ihr passieren, einfach gar nichts.

Joni war sicher, dass sie im kommenden Jahr mehr Zeit für »Exodos« haben konnte, dass ihr neues Projekt gebraucht wurde, nicht nur in Europa. Spätestens in Vietnam wollte sie Sam davon erzählen. Ihre Idee konnte vielleicht auch dort hilfreich sein, dachte sie, wenn das Delta im Meer spürbar zu versinken begann und die wichtigste Reiskammer des Ostens aufgegeben werden musste. Sie beschloss, Stefanie ebenfalls davon zu erzählen, einfach weil ihre Tochter so voll Freude und ohne Bedingungen zu helfen wusste.

Entzückt betrachtete sie nun den Bauch ihrer Tochter, das Strahlen auf den Gesichtern. Felix hatte gekocht, Joni saß mit dem Paar auf dem Balkon. Die Donau glühte unter der Abendsonne, die Silhouette des Augustinerklosters erhob sich aus den blauen Hügeln, kurz traf ein Strahl die gekrönte Kuppel. Stefanie strich selbstvergessen über die Wölbung, Joni konnte nicht aufhören, sie hingerissen anzustarren, ihre Freude war so greifbar, so überschwappend.

»Wie war ich in deinem Bauch?«, fragte Stefanie plötzlich.

»Du mochtest Musik. Und wenn ich getanzt habe, hast du getreten, es fühlte sich fröhlich an.«

»Zu jeder Musik?«

»Zu allem. Geräusche waren dir wichtig, von Anfang an.«

»War Manuel anders?«

»Ja. Spannend, nicht wahr?«

»Ich frage mich, wie sehr wir in der Lage sind zu denken, wenn wir auf die Welt kommen. Was wissen wir?«

»Angeblich können wir hell und dunkel schon im Bauch unterscheiden, wir kennen und unterscheiden die Stimmen, die während der Schwangerschaft um uns herum waren. Wir wissen nicht, wie Musik entsteht, aber unser Körper reagiert darauf. Wir kennen Ursache und Wirkung nicht, das ist ein Lernprozess, den wir vielleicht erst beginnen, wenn wir ›draußen‹ sind. Denke ich. Aber jeder Mensch hat eine andere Art zu lernen.«

»Geboren zu werden, muss scheußlich sein, egal, wie.«

»Du wirst verstoßen«, mischte sich Felix ein, »und gleichzeitig hörst du Vertrautes und riechst es auch. Sehr widersprüchlich.«

»Es muss dem Baby wehtun.«

»Vermutlich.« Joni lachte. »Aber ich hatte kein schlechtes Gewissen deswegen, ich war so froh, dass du da warst, es machte alles unkomplizierter. Dachte ich damals zumindest.«

»Du hast nach Manuel sehr schnell wieder zu arbeiten begonnen.«

»Ja. Das klappte ganz gut.«

»Und dann in Berlin?«

»Das war nicht oft, da krabbelte er dann schon im Büro

herum. Und draußen auf der Terrasse, dick verpackt, weil es kein warmer Frühling war. Andauernd wollte ihn jemand herumschieben oder mit ihm spielen.«

»Er war wenige Wochen alt, als du mit ihm das erste Mal weggegangen bist.«

»Nur kurz. Da hab ich ihn noch gestillt. Dann brachte ich ihn zurück. Du warst eine liebevolle Schwester. Weihnachten haben wir natürlich zusammen gefeiert.«

»Wie konntest du ihn hergeben?«

»Hergeben ist das falsche Wort. Zu dem Zeitpunkt kannte Manuel zwei Wohnungen mit den jeweiligen zwei Menschengruppen. Dein Vater vermisste ihn genauso wie ich. Es war um nichts leichter als Jahre zuvor mit dir. Zu Weihnachten hatten wir ausgemacht, wie wir es weiter halten wollten. Die Großeltern redeten natürlich mit. Das fand ich gut. Es hat bei dir schon gut funktioniert. Sobald ich ihn abgestillt hatte, blieb Manuel für länger in Wien. Das weißt du doch, du warst dabei, ein Hin und Her im ersten Jahr.«

»Ich versteh es bloß nicht. Ich erinnere mich, dass ich mich freute. Ich konnte so toll Baby spielen mit ihm, und wenn es mir zu viel wurde, war immer wer da, der ihn übernahm.«

»Ich weiß.«

»Aber bei mir war es anders. Ich ging damals schon in den Kindergarten, als wir von Berlin zurückkamen, und du hast das erste Jahr bei den Großeltern und mir gewohnt.«

»Heute noch bewundere ich deinen Vater – und mich, wie wir das geschafft haben, getrennt unter einem Dach, mit einem Kleinkind, einer Großfamilie rundherum. Dabei war es nur deshalb möglich. Seither weiß ich, dass es erstens keine Idyllen gibt und zweitens, warum in so vielen Gesellschaften die Einbeziehung von Verwandten ein besseres Überleben garantieren kann.«

»Ich will ein Jahr zu Hause bleiben.«

»Fein. Und du, Felix?«

»Ich nehme ein halbes. Alles schon mit der Personalabteilung abgesprochen.«

»Und dann?«

»Dann schauen wir weiter.«

Joni sagte nichts dazu.

»Wie war deine Mutter?«, fragte Stefanie.

»Anders als die Frauen in Georgs Familie. Sie hat sich ein Leben vorgestellt, für das sie aber nie konsequent genug war, und das wusste sie. Ihren Realitätssinn brauchte sie beruflich. Im Privaten segelte sie davon, wohin ich ihr nie folgen konnte. Mein Vater schon. Ich fand immer, dass sie hinter einer Glaswand lebten oder auf einer unsichtbaren Insel, während ich in einem Boot drum herum plätscherte.«

»Hat sie dir jemals gefehlt?«

»Ich hatte Tante Federspiel und Ulli, später deinen Vater und seine Familie. Aber ich merke zu meinem Erstaunen, dass ich, je älter ich werde, öfter über sie nachdenke.«

»Ich kann mich überhaupt nicht an sie erinnern.«

»Du warst sehr klein, als sie starb.«

»Aber du warst auch jung.«

»Das stimmt, doch ich vermisste sie damals nicht.«

»Habt ihr nie geredet, wie du und ich miteinander reden?«

»Nein, nie.«

»Findest du das nicht fürchterlich?«

»Ich kannte es nicht anders.«

»Ich glaube, du fürchtest dich vor gar nichts.«

Joni lächelte. »Das stimmt nicht. An manchen Tagen tobt mein Herz vor Angst.«

»Wann zum Beispiel?«

»Als Mutter öfter, als du dir vorstellen kannst, in meinem Beruf das letzte Mal in einem Dorf, das in den Fluten verschwand. Wir konnten weder alle retten noch ihnen eine Zukunft garantieren, für die ihre Regierung oder sonst jemand eingestanden wäre.«

Einmal hatte ihr Vater einfach so, ins Blaue hinein zu Joni gesagt, dass ihre Eltern sie auf ihre Art sehr geliebt hatten, er das immer noch täte. Joni war es fast unangenehm, ihn so zu hören. Und gleichzeitig wollte sie ihn umarmen, ließ es dann aber bleiben.

»Wir wollten einen Ankerplatz für dich schaffen, aber egal, wie wir es anstellten, es funktionierte nicht. Wir scheiterten und wussten nicht, warum.«

Joni hatte ihn seit dem Tod ihrer Mutter nicht so traurig gesehen. Jetzt sah sie ihre Tochter, die eine eigene Bindung zu diesem fast immer abwesenden Großvater aufgebaut hatte und die eine liebevolle Nähe und Vertrautheit mit ihm genoss. Zeit konnte Wunderbares bewirken, Geduld wohl ebenso.

Im Grunde wollte Joni auch Manuel wiedersehen, doch er fand Ausreden, und sie nahm an, dass er nach dem intensiven Monat am See und in den Bergen wieder Abstand brauchte. Sie erzählte Georg und Sylvie von Sam, um klar zu machen, dass dieser Freund eine Vertrauensperson für ihre Kinder werden konnte, ähnlich wie Mike für Stefanie.

»Ein Neuer für deine Gruppe von Paladinen?«, fragte Georg amüsiert.

Aber ihre Frage, ob Manuels Unausgeglichenheit nur auf sein Alter zurückzuführen sei, blieb unbeantwortet, ebenso wie ihre Frage, ob Beppo Linhard immer noch sein bester Freund sei.

In der Nacht versank sie in ihrem Lieblingstraum. Schon zweimal hatte sie sich am nächsten Morgen daran erinnern können, an ein Gefühl der Schwerelosigkeit, an einen endlosen blaugrünen Raum, Wasser, in dem sie trieb, in dem sie schwamm, ohne Atem holen zu müssen. Sie wusste, dass sie glücklich war. Sie wusste nicht, in welchem Gewässer sie sich befand. Die Dunkelheit tief unter ihr erschreckte sie nicht. Sie sah Farbblitze rund um sich, keine Fische. Aber sie war sich gewiss, dass es Tiere waren. Sie begann, mit kräftigen Tempi hochzusteigen, sie durchbrach das Wasser, sie sah den Himmel, schillernd in vielen Farben. Sie lag nun auf dem Rücken, die Arme weit ausgestreckt, blickte hinauf. Wind kam auf, aber das Wasser kräuselte sich nicht. Sie spürte ein Heben und Senken, wieder und wieder. Es wurde stärker, ein Rauschen kam auf. Sie hatte keine Angst, selbst, als sie sich drehte und rundum blickte und die Fluten höher stiegen. Sie wachte auf, wie bei den letzten Malen, und fand sich keuchend auf dem Boden liegen. Das Glücksgefühl war verschwunden. Sie war verwirrt, und eigentlich sehnte sie sich nach dem Schwebezustand im Wasser zurück.

Nach dem Wochenende ließ sie sich wieder von ihrer Arbeit in Berlin verschlingen. Sie fand aber ein paar Tage, um Megumi in Hamburg zu besuchen, um mit ihr über Bücher und Kinder zu sprechen, über Abschiede und Rituale, über modernes Nomadentum eigentlich Sesshafter, das nur dem Beruf geschuldet war. Und um mit ihr über der Frage zu brüten, warum Heimat etwas Wichtiges war und was Heimat eigentlich ausmachte. Megumi hatte Japan verlassen und nach Jahren beschlossen, dass es für immer sein sollte. Joni hatte nicht das Gefühl, je einen Ort verlassen zu haben, der für sie eine Wiege war. Sie besaß Freunde an Ankerplätzen und träumte davon, dass sie dieses Heimatgefühl tatsächlich für ihr Haus, für Summerland entwickeln würde. Sie wollte mittlerweile einen Gegenpol zu ihrem Job in einer Männerwelt, zu einer Karriere in einem Männerumfeld, zu ihrem Leben, das von Entscheidungen meist männlicher Politik direkt beeinflusst wurde, zu den vier befreundeten Männern, in deren Zuhause sie sich breitmachen konnte. Sie war eine Frau im Zimmer eines Mannes, im übertragenen und auch realen Sinn.

Megumi zuzuhören, mit welcher Freude sie erzählte, machte Joni glücklich. Mit ihr teilte sie die von örtlichen Distanzen geprägte Erfahrung von Mutterschaft, den erlebten Alltag in unterschiedlichen Kulturen. Vor allem verstanden sie aber, dass ihre Art von Umherziehen eine Erscheinung der Moderne war, nichts zu tun hatte mit den Erfahrungen von Flüchtlingen und Auswanderern und sie daher in all ihrer Isoliertheit Privilegierte waren.

»Es hat etwas mit der Vertrautheit zu tun, mit der du schon als Kind deine Umgebung, die Horizontlinie hinter deinem Zuhause betrachtest. Es prägt dich wie der Geruch und die Stimmen der Mütter«, hatte Megumi auf Jonis Erkenntnis reagiert, dass Menschen nach fürchterlichen Naturkatastrophen so schnell wie möglich in die zerstörte Heimat zurückströmten, selbst nach Jahren des Hoffens und Wartens in Zeltlagern weit weg.

»Wir mögen in unseren Anfängen gewandert und den Tieren gefolgt sein, weil uns der Hunger trieb, aber die Möglichkeiten der Land- und Vorratswirtschaft haben die Kulturen der meisten Völker von Grund auf verändert.«

»Also ist unsere Vorstellung von Zivilisation eine Folge der Sesshaftigkeit?«, fragte Joni.

»Für eine Japanerin auf jeden Fall!«

»Was ist mit indigenen Kulturen, den Aborigines, den Jagdgruppen der Pygmäen? Sie pflegen eine höchst spirituelle Verbindung zur Natur. Für uns mag ihr Weltbild schwer verständlich sein, aber …«

»Schon dein Aber sagt alles über die Bewertungen, die wir, auch ungefragt, abgeben und pflegen.«

»Wir sind einfach zu viele, als dass wir uns flächendeckendes Nomadentum leisten können.«

»Was für ein Pech für die Stämme, deren Lebensraum wir uns unter den Nagel reißen.«

»Das ist sonst meine Antwort«, lachte Joni auf.

»Vergleiche ich große Zivilisationen, deren Ende unvorhersehbar und abrupt erfolgte, aber nicht zum Beispiel einem gewaltigen Vulkanausbruch geschuldet war, stellte sich oft eine Massenwanderung als Grund heraus. Allerdings entstand häufig oft etwas Neues, Großartigeres.«

»Das ist genau, was ich dachte, als ich anfing, über ›Exodos‹ nachzudenken. Ein erzwungenes Weggehen führt dorthin, wo man als Fremder gebrandmarkt ist. Und doch ist es nicht nur ein Ende, sondern zugleich der Beginn von etwas ganz Neuem, das die ansässige Bevölkerung und die Migranten erschaffen werden. Man sollte es nur schneller schaffen.« Sie hielt kurz inne. »Wir kennen die düsteren Berichte und wie sich der Mensch im langwährenden Desaster einrichtet. Das, Megumi, ist etwas, das ich in den Lagern sehe, wo Frauen ihre Kinder im Dreck und Hunger großziehen, wo es weder Bildung noch adäquate ärztliche Versorgung gibt. Ich bin keine Managerin dafür, ich bin ausgebildet, um vorherzusagen, welche Naturkatastrophen und klimatischen Veränderungen wo Migration auslösen werden, die die Lebensverhältnisse in weit entfernten Gegenden beeinflussen werden. Menschen, die wegen eines lang andauernden Krieges ihre Heimat verlassen, wollen die Hoffnung, irgendwann einmal zurückzukehren, nicht aufgeben. Sie schicken ihre Söhne in die Fremde, um das Überleben zu erleichtern, aber sie geben die Heimat nicht auf. Nur diejenigen, die erleben, dass die Natur sich gegen sie wendet, ihnen jede Lebensgrundlage entzieht, wissen, dass sie nicht zurückkehren können, dass ihr Verlust auch die Kinder trifft. Sie müssen sich einen neuen Platz suchen, und sie werden dortbleiben, auch wenn vielleicht ihre Enkel zurückkehren. Das passiert ja oft an den Hängen der Vulkane.«

»Die freiwilligen Entdecker waren im Grunde Menschen, die es sich leisten konnten, die eine Wahl hatten und eine trafen, die nicht der Norm entsprach. Das ist heute noch so. Nimm mich!«

»Du hast es nicht geplant, Megumi.«

»Ich habe geträumt davon, wegzugehen, weil mir die Aussicht auf ein Frauenleben in Japan nicht gefallen hat. Es hat meine Eltern sehr erzürnt, vermutlich auch verletzt, dass ich einen Europäer geheiratet habe. Ich träumte schon früh von Europa, aber dass ich hier alt werde, empfinde ich als Geschenk.«

»Obwohl deine Kinder in anderen Ländern leben?«

»Auf demselben Kontinent, Joni, und der ist lächerlich klein. Ich finde das lustig, dass gerade du so etwas fragst.«

»Ich glaube, es beschäftigt mich mehr, seitdem Stefanie schwanger ist.«

»Vielleicht.«

»Und es ist wegen Manuel.«

»Was ist mit ihm?«

»Er wird mir fremd. Es gibt Augenblicke, da verstehe ich nicht, wieso er Bestimmtes sagt oder denkt.«

»Kinder denken genauso über ihre Eltern«, lachte Megumi.

»Mach dich nicht lustig über mich! Du hast ihn nicht gesehen, als er Sam traf.«

»Er wird ihn überrascht haben.«

»Aber er kennt doch dich und weiß, mit welchen Menschen aus den unterschiedlichsten Ländern ich zusammenarbeite. Nimm allein unser Berliner Büro: Luana ist für den Job aus China hergezogen, Navin ist in Delhi aufgewachsen und lebt seit seinem Studium in Deutschland, Jamina ist mit ihren Eltern aus Algerien eingewandert – und Oliver aus Dänemark fragt niemand, woher er kommt. Manuel kennt sie alle gut, wir sind ein Team und Vertraute für ihn. Ich kann nicht akzeptieren, dass er Sam gegenüber mit einer solchen Haltung aufgetreten ist.«

»Dein Manuel hat ein anderes Problem. Er musste dich zwar bis jetzt mit der ganzen Welt teilen und mit den Freunden, die auch zu seinen ihm längst Vertrauten zählen. Aber es gab noch nie einen Mann, in dem er einen Konkurrenten erkannt hat.«

»Das ist lächerlich.«

»Ist es nicht.«

»Doch. Mit Sam ist es verzwickter als mit Mike und anders als mit Lorenz und Julian, aber –«

»Liebste Joni, hast du das deinem Manuel gesagt? Hast du mit ihm je über Beziehungen geredet, über die vielfältigen Formen der Liebe?«

»Na, so direkt nicht. Hab ich auch mit Stefanie nicht. Es war doch alles klar.«

»Das denkst du.«

»Soll ich ihn fragen, warum er ein Problem mit Sam hat? Das habe ich probiert, und er ist ausgewichen.«

»Er hat Erfahrungen gemacht, die du nicht kennst, er hat Schlüsse gezogen, die dir fremd sind. Und er weiß weniger als du, aber vielleicht in einigen Belangen mehr. Es hilft nur reden, Joni. Und zuhören.«

»Das tue ich doch.«

»Beruflich auf jeden Fall. Exzessiv und hilfreich für alle.«

»Bloß –?«

»Familie bedeutet nicht, dass du dich ausruhen kannst, es ist genauso ein möglicher Katastrophenplatz wie die Welt da draußen. Du bist involviert auf Lebenszeit.«

»Ich mag es gar nicht, wenn du wie eine Lehrerin sprichst.«

BERLIN, MÄRZ 2001

Du hast genug geweint.

Alle hast du enttäuscht, sagt Zdenka, sie wiederholte es wie ein Mantra, wann immer sie dir in den letzten drei Tagen im Haus über den Weg lief. Du verstehst sie ja. Ihr Sohn ist nicht nur unglücklich, sondern zutiefst verletzt, keiner will dir glauben, dass es dir leidtut, weil du ihn doch magst, wirklich magst. Doch trotz aller guten Momente stellte sich das letzte Jahr als Zeitfresser, Energieräuber, vor allem aber in den wichtigsten Bereichen eurer Beziehung als zutiefst unglücklich heraus. Ulli, mit der du in letzter Zeit viel geredet hast, meint, deine echte Pubertät wäre katastrophal verspätet erst jetzt von irgendwelchen Hormonschüben in Gang gesetzt worden. Anders kann sie sich nicht erklären, warum du nicht verhütet hast, warum du schwanger wurdest.

Oh dieses verrückte Millennium-Silvester!
Du hast dich so gefreut über Georgs Einladung. Er hatte in dem neuen Haus auf dem Grund seiner Eltern ein Riesenfest vorbereitet, du trafst alte Bekannte aus eurem ersten Ehejahr, Familienfreunde, mit denen du in den Monaten nach deiner Rückkehr aus Berlin Kontakt hattest. Er hatte auch Ulli und ihren Wolfgang eingeladen, extra für dich. Es war so wie früher, voller Lachen, Leichtigkeit, fröhlich schwirrenden Gesprächen, Erwartung lag über allem, Flirts ergaben sich.
Ihr habt beide zu viel getrunken.
Ihr seid ins neue Jahr getanzt, es war so verführerisch, und ihr habt alles verdrängt, was stören hätte können. Was für eine Nacht. Es war noch besser als damals in Kaş, als ihr euch erst kennenlerntet. Eure Körper hatten nicht vergessen, was sie miteinander erforscht und geliebt hatten. Gib zu, der nächste Morgen hatte nichts Erschreckendes, die nächsten Tage waren voll Zärtlichkeit, voll Staunen, voll von Hoffnung auch.
Nach der vereinbarten Ferienwoche kehrtest du nach Berlin zurück, in einer seltsamen Mischung aus Sehnsucht, Erregung und Furcht. Ende Februar wusstest du Bescheid. Du flogst sofort nach Wien. Du hattest Zweifel, an dir, an ihm, an der Situation überhaupt. Aber du zweifelst doch viel, es gibt wenig, das du nicht hinterfragst.
Er war so überzeugend, so überzeugt, und du wolltest ihm glauben. Du freutest dich trotz aller Bedenken über dieses kommende Kind. Du freutest dich unendlich, dass Georg der Vater ist. Du hast ihn schon einmal geliebt, du bist älter geworden, hast dich verändert. Eure Tochter reagierte begeistert, missmutig über ver-

flossene Liebschaften, die der Vater unvorsichtigerweise ins Haus und ihr Leben gebracht hatte.
Gib zu, du wolltest auch, dass es jetzt klappte. Es schien so einfach zu sein, diesmal Beruf und Familie zu organisieren. Georg würde nicht übersiedeln müssen, seine Eltern lebten auf dem Nachbargrundstück. Du würdest einfach ins Flugzeug steigen und pendeln. Du bliebst eine Woche in Wien, eine Woche in Berlin, mehr oder weniger. Es funktionierte nicht schlecht. Das neue Kind wuchs problemlos in deinem Bauch, du fandest in eine eheliche Routine, die Georg sichtlich genoss und für dich angenehm war. Du mochtest, wie ihr euch liebtet. Es war so vertraut wie früher und trotzdem prickelnd anders. Ihr bemühtet euch beide, aber ihr hattet euch verändert. Du warst kein Mädchen mehr. Du warst ihm zumindest ebenbürtig. Du kanntest dich auf Gebieten aus, von denen er wenig Ahnung hatte. Das war schwer für ihn, obwohl du seine Anstrengung spürtest, damit gut zurechtzukommen. Die Freude nahm ab.
Gib zu, es ging schneller als erhofft, du fühltest dich überrumpelt. Das schlechte Gewissen kehrte zurück. Du bliebst länger in Berlin, du fuhrst erst knapp vor der Geburt nach Wien. Manuel wurde im selben Spital geboren wie seine Schwester, Georg war wieder dabei. Nach außen hin schien alles perfekt zu sein.
Was hast du dir nur dabei gedacht? Was hat sich Georg gedacht? Er hat es dir nie verraten.
Und jetzt? Du fühlst dich als Schuldige, wieder einmal. Ob eure Tochter dir diese neuerliche Trennung je verzeiht? Ob euer Sohn verstehen wird, dass du trotz aller Absenzen seine Mutter bist, ihn als zu liebendes Geschenk betrachtest? Vor wenigen Wochen hast du ihn abgestillt, seitdem ist dein winziger Vorratsschrank in Berlin mit Babynahrung gefüllt. Windeln da und in Wien, Kleidung und Spielzeug hier und dort, ein winziges Bett auch in

Berlin, an dem Lorenz manchmal sitzt, während Manuel schläft und du mit dem Freund spätnachts noch redest. Wegen der Farbgerüche vermeidet ihr die Sitzecke im Atelier.
Du lässt dir nicht einreden, dass du egoistisch und egozentrisch bist. In der brutalen Form, in der es dir deine Schwiegereltern vorwarfen, wird es selten pendelnden Vätern an den Kopf geworfen. Du erkennst, dass sich nichts verändert hat. Dein Berufsleben hat nicht dieselbe Wichtigkeit wie seines. Du wirst nicht ernst genommen wie er. Du hast eine Pflicht des Zurücktretens als Mutter, die er als Vater nicht erfüllen müsste. Dass das finanzielle Argument in eurem Fall nicht greift, werfen sie dir außerdem vor. Eine junge Frau, die schon gut verdient, ist verdächtig. Was hat sie gemacht, um so schnell so weit zu kommen?

Dieser Satz fiel vor zwei Tagen, und Georg ist dir nicht zu Hilfe gekommen. Heute, vor der Abfahrt in der Garageneinfahrt, hat er sich dafür entschuldigt, aber es war zu spät für dich. Pierre Conil ist über jeden Verdacht erhaben. Du auch. Diese Unterstellungen sind nicht nur lächerlich, sie sind eine Anmaßung.
Stefanie schwankt zwischen Freude über den kleinen Bruder, der ihr bleibt und den sie jederzeit, wenn er ihr auf die Nerven geht, an Vater und Großeltern weitergeben kann, und dem Zorn, dass nun wieder die langen Trennungen beginnen. Die drei- oder viertägigen Abwesenheiten, wenn du in den letzten Monaten nach dem Abstillen nach Berlin geflogen bist, hat sie leicht verkraftet. Dass du dich nun entschieden hast, wieder voll vor Ort zu arbeiten, weil es anders nicht geht, versteht sie und versteht sie nicht, je nachdem, wie es ihr gerade geht. Du hast ihren fünfzehnten Geburtstag noch abgewartet, ihr erst nach der Feier gesagt, dass der Versuch der Eltern gescheitert ist.

»Hältst du mich für blöd und dass ich so was nicht checke?«, hat Stefanie gefaucht.
Später hat sie dir erlaubt, ihr Zimmer zu betreten, sich zu ihr aufs Bett zu setzen, zu reden. Als sie zu weinen begann, durftest du sie umarmen. Für deinen eigenen Schmerz konntest du nur zu Ulli gehen, bei ihr die letzten zwei Nächte auf dem Wohnzimmersofa verbringen.
»Heid sauf ma uns o, bis uns da Wei beim Oasch aussi rinnt«, hatte Ulli verkündet, und schon die Breite ihres Dialekts hatte ihrem Mann klargemacht, dass er sich um die kleinen Kinder zu kümmern und den zwei Frauen tunlichst aus dem Weg zu gehen hatte.
Es hat dir gutgetan, die Kontrolle zu verlieren, zu schnell zu viel zu trinken, den Schmerz herauszubrüllen, obwohl du weißt, dass du an der verfahrenen Situation schuld bist, genau wie Georg, eure vertrackte Gier, eure kindischen Hoffnungen und Illusionen.

Du fährst mit deinem alten Auto die altbekannte Strecke durch Tschechien zurück, im Kofferraum und auf der Rückbank alle deine Siebensachen, die sich im letzten Jahr in Wien angesammelt haben. Nun ist Georgs Heim wieder frei von dir, bis auf die Fotos in den Kinderzimmern, die Geschenke und Mitbringsel der letzten Reisen. Manuel ist sechs Monate alt, und du wirst ihn ab jetzt nur sporadisch sehen, du hoffst noch auf einen Zwei-Wochen-Rhythmus, aber du weißt, dass das nicht lange funktionieren wird.
Wieder bist du voller Bewunderung für Georg, der es schafft, trotz aller Differenzen Türen offen zu halten. Deinen Vater hast du seit Manuels Geburt nicht mehr getroffen, er treibt sich irgendwo in Asien herum, schickt Stefanie T-Shirts mit seltsamen Motiven und dir alle paar Wochen Mails mit kryptischen Nachrichten

*über Bergvölker und westliche Tramper in seinem Alter. Er hat
sich mehr oder weniger aus deinem Leben verabschiedet, nachdem du die Gelegenheit genutzt hattest, ihn im vergangenen
Frühherbst noch einmal zu deiner Mutter zu befragen. Sie zitierte manchmal Allen Ginsberg oder Virginia Woolf, immer die
selben Stellen, und dein Vater wurde nervös dabei. Sie schleuderte
Wortfolgen quer durch die Wohnung, du kanntest nur diese Brocken, der Name Woolf sagte dir noch nichts. Jahre später, während des Studiums, hast du mehr gelesen, vor allem* Ein Zimmer
für sich allein, *und noch heute verstehst du nicht, warum Helli
diese speziellen Zitate so offensichtlich wichtig waren.
»Sie müssen wie Türöffner funktioniert haben«, meinte dein Vater,
»nur erfuhr ich nie, was sie dahinter erwartete und ob wir ihr je in
diese versteckten Räume folgen durften oder überhaupt wollten.«
Später hatte Didi erklärt: »Deine Mutter war viel spannender,
als unsere Freunde wussten oder auch nur vermuteten. Ja, sie
rauchte ihr Kraut und war manchmal daneben, aber sie war so
schwer einzuordnen, weil sie sich für so viel interessierte, und
den wenigsten war klar, womit sie sich beschäftigte.«
Du glaubst nun, dass du ihr als Erwachsene in diesen Momenten
am nächsten warst, wenn dich ihre Andersartigkeit erschreckte.
Jedenfalls hast du sie als Kind und Jugendliche manchmal entsetzlich vermisst, obwohl sie in derselben Wohnung lebte wie du.
Deshalb hast du Stefanie versprochen, immer da zu sein, wenn
sie dich braucht. Du weißt, dass du dieses Versprechen ziemlich
gut halten wirst.*

*In Berlin erwarten dich nicht nur Pierre Conil und das Büroteam, sondern auch Lorenz und seine zweite Frau Kamilla, die
eine begnadete Druckerin ist. Du wirst also nicht alleine sein,
wenn du es nicht möchtest. Du wirst wieder voll berufstätig sein*

und eine Mutter auf Abruf. Du wirst mit deiner Tochter regelmäßig telefonieren und darauf achten, dass sie im Briefkasten Briefchen und Karten vorfindet, hin und wieder auch ein unerwartetes Päckchen. Du wirst versuchen, so oft wie möglich in Wien zu sein. Du wirst trotz allem eine greifbare Mutter werden für beide Kinder, auch wenn Manuel in den nächsten Jahren nicht verstehen wird, wieso du kommst und gehst.
Du weinst auf dieser Fahrt. Du wirst vielleicht nicht dabei sein, wenn dein Kleiner das erste Mal so wunderbare Wörter ausspuckt wie Konfetti, Abrakadabra, Tohuwabohu oder drawig ham, das er sicher von Ulli lernen wird.
Du hasst es, diesem Spagat zwischen Kindern und Karriere ausgeliefert zu sein.
»Normalerweise sind es Künstlerinnen, die das versuchen«, sagt Lorenz an eurem ersten Abend nach deiner Rückkehr für immer.
»Und sie bekommen eine üble Nachrede«, wirft Kamilla ein, »immer noch.«
»Wenn du magst, nehmen wir unsere Tradition wieder auf und machen gemeinsame Kinderferien, dann hat Stefanie Spaß mit meinen Mädchen und Manuel wird gemeinsam mit unseren Zwillingen feiern.«
Deine Tochter liebte die Ausflüge nach Berlin, weil bei Lorenz immer etwas los war, auch später, als er mit Kamilla zusammen lebte.
Jetzt weiß Stefanie immer noch ganz genau, welche Berliner Ausdrücke sie konnte und dass ihre Satzmelodien keineswegs wienerisch waren. Ansonsten erinnert sie sich wenig daran, wie es damals war, aber vage Bilder von einer Kindergartengruppe, von Kinderfesten in einem großen Garten enthalten ihr persönliches Berlin. Der Lorenz von damals blieb ihr nicht im Gedächtnis, aber sie wuchs mit Besuchen bei ihm auf, liebte die

farbverschmierten Nachmittage im Atelier, die fröhlichen Spiele, die er erfand. Aber an einen riesigen Osterhasen mit freundlichem menschlichem Gesicht erinnert sie sich immer noch. Sie wollte ihn unbedingt mit einer Karotte füttern und erfuhr erst Jahre später, dass er ein Marine der US-Botschaft gewesen war, eingekleidet in einem Kreuzberger Kostümverleih.

»Das ist ein wunderbarer Vorschlag«, sagst du daher, und schon fühlt sich alles eine Ahnung leichter an.

»Du weißt doch, für dich und mich war es von Anfang an so. An dem Tag, an dem Mike das erste Mal kam, dich mit der Kleinen im Schlepptau, war es klar.«

Er hat recht. Ihr wart euch vom ersten Moment an nicht nur sympathisch, sondern nahe. Du warst verwirrt von seinen Werken, manche seiner Skulpturen erschreckten dich wegen ihrer unverblümten Brutalität. Manche seiner Bilder verzauberten dich, obwohl ihre Themen Konflikte darstellten. Er erklärte, und seine lebhafte Gestik wurde unterstrichen von aufgeladenen Sätzen in leidenschaftlichem Ton. Er tat es für dich, denn Mike verstand vieles nicht nur intuitiv oder weil er ausgebildet war, sondern weil er sich mit Lorenz beschäftigt hatte.

Von jenem Samstag an wart ihr befreundet, wie Geschwister, denkst du, die von Geschwistern immer geträumt hat.

Wie gut, dass du Pierre überreden konntest, in die alte Fabrik zu investieren, die Lorenz gefunden hatte.

»Egal«, sagt er gerade, »was mit dir passiert und wie sich dein Leben weiterentwickelt, Berlin bleibt immer eine Option für dich.«

Vielleicht, denkst du, wird Georg bald erkennen, dass deine Entscheidung, so grausam sie jetzt zu sein scheint, auch für ihn richtig ist, und es wird ihn erleichtern, dass er sie nicht treffen musste. Es könnte sogar passieren, dass er dir dankbar sein wird, irgendwann einmal.

Dein Leben spielt sich zwar nicht in den Wunschräumen deiner Tochter ab. Aber ihr habt in diesem Jahr gelernt, dass sich Türen auch hier in zwei Richtungen öffnen. Georg würde jetzt sagen, dass es anders ist, wenn man rund um die Uhr mit einer Pubertierenden lebt, und dass dein Ferienmonat nichts damit zu tun hat. Manuels Raum betrittst du als abwesende Mutter durch die Balkontüre, vielleicht sieht Georg dich auch als eine, die draußen oder im Türrahmen stehen bleibt. Er hat jedes Recht dazu. Aber es bedeutet natürlich nicht, dass du die Kinder weniger liebst als er.

Kamilla versteht das, Lorenz ebenfalls. Ihr erwählter Raum ähnelt dem deinen. Sie arbeitet in einer von Männern dominierten Berufswelt, für einen Markt, den Männer bestimmen. Über Jahre hinweg brauchte sie als zweites Standbein einen Brotberuf, lebte als Mutter in einer völlig zerschnittenen Zeit. Jetzt ist Berlin ihr Heimathafen. Du und Kamilla, ihr müsst euch euren Alltag nicht erklären.

Ja, Berlin hast du immer als Stadt vieler Möglichkeiten für dich empfunden, und du fühlst dich wohl dort, obwohl dir die konturlose Brandenburger Ebene körperliches Unbehagen bereitet. Einige haben dich und Pierre für verrückt gehalten, weil ihr, voll hochtrabender Pläne für eure Beraterfirma, den Hinterhof eines Ateliers im toten Winkel zwischen Prenzlauer Berg und Scheunenviertel gewählt habt. Mitten drin im Lärm. Animierend, wie Ihr fandet und euch nun bestätigt seht. Wenn Lorenz mit seinen Freunden zusammenhockt, setzen sich eure Leute oft dazu, immer willkommen. Die Diskussionen verlaufen anders als mit Fachleuten aus demselben Metier. Das kann ungemein befruchtend sein für alle, auch wenn sich manche Tage danach die Köpfe alkoholschwer anfühlen. Es gibt gute Gründe, warum Berlin so innovativ ist: keine Abgrenzungen mehr, ein Interesse für andere Meinungen, eine lebendige Kunstszene, immer noch viele junge Leute, die Dinge ausprobieren wollen, und das alles vor einem Hintergrund wachsender Polarisierungen. Du magst Berlin, auch wenn es nicht so leger, so elegant, so doppelbödig wie Wien ist.

Zwei Tage vor ihrem Flug nach Boston meldete sich Georg telefonisch. Joni nahm an, es handelte sich um ihre Abwesenheit in den kommenden Wochen, keine Spontanbesuche in Wien mehr, um die Kinder auszuführen, keine Überraschungen, die Stefanie in letzter Zeit spürbar genossen hatte. Aber Georg, direkt wie immer, setzte sie sofort ins Bild.

»Manuel hat Mist gebaut.«

»Ich dachte, er hätte sich gefangen, kein Schuleschwänzen mehr.«

»Das macht er tatsächlich nicht, seine ersten Prüfungen verliefen sogar ausgezeichnet. Aber er hat Fotos von dir gepostet, auf Instagram und in einer Gruppe auf Facebook, per Handy verschickt, von Instagram ist es auf Twitter gelandet. Das Blöde ist, dass es an diese Clique ging, von der wir dachten, sie wäre passé nach diesem Sommer.«

»Was für Fotos? Von unserem Urlaub?«

»Jein. Angeberfotos. Er auf dem Boot mit der herunterklatschenden Walfinne hinter ihm, er und im Gebüsch unten am Fluss erkennt man einen Bären; aber die sind nicht das Problem. Er hat zwei Fotos von dir verwendet, du vor deinem Haus. Man sieht, wie großartig es liegt, und man kann dein Gesicht gut zoomen. Das, was mir Sorgen macht, ist das zweite Bild, du mit Sam, ihr strahlt euch an, küsst euch grad. Ich vermute, Manuel hat es im Garten aufgenommen.«

»Wie konnte er!«

»Das hab ich auch geschrien. Es gibt eine Abmachung, hab ich gebrüllt.«

»Woher weißt du es überhaupt?«

»Er hat es gebeichtet, äußerst zerknirscht, weil er sich da schon hatte erpressen lassen.«

»Was?«

»Die Fotos, die er verschickt hat, sind vermutlich noch auf den Handys der zwei Burschen und von einem Mädchen. Die haben sie an Bekannte weitergeleitet, seitdem er aufgehört hat, ihnen ihr Taschengeld aufzustocken oder für Einkäufe die Rechnungen zu übernehmen.«

»Was?«

»Du hast dich nicht verhört.«

»Keine privaten Bilder«, hatte Pierre Conil ihr und zwei Mitarbeiterinnen, die ebenfalls viel und öffentlich auftraten, vor Jahren schon eingeschärft. Keine Exzesse während Kongressen und auf Foren der Spitzenpolitik, die peinliche Fotos garantierten. Berater, die als Wissenschaftler ernst genommen werden wollten, durften sich so etwas nicht leisten. Da spürte man die Häme, die bei solchen Patzern auch Politikern entgegenschlug.

»Also gut, man sieht, dass eine Frau irgendwo herumsteht und einen Mann küsst oder gerade damit beginnen will«, sagte Joni. »Ich bin angezogen, offensichtlich weder alkoholisiert noch komplett neben der Spur. Wo ist das Problem?«

»Sie haben deinen Namen daruntergeschrieben und dir einen Job angedichtet, der noch grandioser ist als der, den du sowieso schon hast.«

»Kennen sie meinen Firmennamen?«

»Nein, noch nicht. Aber das ist eine Frage der Zeit, falls jemand neugierig wird.«

»Womit konnten diese Idioten ihn erpressen?«

»Damit, dass sie die Fotos weiterleiten.«

»Wen interessiert's?« Aber sie wusste schon, dass sich die Atmosphäre im Land verändert hatte, dass Flüchtlingsunterkünfte übervoll waren, die Mechanismen der Angstmacherei zu greifen begannen. Die überbordende Hilfsbereitschaft der Bevölkerung aus dem vergangenen Jahr verringerte sich, die Reden mancher Parteiführer begannen, das Land zu spalten.

Es würde schlimmer werden. Der Boden wurde bereitet für die blinde Wut der Reaktionären.

»Jemand aus dem rechten Schmuddeleck hat schon reagiert.«

»Worauf?«

»Auf dich.«

»Was auf dem Foto ist so verräterisch?«

»Du stehst auf offensichtlich privatem Grund mit traumhafter Aussicht. Man hat ein bisschen an dir verändert, du siehst aus wie ein Modell, wie so ein Luxussternchen. Aber du bist eben keine Schauspielerin, keine Person, die man sofort erkennt. Man weiß nur, dass du österreichische Kinder hast, und gerade wurde von einem seiner Follower geschrieben, dass der Vater der Kinder ein Beamter im Außenministerium ist. Ganz schlecht.«

»Ich versteh es nicht.«

»Man fragt, wie wir uns das leisten können. Sie benutzen dich. Ihre Anhänger denken an Verschwörung, an feindliche Übernahme, an ›die da oben‹, die tun, was sie wollen, Hauptsache, sie scheffeln noch mehr Geld, und denen müssen es ›die da unten‹ endlich zeigen. Es ist fürchterlich viel Dummheit und Zorn im Spiel.«

»Aber ich verstehe nicht, warum das Bild eines sich einmal küssenden Paares ein Aufreger sein kann.«

»Du küsst keinen Weißen. Untertitel: Sie nimmt sich, was sie will, die Hure!«

»Was?«

»Er ist nicht weiß. Außerdem glaube ich, dass sie seine Hautfarbe dunkler bearbeitet haben. Rassismus pur, Joni. Dazu kommen von jemand anderem noch ein paar Obszönitäten. Du weißt ja, das Wienerische offeriert eine vielfältige Bandbreite, und was ihnen an Wortschatz fehlt, das machen sie durch Wiederholung wett.«

»Seit wann hat es sich so hochgeschaukelt?«

»Seit vorgestern kursiert es im Netz.«

»Nur auf einschlägigen Seiten?«

»Dort hat es begonnen. Aber es kann sein, dass es überall auftaucht. Es wird geteilt. Und es wird nicht nur der faschistoide Bodensatz sein.«

»Schick es mir weiter. Ich muss wissen, womit ich es zu tun habe. Manuel soll nicht reagieren. Aber du unterrichte bitte die Direktion der Schule. Die Burschen sind doch aus seiner Klasse, oder?«

»Einer nur noch. Der andere ist sitzen geblieben und hat die Schule verlassen.«

»Hast du Namen und Adressen?«

»Ja. Ich denke auch daran, einen Anwalt hinzuziehen.«

»Warte noch. Rede nur mit dem Direktor, damit der sich den Kerl einmal vornimmt. Wenn Manuel noch einmal erpresst wird –«

»Wird er nicht mehr. Die Clique duckt sich, die sind selbst erschrocken, dass irgendwelche Leute ihre Postings weiterverwenden. Und vor allem, wie.«

»Es tut mir so leid für dich. Hast du Schwierigkeiten?«

»Noch nicht. Ich habe es natürlich gemeldet, aber man weiß ja, dass wir seit Jahrzehnten geschieden sind. Deshalb glaube ich, sie werden das auch schnell wissen und dann bei dir weiter Dreck schleudern.«

»Ich gebe Pierre Bescheid.«

»Joni, mir tut es leid für dich und für Sam.«

»Ich –«

»Willst du mit Manuel sprechen?«

»Nein. Nicht jetzt. Ich melde mich.« Sie legte das Handy weg und bemerkte, wie ihre Finger zitterten.

Bis jetzt hatte Joni Bedrohung nur in anderer Form erfahren. Sie kannte die Wut in den Gesichtern von Vertriebenen, bevor die Lethargie siegte, sie kannte das Geräusch, wenn hinter ihrem Rücken ein Gewehr mit einem Klick entsichert wurde, sie kannte Bombenwarnungen und die unfassbare Gier, mit der Ausgehungerte um Essen kämpften. Sie kannte den Geruch der Angst, der bei Männern leicht und ohne Vorwarnung in Aggression umschlagen konnte. Aber das hier war etwas Neues, bösartig, ein Rufmord auf einem Niveau, wie es ihr und ihrer Familie noch nie widerfahren war.

Pierre saß an seinem Schreibtisch, auf dem Bildschirm vor ihm leuchtete des Gesicht eines Asiaten, der Joni vage bekannt vorkam. Sie verschwand zur Seite, gab Pierre ein Zeichen, er streckte kurz die Hand hoch, zur Faust geballt. Fünf Minuten noch, hieß das. Joni sah aus dem Fenster. Im Hof hatten sich die ersten Laubhaufen gebildet, braungelbe Sprenkel auf dem Redstone, den die Architekten für die gewundenen Wege zwischen den Bäumen und Sitzgruppen gewählt hatten. Eine Katze lief auf einen einsamen Raucher zu, der sich bückte, um sie zu streicheln. Sie sah aus wie die Atelierkatze Renzos, die angeschafft worden war, um die Keller frei von Mäusen und Ratten zu halten.

Wie hatte Manuel so hirnlos agieren können. Oder hatte er ein Problem, von dem weder sie noch Sylvie etwas ahnten? Vergaß sie, wie vielschichtig Menschen waren, wie unterschiedlich sie handelten, Jugendliche ganz besonders? Wie ging man mit einer solchen Situation um? Sie kannte Politiker und vor allem Politikerinnen, die einem wachsenden Heer von Denunzianten zum Opfer gefallen waren, sie hatte bei Kollegen erlebt, wie bewusst verbreitete Lügen Karrieren vernichtet hatten.

Sie würde mit Ulli reden. Ulli kannte aus eigener Erfahrung Niedertracht. Ulli wusste von Jonis geheimen Ängsten, noch mehr zur Außenseiterin zu werden, und dass nichts sie so sehr schreckte wie ein geordneter Alltag. Ulli würde ihr glaubhaft versichern, dass Freunde, wahre Freunde sich nicht zurückzogen, wenn man plötzlich an den Pranger gezerrt wurde.

Joni dachte an Tante Federspiel und deren abgearbeitete Hände, die tiefen Falten rund um ihre Augen, das Lächeln, das automatisch erschien, wenn sie Joni betrachtete. Sie dachte an ihre Eltern, die sich bemüht hatten und grandios als Eltern gescheitert waren, und ihr doch so viel mitgegeben hatten. Sie dachte an Georg und die wilde Leidenschaft, die sie für wenige Jahre gepackt hatte. Vermutlich hätte Georg sie nie verlassen, unglücklich festhaltend an etwas, das auf tönernen Füßen stand. Auch er war ein Liebender, in jeder Beziehung. Es war so schwer, es für alle gut zu machen, niemanden auszuschließen.

Joni war vor allem deshalb erfolgreich, weil sie gelernt hatte, sich im richtigen Maß einzulassen. Würde das nun alles gefährdet sein? Hatte sie mit Schuld an der vertrackten Situation, in die sich Manuel laviert hatte und die im Moment Georg am meisten ausbaden musste? Es erschreckte sie, dass ihr Sohn sich über alle Regeln hinweggesetzt hatte, um von einer Gruppe völlig uninteressanter Typen akzeptiert zu werden, dass er so viel aufs Spiel gesetzt hatte, dass es ihm in gewissen Momenten egal gewesen war, wie Menschen, die ihn liebten und die er doch liebte, derartig zu verletzen. Wie konnte das sein!

I've looked at love from both sides now

»Womit kann ich helfen?« Pierre stand plötzlich neben ihr.
»Woher weißt du, dass ich Hilfe brauche? … Eventuell?«
»Joni, du kommst faktisch nie ohne Voranmeldung zu mir und selten so verspannt wie jetzt.«
»Ich muss dich vorwarnen. So was habe ich auch noch nie erlebt«, sagte Joni und erzählte ihm alles. Auf ihrem Handy waren bereits die Postings gelandet. Georg hatte alle zwei Versionen geschickt, die sich auf sie als Ausbeuterin, als Feindbild, als Frau von exzessiven Gelüsten und Unmoral bezogen, die Originalaufnahmen von Manuels Handy und die Bearbeitungen.
»Halte dich bedeckt, ich lasse alles checken.«
»Ich werde nicht still sitzen bleiben. Das bin ich mir selbst schuldig.«
»Wie ist die Gesetzeslage in Österreich?«
»Georg sagt, löchrig. Sie können mich straffrei als schimmelige Fotze bezeichnen und das auch posten, aber meine

erwiesene Integrität als Wissenschaftlerin dürfen sie nicht verletzen. Wenn sie herausbekommen haben, dass ich nicht mehr mit einem Mitglied des Außenministeriums verheiratet bin, was sehr bald sein wird, werden sie ihn in Ruhe lassen und sich vielleicht mit mir genauer beschäftigen.«

»Wenn sie richtig recherchieren, finden sie es. Es ist bloß reichlich uninteressant für die meisten Menschen.«

»Du glaubst nicht, dass es ihnen zu langweilig wird?«

»Nein. Das solltest du als Spiel für diese Leute betrachten, das dir aufgezwungen wird und bei dem du die Regeln anderer befolgen musst.«

»Das sind Hass-Postings. Ich wette, diese Männer schreiben das nicht, weil sie von uns geschädigt wurden, sondern weil sie Verlierer sind, bei Frauen nicht punkten, vielleicht ihrer Meinung nach zu viel an ihre Ex-Frau oder für Kinder zahlen müssen und grantig auf die eigene Mutter sind.«

»Zumindest einer ist dabei, der sich anscheinend politisch geriert. Ich setze unseren Rechtsbeistand darauf an, lasse mir von deinem Ex den Namen seines Anwalts geben und schau, dass alles vorbereitet ist.«

»Sie haben ein Foto von mir bearbeitet.«

»Ich sehe es. Der Mann darauf ist wichtig für dich?«

»Ja, sehr.«

»Weiß er schon Bescheid?«

»Ich werde es ihm sagen. Er ist aus unserer Branche, ein kanadischer Wissenschaftler. Arbeitet in Toronto an der Uni und für internationale Umweltprojekte.«

»Sobald sie den Namen unserer Firma nennen, sind sie dran.«

»Ich fliege übermorgen –«

»Ich weiß. Meide die diesbezüglichen Foren. Es wird dir

besser gehen, wenn du nicht Bescheid über alles weißt, Joni. Es stärkt bloß den Gegner und dich verletzt es noch tiefer.«

»Das kann ich dir nicht versprechen.«

»Gut. Und was machst du jetzt?«

»Jetzt rufe ich Manuel an.«

**MITSCHNITT AUS DER ERKUNDIGUNG DES
VERNEHMENDEN BEAMTEN ZUM FALL
DR. JONI LANKA, WIEN, 28.10.2016**

Am 28.10.2016 erteilt um 9.45 Uhr Manuel Laube (* 23.9.2000 in Wien), Sohn von Dr. Joni Lanka und Dr. Georg Laube, die Erlaubnis zum Mitschnitt seiner Darstellung zum Fall Dr. Joni Lanka vs. Unbekannt

Und ich soll jetzt alles von Anfang an erzählen? Einfach so? Ganz kurz wäre es: Ich war eingeladen nach Kanada zu meiner Mama, vier Wochen mit ihr alleine, und da wusste ich schon, dass sie mit mir eine Menge unternehmen würde, dass es einfach supertoll wird. Klar hab ich damit angegeben. Vier Wochen Abenteuer und alles Mögliche, das man sich nur wünschen kann. Ich bin nicht Economy geflogen, sondern echt Business mit allen Schikanen. Im Nachhinein war ich froh, dass ich nur einen Drink mit Gin getrunken habe, nach den zwei Bier. Wenn sie es gewusst hätte, wäre sie ausgeflippt. Sie holte mich in Vancouver ab, und gleich gings los. Es war toll.

Es war besser als alles, was ich mir vorgestellt hatte. Wer erwartet denn so was von der Mutter.

Nein, das war jetzt unangebracht. Entschuldigung.

Als sie mir nach einer Woche erklärte, dass es nun in ihr neues Haus in den Rockies ging, dachte ich mir noch nichts dabei, bloß wow, sie hat's ja echt geschafft. Sie hat uns nämlich nix Genaues davon verraten. Sie ist ein bissl eine Geheimniskrämerin. Als ich das Haus dann gesehen habe, war ich richtig stolz auf sie. Da hatte sie mir schon am Flughafen ihren neuen Typ vorgestellt, und ich wusste, er würde eine Woche bei uns bleiben. Das fand ich zuerst nicht so cool. Papa kannte den auch noch nicht.

Mütter! Ich find's ja super, dass sie so ist, wie sie ist. Von meinen Freunden krieg ich mit, wie es bei denen mit diversen Elternteilen läuft, also ähnlich wie mit mir und Sylvie, die auch sehr in Ordnung ist. Aber manchmal gehen einem Eltern auf die Nerven. Sie glauben, sie müssen einem die ganze Zeit was vorschreiben und die Welt erklären. Man hat sie ja trotzdem lieb, und sie wissen das eh meistens.

Trotzdem. Meine Mutter kann ich nicht so gut einschätzen, obwohl sie gegen Regeln auch bei sich selbst nichts hat.

Verstehen Sie mich nicht falsch, mir ist das Liebesleben meiner Mutter egal, jeder soll, wie er mag, und bei ihr wusste ich sowieso nie, ob ihre Freunde bloß Freunde oder auch Lover waren. Geht mich auch nix an. Aber ich war sauer. Ich weiß schon, es ist kindisch, wenn man die Mama teilen muss. Aber so wars halt. Ich hatte nicht damit gerechnet.

Und dann war es auch noch so ein Typ wie Sam. Ich bin überhaupt kein Rassist. Ich hab nur nicht damit gerechnet, dass er so anders ist als Mike oder Papa. Später hat sie mich drauf angesprochen, ging mir ziemlich auf die Nerven, weil was soll ich denn sagen. Es tat mir leid, aber er hat's eh nicht bemerkt. Er ist nämlich schon ein ziemlich lässiger Typ.

Wir hatten es richtig lustig, auch an dem Tag, als wir ohne Mama mit dem Boot unterwegs waren. Er ist nicht bloß Wissenschaftler, er ist echt cool, ein Abenteurer, macht lauter Sachen, die sich irre anhören. Als könnte er alles tun, was ihm gerade einfällt. Zum Beispiel einfach sein Boot aufs Auto packen, Richtung Nordosten fahren, den Wagen stehen lassen und von einem See zum nächsten paddeln. Ganz alleine. Wenn es notwendig ist, trägt er das Boot zum nächsten Wasser, dann holt er sein Gepäck. Stellen Sie sich vor, er begegnet dabei Tieren, die vielleicht gefährlich sind, oder verirrt sich. Manchmal, das hat er mir erzählt, hat er auch einen Beutel Wein mit, für abends am Lagerfeuer, wenn er einen selbst geangelten Fisch grillt. Er sagt, man muss alles an Müll wieder mit nach Hause nehmen, und deshalb haben sie eigene Verpackungen, die sich leicht zusammenrollen lassen und bei der Rückfahrt viel weniger Platz brauchen. Wein in einem Beutel. Klingt doch schräg, oder? Es stört ihn überhaupt nicht, allein zu sein. Ich hab ihn gefragt, was er macht, wenn er sich verletzt, wenn das eitrig wird oder so. Er hat nur gelacht.

Das muss man sich einmal vorstellen, so ein cooler Typ. Genau so würde ich auch gern sein.

Mhm.

Jedenfalls habe ich einen tollen Sommer gehabt. Klar hab ich davon erzählt. Ich musste nicht einmal übertreiben, bei mir wars ja echt einfach unfassbar.

Bloß war ich blöd genug und bin auf die Frotzeleien vom Krieger, Waschbär und der Bibbi eingegangen. Das sind so Leute, mit denen ich im Frühling viel herumgehangen hab. Der Krieger war in meiner Klasse, der hat wiederholen müssen, eh ein netter Kerl, locker, hat einen Vater mit Kohle. Die Bibbi hat was mit ihm, manchmal zumindest. Und wie der Waschbär und ein paar andere da reinpassen, weiß ich nicht. Er hing einfach mit herum. Er heißt Waschbär, weil er immer so dreckig herumläuft, ich glaub, der wäscht sich die Hände bloß einmal pro Woche. Ungefähr. Aber er ist echt witzig und ich glaub, das ist es, was dem Krieger taugt.

Vom Krieger kann ich Ihnen die Adresse geben, ich war einmal dort, der hat ein eigenes Studio mit Verbindungstür zur Wohnung seiner Eltern. Echt nicht schlecht.

Eigentlich bin ich ja gar nicht so der Typ, der auf so was achtet, aber irgendwie sind mir Papa und Sylvie im letzten Jahr so auf den Nerv gegangen mit ihren Vorhaltungen, warum ich plötzlich nicht lernen mag, mit den falschen Leuten rumhänge und dass man was leisten muss, damit man sich was leisten kann. Blabla. Weiß ich eh. Außerdem bin ich ein guter Schüler, ich spiel mich, die Schule läuft quasi nebenher. Fast. Aber kaum bring ich keine Spitzennote nach Haus, flippen sie schon aus. Die sind so in ihrem Trott, nix Spontanes, immer nur vorsorgen und rackern.

Sam nimmt einfach sein Kanu und verschwindet in der Wildnis. In den Tagen mit ihm ist er nie von irgendwem angerufen worden, mit dem er dann eine Stunde über Arbeit labern musste wie Papa und Sylvie. Er ist auch nie mit dem Laptop herumgesessen, und trotzdem scheint er seinen Job gut zu machen. Kein Streber wie manche meiner Freunde von früher. Nix so Verbeamtetes.

Tschuldigung. Ich mein jetzt nicht Sie.

Jedenfalls hab ich ihnen Fotos gezeigt und dann blöderweise auch geschickt. Und dann war ich noch idiotischer und hab ihnen gesagt, sie dürfen die niemand anderem weiterschicken, weil meine Mama das auf keinen Fall möchte, ich hätte das versprechen müssen, weil sie so ein wichtiges Tier sei.

Na, mehr hat's nicht gebraucht. Zuerst fanden sie es einfach nur lustig, mich damit aufzuziehen. Dann kauften sie

Sachen ein, und ich musste sie zahlen. Da wurde ich schon sauer. Besonders der Waschbär wurde maßlos. Als es mir reichte, hörte der Krieger auf, mitzuspielen, was die Bibbi lächerlich und feig fand.

Wieso der Krieger so heißt? Na, weil er so heißt, Fabian Krieger. Das hat nix mit seinem Naturell zu tun oder dass er angriffslustig wäre. Wir haben uns bloß eine Zeit lang richtig gut verstanden. Jetzt red ich nicht mehr mit ihm. Mit den anderen sowieso nicht mehr.

Dann zeigte mir der Waschbär, wie ernst er es meinte. Er schickte mir einen Link. Da waren dann die zwei Fotos von Mama drauf, einmal mit dem Haus oberhalb vom See, einmal mit Sam. Drunter stand bloß so was Kryptisches: »Manche können sich alles leisten.« Mehr war es nicht.

Aber dann reagierten Leute, und so schnell konnte ich gar nicht schauen, schon hatte ich den Salat. Zuerst warens bloß Mutmaßungen, dann ließ der Waschbär verlauten, das sei »die Bruthenne von einem Freund« und dass so die oberen Zehntausend von Österreich leben, korrupte Schweine allesamt. Dann wurde besprochen, wo das sein könnte, es dachten einige, dass es in der Schweiz wäre oder in Italien am Comer See, dort, wo auch George Clooney lebt. Und wie der Waschbär zu so einem Freund käme. Und dann werden sie den Waschbär weichgekocht haben. Zuerst meinen Namen, dann, wer mein Papa ist. Joni Lanka hat natürlich noch niemand mit mir in Verbindung gebracht, ich heiß ja Laube. Mama kennen nur Insider.

Dann folgten Obszönitäten und die Bearbeitungen von den Fotos. Von Wildfremden. Das muss so peinlich für Papa sein. Und für die Mama.

Ich find's einfach schrecklich. Die reden von meiner Mutter! Ich hab nur gehofft, dass es aufhört, dass irgendwer fertiggemacht wird. Und dann überlegten sie sich was zu Sam, und ob die »Bruthenne« es nur mit »Andersfarbigen« treibt. Ob man sie zurechtficken muss. Ob sie einem was zahlt dafür.

Ich bin sofort zu Papa und habe ihm alles gebeichtet. Und er hat das erste Mal mit der Polizei gesprochen. Nein, vorher hat er die Schule informiert und den Geschäftspartner von Mama in Berlin angerufen. Dann wurden die Beschimpfungen immer schlimmer. Grauslicher und abstrus. Und politisch missbraucht. Dann, als Mamas Name das erste Mal fiel, haben sich ihre Anwälte eingeschaltet.

Anscheinend gibt's da eine Gesetzeslücke. Im Internet kann man viel mehr posten, als man in einer Zeitung ungestraft schreiben dürfte. Und wehren kann man sich auch nicht wirklich. Bloß jetzt ist es auch Verleumdung, und diese Ärsche werden sich wundern, wie die Anwälte mit ihnen Schlitten fahren. Und gestern war Papa dann bei der Polizei.

Na ja, und heute ich.

Jetzt endlich hab ich kapiert, warum die Eltern immer so auf Heimlichtuerei bestanden haben.

Ich verhalte mich so daneben, und sie war so lieb am Telefon. Ich verzeih mir das nie. Und ich will sie gar nicht sehen. Ich schäm mich. Wer weiß, was Sam von mir denkt. Stefanie ist so böse auf mich. Sylvie vermutlich auch, aber die schreit mir das nicht ins Gesicht. Nur der Beppo, der hat sich wieder bei mir gemeldet, und ich bin sehr froh darum, auch wenn ich ihn diese Zeit lang links liegen gelassen hab. Er ist ein Freund. Früher war er mein bester Kumpel. Davon hab ich im Augenblick wirklich wenig. Eigentlich nur ihn. Genau genommen Gott sei Dank nur ihn.

Glauben Sie, dass man jetzt was machen kann, weil doch dieses rassistische Portal, diese ultranationalistische Plattform das Thema aufgegriffen und zu recherchieren begonnen hat? Die haben unter ihren Followern ja auch welche mit furchtbaren Meldungen zur Mama, da werden Gewaltfantasien gepostet, und die reagieren sich ab oder geilen sich dran auf. Wenn die herausfinden, für wen Mama arbeitet, dann wars das. Sie wird keinen Auftrag mehr bekommen. Sie wird gehen müssen, damit sie nicht die Firma mit hineinzieht. Und das alles, weil eine Handvoll Idioten sich mächtig fühlt und damit durchkommt.

Oder?

Ja, eh, ich weiß schon, ich bin dafür verantwortlich. Ich hab nicht aufgepasst. Ich hab den falschen Leuten imponieren wollen. Dass ich das weiß, ändert aber grad gar nix.

5

EINE WAHL, SPÄTHERBST 2016

Georg oder
»Lass dich nicht kleinkriegen«

Joni war wütend. Sie war immer noch wütend, als sie im Flugzeug über dem Atlantik saß. Sie spürte, wie es in ihr wühlte. Ausgesetzt auf dem Altar der gefräßigen Gottheit Neugier, gefesselt von der Unverschämtheit weniger, vorgeführt als rechtlose Frau, die sich nur wehren durfte, wenn ihr Arbeitsplatz, ihr berufliches Umfeld, ihre Partner weltweit durch den Rufmord geschädigt wurden. Wie hatte ihr das passieren können? Sie als Mensch war vor Gericht zweigeteilt. Sie konnte klagen als Repräsentantin einer Firma, aber sie hatte kein Recht auf ein Verfahren zur Verurteilung dieser Männer, weil geschlechtsspezifische Beschimpfungen von Frauen in ihrem Herkunftsland keinen Tatbestand darstellten. Noch nicht. Sie hatte keine Möglichkeit, sich zu wehren, außer jemand war dumm genug, den Namen ihrer Gesellschaft mit hineinzuziehen. So konnte Mobbing gut funktionieren. Man konnte sich das Maul zerreißen, aber wehren ging nicht.

Man warf ihr vor, sich am Unglück anderer zu bereichern. Eine Firma, die »Großkopferte« beriet, wie man mit vorhersehbaren Naturkatastrophen umgehen könnte, mit Migrationsströmen größeren Ausmaßes nach Existenz bedrohenden Ereignissen, konnte doch nur einer vollgefressenen Zecke vergleichbar sein.

»Meinetwegen«, hatte jemand gepostet, »sollen die Wissenschaftler bezahlt werden für den Schmafú, den sie sich aus dem Hirn saugen, aber dass die Schnepfe (damit war Joni gemeint) dafür Honorare aus dem Steuertopf kriegt, ist ein Verbrechen.« Es musste ein älterer Wiener sein, das herablassende Schimpfwort für Verachtenswertes kannten die Jüngeren nicht mehr.

»Wohnt wiara Kenigin, und mia gengan zgrund.«

»I reiß da de Brust auf und scheiß dar aufs Herz.«

»I leg da so ane auf, dass de zweite scho a Leich'nschändung is!«

Manche verstand Joni gar nicht, bei den meisten war ihr klar, dass sie auf dreckige weibliche Organe reduziert wurde, die geschreddert, zerlegt, vernichtet gehörten, dass sie als Person nichts anderes als ein »Schädling« war, kein Mensch. Und die Nähe zum rechtsextremen Vokabular war klar. Die sexuellen Beschimpfungen konnte Joni einigermaßen beiseite wischen. Darin waren Frauen geübt. Aber die Vehemenz der Gewaltandrohung und die Selbstverständlichkeit, mit der man ihr schnöde Gewinnsucht, Ausbeutung und Betrug vorwarf, erschreckte und schmerzte sie. Alles, wofür sie einstand, wurde in den Dreck gezogen. Die großartige Arbeit so vieler wurde verleumdet, und ihr nahm man ihre Glaubwürdigkeit, ihre Integrität. All ihre Bemühungen, im Hintergrund zu bleiben, wurden falsch interpretiert.

Sie würde sich sehr anstrengen müssen, um das gut zu überstehen und ihre liebsten Menschen vor noch mehr Schaden zu bewahren. Aber sie würde sich nicht stoppen lassen. Sie würde den Zorn auf die Verursacher, diese mit Freude Dreck Schleudernden bekämpfen müssen.

Joni versprach sich, in den nächsten Tagen allen Foren

auszuweichen, die weitere Verletzungen bereithalten konnten. Sie musste sich auf New York und Boston konzentrieren, auf die Fragen, die ihr nach den Vorträgen gestellt würden, auf die Antworten, die sie bieten konnte. Sie musste das Ärgernis beiseiteschieben, um als Lehrende nicht nur zu funktionieren, sondern ihr Bestes zu geben.

Es war Sonntag, der 16. Oktober. Sie würde um die Mittagszeit landen, in Julians Appartement fahren, auspacken, alles für die Universität herrichten, essen gehen und früh ins Bett. Der Montag würde anstrengend werden. Fünf Tage an der Columbia, am Wochenende mit dem Zug nach Boston; es würde Zeit bleiben für ein ausgiebiges Treffen mit Molly, glücklicherweise.

In ärmeren Ländern übernachtete sie in den Gästeunterkünften auf dem Campus, innerhalb des zumeist bewachten und umzäunten Universitätsgebietes. Abends wurde sie in die Privatwohnungen der heimischen Professoren eingeladen. Den wenigsten Menschen in westlichen demokratischen Ländern war klar, wie anders das universitäre Leben unter der beständigen Beobachtung von Geheimdiensten und Polizei ablief, dass Zäune und Kontrollen nur dazu dienten, Studenten und Lehrer im Griff zu behalten, auch leichter eingreifen und internieren zu können. Die Freiheit des Denkens schätzten freilebende Menschen selten oder nicht hoch genug.

Joni hatte schon in vielen Ländern gearbeitet, in manchen kannte sie den Ablauf offizieller Prozedere bereits so gut, dass sie ein Bauchgefühl dafür entwickelte, wenn etwas im Hintergrund anders lief als sonst. Sicher halfen ihr dabei die Erfahrungen der Jahre in der DDR, politische Unterdrückungssysteme glichen sich sehr. Was sie erstaunte, war, dass sie als Frau nicht unbedingt und nicht überall Nachteile hatte. Man ging teilweise anders oder subtiler als im Westen vor, manchmal ließ man ihr mehr Freiheiten als männlichen Kollegen. Menschen vor Ort erklärten es sich mithilfe ihrer Kultur und dem Alter, das Joni langsam erreichte. Sie nutzte es aus und war einsichtig genug, ihren Status als Gast nie mit der Lage einer inländischen Kollegin gleichzusetzen.

Harvard und Columbia waren natürlich anders. Reichtum und große Freiheiten umhüllten diese Universitäten, selbst wenn Forscher von mehr Mittel träumten, war klar, dass die Möglichkeiten wenig begrenzt waren. Wissen wurde in größerem Maß als anderswo geteilt. Es war ein Eldorado für Lernbegierige. Joni war zum dritten Mal in beide Institute eingeladen und hatte sich wochenlang auf diesen Höhepunkt gefreut.

Jetzt spürte sie, wie der Zorn über die Beschimpfungen an ihr nagte, und konnte ihn nicht ausblenden.

Den Sonntag beendete sie mit ziellosem Schlendern in der Gegend rund um Julians Wohnung, fand sich schnell am Hudson wieder, wählte ein äthiopisches Restaurant, in dem niemand anderer saß und die Wirtin sie zu einer Nische führte, in der sie, als die ersten Hungrigen hereinkamen, ungestört blieb. Tief in Gedanken schaufelte sie das traditionell servierte Essen mit der Hand in sich hinein und versuchte, sich auf die vorbereiteten Themen der nächsten Tage zu konzentrieren.

Der Kaffee nach dem Essen riss sie ein wenig aus ihrer Brüterei. Sein Duft erinnerte sie an das Kaffeezeremoniell, das sie bei einer Einladung des äthiopischen Botschafters in Ostberlin kennengelernt hatte. Dort hatte sie Bekanntschaft mit der führenden Dame der Botschaft gemacht. Sie verstanden sich auf Anhieb gut, und Ayana hatte sie fortan häufiger zum Nachmittagskaffee in ihr Haus eingeladen. Die Äthiopierin verriet ihr einmal, dass Jonis jugendliche, geradezu lachhafte Naivität ihres Glaubens, alle Menschen wären Geschwister, gepaart mit Wissensdurst und der Fähigkeit, mitreißend und laut, wirklich laut zu lachen, die Türöffner gewesen waren.

»Sie lächeln, Sie müssen an etwas sehr Schönes gedacht haben«, sagte die Kellnerin und nahm Jonis leere Tasse.

»Ja, tatsächlich, ich erinnerte mich an alte Freunde, die ich aus den Augen verloren habe.«

»Aber nicht aus dem Sinn.« Die Frau blieb noch einen Augenblick stehen. »Meine Eltern kamen kurz vor meiner Geburt hierher, eigentlich sollten sie weiter ins Landesinnere, aber Papa wollte nicht vom Meer weg. Er hat sich sein Leben lang vor dem Ozean gefürchtet, aber gleichzeitig war er für ihn ein möglicher Fluchtweg, den er nicht verlieren wollte. Er hat immer gesagt, Menschen, denen du begegnest, sind wie die Baumstämme, die einen Pier halten. Manche verfaulen und geben keinen Halt mehr, manche stützen dich über Jahre. Von manchen weißt du oben auf der Plattform kaum, wie sie aussehen, aber sie sind wichtig, damit dein Leben nicht zu einem Stolperpfad gerät.«

Das war ein Satz, den sie später vor dem Schlafen Sam am Telefon weiterschenkte. Von den Schwierigkeiten in Europa erzählte sie ihm nichts. Er klang angestrengt, sie fragte nicht nach.

Am nächsten Tag besuchte sie Molly kurz und legte ein Abendessen mit ihr fest. Wie immer unterlagen die Tage einem pünktlichen Reglement, das Zeitkorsett war gewohnt eng geschnürt.

Die Vorträge stießen von Beginn an auf breites Interesse, Studenten und Lehrende reagierten mit immer neuen Fragen, und Joni merkte, wie sehr es ihr behagte, in dieser Rolle für einige Tage komplett aufzugehen. Sie trug ihre Erfahrungen von menschengemachter Massenarmut vor und war froh über den Widerhall, den ihre Thesen bei den Jungen fanden. Georg meldete sich einmal wegen der »leidigen Causa«, wie er das nannte. Joni Lanka war im Fokus der Dreckschleudern gelandet. Sie selbst nahm alle Kraft zusammen, um sich nicht auf den einschlägigen Seiten umzusehen. Hin und wieder fragte sie sich, ob Studenten sie darauf ansprechen würden. Es gab einige, die Deutsch als zweite oder dritte Fremdsprache gewählt hatten.

Pierre erwischte sie in dieser Woche zwischen zwei Vorträgen am Handy. Der Name der Firma war gefallen, ein Nutzer hatte sich sogar so weit vorgewagt, Regierungen und eine Firma, die zu ihren Klienten zählten, zu beschimpfen, namentlich aufzuführen, die üblich bösartigen Schlussfolgerungen zu ziehen, und das Ganze mit Flüchen garniert. Es waren dumme Kerle, die das Recht auf eine eigene Meinung verwechselten mit Denunziation. Aber nun konnten die Anwälte loslegen. Sie selbst würde nicht vor Gericht erscheinen. Und wieder legte er ihr nahe, die Foren im Netz zu meiden, sich selbst zu schützen, soweit es ging.

Joni nahm den Rat an. Es fiel ihr deshalb leichter, weil die Präsidentenwahl in den USA unmittelbar bevorstand und jedes andere Thema ins Abseits rückte. Beide politischen Parteien hatten ihre Gangart verschärft, die Art der verbalen Angriffe war von lange nicht erlebter Bösartigkeit. Immer noch lag Clinton vor Trump. Joni nahm die aufflammenden Gemeinheiten der gegnerischen politischen

Lager wie ein allmächtiges Echo wahr zu dem, was ihr gerade passierte.

Molly hatte Joni vorgeschlagen, sich bei der großen Skulptur in Blau neben dem MOMA zu treffen. Als Joni aus der U-Bahn-Station auftauchte, lag der Platz zum Großteil im Schatten der Wolkenkratzer, dazwischen umhüllten grelle Lichtgevierte Menschen, von denen sich die meisten rasant bewegten. Vor einem Zeitungskiosk ballten sich Käufer, niemand war mit Kindern unterwegs. Auf den Stufen rund um das blaue Denkmal hockten junge Leute, eine Läuferin sprintete zwischen den Gruppen hindurch. Hinter Joni hupten unentwegt Taxis, zäh schoben sich die Wagen an den Fußgängern vorbei.

Es war anders laut als in Asien, heller und klarer, doch nicht so überschwänglich in erstickenden Farben wie in Indien oder Malaysia. Die Bäume, die den Platz zu den Straßen hin begrenzten, waren staubgrüne Kuppeln, gleich groß, gleich breit. Ihre Blätter bewegten sich nur, wenn Tauben aus einer Straßenschlucht hereinschwenkten, an den Zweigen vorbeiflogen und auf dem Pflaster landeten.

Molly saß auf der Kante neben dem ausschreitenden Bein in Blau, beobachtete ein Paar vor sich und wirkte, als wäre sie in Gedanken weit weg, ein Geist, lose mit einem entspannten Körper verbunden. Joni sah die zuckenden Hände auf den Oberschenkeln, furioses Getrommel der Fingerspitzen. Vermutlich war Molly gerade dabei, etwas zu üben oder eine Stelle zu überarbeiten.

Wieder packte sie Zärtlichkeit für diese Frau, deren Leben so komplett anderen Regeln unterworfen war als das ihre.

»Manchmal kämpfe ich mit dem Alleinsein«, hatte sie erst

vor drei Tagen bei dem schnellen Treffen im Treppenhaus erklärt und amüsiert Joni zugesehen, die sich vor dem Spiegel im Lift ein weißes Haar ausriss. »Aber es ist natürlich nur der Verlust, der mich schmerzt, weil niemand ihn ersetzen kann.« Es erübrigte sich, seinen Namen auszusprechen. Molly hatte bereitwillig, aber vergeblich versucht, sich mit Liebhabern über den frühen Tod ihres Mannes hinwegzutrösten. Er war in den Siebzigern nach einem Konzert an Herzversagen gestorben, untypisch für die damalige Zeit völlig nüchtern und ohne Drogen.

»Was macht ein erfülltes Leben aus?«, fragte Joni nun übergangslos, wie das unter ihnen üblich war, und umarmte Molly.

»Wir gehen Richtung Carnegie Hall, ich kenne ein persisches Lokal, das wird dir gefallen. Was hältst du von Liebe in jeglicher Form?«

»Das ist die Voraussetzung. Aber es braucht schon noch mehr, oder?«

»Ist es ein Männerleben oder das einer Frau? Geht es um Beziehungen oder Liebe als Begriff?«

»Da sollte doch kein Unterschied sein!«

»Ist es aber. Und gib nicht den Männern die Schuld. Ich fürchte, viel zu viele Frauen glauben, alles können, alles abdecken zu müssen. Wir erwarten von uns, Erzieherinnen, Mütter, erfolgreiche Berufstätige, Haushaltsvorstände und Liebhaberinnen zu sein, die keinen Wunsch offenlassen, schon gar nicht den der eigenen Selbstverwirklichung, den wir uns bereitwillig auch noch aufhalsen, um als emanzipiert gelten zu dürfen.«

»Wir müssen nicht alles können«, hielt Joni dagegen.

»Warum sind wir dann so kritisch, wenn eine Frau sich nur für einige Bereiche entscheidet?«

»Sind wir das?«

»Joni, für dich ist alles anders, denn dein Leben entspricht nicht der Norm einer Frau in der westlichen Gesellschaft. Meines übrigens auch nicht. Wieso fragst du eigentlich?«

»Weil Stefanie mich gefragt hat.«

»Sie ist schwanger. Alles wird anders sein, wenn das Baby erst einmal da ist.«

»Ich habe ihr gesagt, dass sie keinen zusätzlichen Druck zulassen soll. Forderungen stehen nur ihr, ihrem Kind und ihrem Mann zu. Sie kann sich eine berufliche Auszeit nehmen, die sehr viel länger und finanziell besser abgesichert ist als hier. Aber wenn sie etwas delegieren möchte, soll sie es tun.«

»Ist das nicht eine Frage des Geldes?«

»Natürlich. Aber wir reden ja immer nur von Frauen, die eine Wahl haben und diese Möglichkeit nutzen dürfen und könnten. Und ich erinnere dich daran, dass in den meisten Ländern sehr viele gesellschaftliche Zwänge zu Armut hinzukommen. Ein erfülltes Leben ist für eine Mutter von zehn Kindern, wenn sie alle nicht nur am Leben erhält, sondern ihnen auch eine Ausbildung verschaffen kann. Leichter geht das, wenn der Mann dieselben Interessen hat. Ich werde nur immer wieder darauf gestoßen, dass Geld keine Erfüllung bedeutet. Aber wir müssen uns entscheiden, was wir wollen und worauf wir verzichten werden.«

»Ohne Einschränkung funktioniert es nicht. Ich persönlich halte Verzicht prinzipiell für notwendig, um ein erfülltes Leben zu haben.«

»Worauf hast du verzichtet?«

»Auf Kinder.«

»Hast du es je bereut?«

»Nein. Entweder oder, so ist es für mich. Aber das darf nie heißen, dass ich deshalb weniger Frau bin. Wir tendieren dazu, uns selbst wegen unserer Gebärmutter unter Druck zu setzen.«

»In unserer Welt.«

»Natürlich. Du hast die Wahl getroffen, deine Kinder von der Familie deines Mannes aufziehen zu lassen und deine Kraft in andere Projekte zu stecken. Ich vermute, dass du deshalb kritisiert wirst.«

»Wenn du wüsstest«, lachte Joni, und ein kommentierter Satz, der aus den jüngsten Ereignissen hervorging, drängte sich in ihre Gedanken: *geile Schnepfe, die ihre Brut verstoßen hat.*

»Wir sind da.« Molly nahm ihren Arm. »Ich lade dich ein und erzähle dir von meinem neuen Stück für Klavier, Bratsche, Horn und Alt.«

Harvard war belebend wie immer, Joni konnte alles andere mit Leichtigkeit verdrängen und versank in ihren Lebensthemen. Sam hatte ihr eine Nachricht geschickt, dass er in den Norden geflogen war, nach Cape Dorset. Joni erreichte ihn sogar per Telefon, aber ihre vorsichtigen Fragen blockte er ab. Unsicher, ob es mit ihrem Unwissen über Nunavut, einem der Territorialgebiete der Inuit zusammenhing, erzählte sie ihm von ihren Versuchen, sich mit ihren Mythen auseinanderzusetzen. Von der Idee, dass die Geschichten aus der Vergangenheit als unumstößliche und unveränderliche Wahrheit galten. Sie spürte, dass er ihr nicht folgte. Sie hatte erwartet, ihn würde ihr Interesse freuen.

Ihr war klar, dass es an den Distanzen lag, an den spärlichen Treffen, aber diesmal nahm sie es ihm fast übel. Er hatte kein einziges Mal von ihrer Vortragsarbeit wissen wollen, seit Wochen schon nicht mehr nach ihren Kindern gefragt.

Als sich ihre Vortragswoche dem Ende zuneigte, beschloss Joni, mit dem Zug nach Boston reinzufahren und später einen Stopp bei Sabina auf dem Rückweg einzulegen, um nachzufragen, wie es Julian auf seiner Wanderung ging. Sie hatte vor, seiner Route ungefähr per Auto zu folgen, um die armen, isolierten Gegenden in den Appalachen endlich ein bisschen kennenzulernen. Sie wollte nicht zurück nach Europa, noch nicht. Vielleicht konnte sie mit Menschen sprechen, die keine Studenten waren, keine Begüterten, die überlegten, ob man der ehemaligen Außenministerin nicht einen Rüffel verpassen sollte, und die überzeugt davon waren, dass ein Typ wie Trump unmöglich gewinnen konnte. Für ihre Arbeit wünschte sich Joni einen Misserfolg des Tycoons, doch sie wollte verstehen und vor allem sehen, wie Menschen lebten und wohnten, die sich von ihm Hilfe erwarteten.

An ihrem vorletzten Abend in Boston rief Sam an. Er klang anders als sonst, nicht zornig oder frustriert, wenn Ergebnisse nicht kamen oder ignoriert wurden, wenn Fakten beiseitegeschoben wurden oder er wusste, dass zu große Lücken in ihren Analysen klafften.

»Ich war bei Paul, ich wollte ihn noch einmal vor dem Winter sehen. Das hast du dir ja gedacht.«

»Wie schön!«

»Ich habe ihm erzählt, wo seine Arbeit in deinem Haus steht, dass der Geist aus dem großen Fenster blickt, über das Tal und das Wasser, und die Frühsonne auf den gegenüberliegenden Hängen sieht.«

»Ich hoffe, du hast ihm gesagt, wie sehr ich mich freue.«

»Er hat mir seine neueste Skulptur gezeigt.«

»Und?«

»Groß. Also groß für Inuit-Kunst. Daher nicht aus Stein oder Bein, sondern aus Holz, uraltem Schwemmholz, das schon sehr ausgebleicht ist und das er zum Teil noch zusätzlich mit einer Kalklösung eingerieben hat. So ungefähr.«

»Und was stellt es dar?« Joni hörte, wie schwer es Sam fiel zu sprechen.

»Eine sehr schmale Eisbärin mit erhobenem Kopf, das Maul weit geöffnet. Hinter ihr liegen zwei Junge, Fellbündel mit spitz hervorstehenden Rippen und Hüften. Sie tragen menschliche Gesichter, verhungerte Zwitterwesen. Die Bärin fletscht die Zähne. Sie zeigt keine Angst, sie ist personifizierte Wut. Verfluchend.«

»Mein Gott.«

»Paul sagt, es ist seine letzte bildhauerische Arbeit. Es gäbe nichts mehr, was er der Gier der Menschen, ihre eigene Welt zu zerstören, entgegenhalten könne. Aber er zeichnet noch. Ich habe ihm zugesehen.«

Stocken, die Stimme wurde dünner, hart und erinnerte Joni an zerspringendes Glas.

»Er zeichnet. Er verletzt sich, und er zeichnet mit seinem Blut.«

Joni wusste nichts zu erwidern.

Das war einer dieser Kreuzungspunkte, von denen sie vermutete, dass sie wichtiger waren, als ihr gerade dämmerte. Sie war ahnungslos, ob Sam geholfen wäre mit einer Partnerin, die vor Ort war, die ihn in die Arme nehmen konnte. Brauchte er jemanden, der mehr in den Kulturen seiner unterschiedlichen Wurzeln verankert war? Er teilte seine Sorge vielleicht mit seiner Schwester, definitiv mit ihr, aber was bedeutete es wirklich?

Selbst wenn sie nichts über Inuit-Kunst wusste, waren Selbstverletzungen und Kunst nichts, was für sie zusammenpasste. Sie verstand, dass Blut eine besondere Rolle spielen konnte, aber sie konnte nicht nachvollziehen, weshalb Künstler es nutzen, warum Künstlerinnen mit Verletzungen arbeiten. Joni fehlte der Zugang, und sie wusste es. Pauls neuer Arbeitsmodus verwirrte sie, aber Sam reagierte erschreckt. Was passierte hier? Wie verstand Sam es? War die Fremdheit zwischen ihnen zu groß, um erfolgreich überbrückt zu werden?

Sie dachte darüber nach, wie Männer in bestimmten Räumen zu bestimmten Zeiten ihre Freunde und Partner waren. Georg wusste nun von allen vieren und kannte zwei. Mike wusste von dreien und kannte zwei. Lorenz wusste von zweien und kannte beide. Julian wusste von vieren und kannte keinen einzigen persönlich. Sam wusste von allen und interessierte sich vage nur für Mike. Joni vermutete, es lag an Mikes Reisetätigkeit, an der vertrauten Lebensart.

Dieses Arrangement hatte Joni ewig als praktisch empfunden, nichts fehlte ihr. Sie liebte Georg als verlässlichen und vertrauenswürdigen Vater ihrer Kinder, nichts würde die spezielle Nähe zerstören können. Sie schätzte Lorenz wegen seiner Kunst, seines Mitgefühls, seiner unbedingten Loyalität einer Handvoll Freunden gegenüber und der Art, über gesellschaftliche Probleme nachzudenken und seine Schlüsse zu ziehen, jederzeit offen dafür, eine eigene Meinung zu revidieren. Sie liebte Mike, auch weil er seit Jahren ein besonderer Begleiter war, weil er sie als emotionalen Menschen wahrnahm, sie begehrte und nie mehr verlangte, als sie gerade zu geben bereit war. Sie betrachtete Julian als jüngeren Bruder, geprägt von einer anderen Kultur und anderen Interessen, hilfsbereit und manchmal reagierend wie ein verspielter Hütehund. Sam, das erkannte sie nun, passte nicht wirklich in diese Gruppe.

Sie hatte sich verändert.

Wer sie im Augenblick war, konnte sie mit einiger Bestimmtheit sagen. Wer sie werden könnte, war offen. Da war plötzlich Angst, eine neue Furcht, die in nichts dem glich, was sie spürte, wenn etwas mit ihren Kindern nicht in Ordnung war.

Joni erinnerte sich an ein Gespräch mit Ulli vor Jahrzehnten, knapp bevor sie nach England aufgebrochen war, um ihre Dissertation fertig zu schreiben.

Sie hatte Stefanie besucht, wie üblich, mit Georg Entscheidungen besprochen, die nicht nur mit der Erziehung des Kindes zu tun hatten. Ulli war zu dem Zeitpunkt das erste Mal Mutter geworden, hatte überlegt, wie lange sie von der Arbeit wegbleiben sollte, wie lange ihr Mann Wolfgang eine Babyauszeit nehmen sollte, die damals in Österreich zwar beworben wurde, aber äußerst schwer verwirklichbar schien, wenn man nicht Beamter war. Es war realisierbar, weil die zwei ein eigenes Geschäft führten. Offensichtlich war es ungewohnter als erwartet, denn ihre Freunde sparten nicht mit taktlosen Witzen und Fragen, die verrieten, wie sehr sie einem traditionellen Rollenbild folgten und das nicht wahrhaben wollten.

»Du hast deine Entscheidung getroffen, Joni, und du lebst danach. Du machst das, wozu deine Mutter immer zu feige war, und vielleicht hast du deshalb die Kraft dazu. Aber ich muss abwägen, was ich mir leisten kann. Nicht nur finanziell, sondern auch gesellschaftlich. Unser Geschäft liegt im Speckgürtel Wiens, es gibt Pendler, aber auch noch Bauern und kleine Gewerbetreibende. Die haben schon Probleme damit, dass Wolfgang nicht mein Chef ist, sondern wir unsere Aufgaben und Pflichten gleichberechtigt aufteilen. Da wird er schnell als Würschtl eingeschätzt, wenn er nun ein Jahr daheimbleibt. Beim nächsten Kind ist es vielleicht schon anders. Aber jetzt muss ich mehr und vor allem andere Kompromisse schließen als du.«

Joni wurde bewusst, dass zwar Situationen einander ähnelten, aber von jedem Menschen anders erlebt wurden. Sie war geübter mittlerweile – anders war es in ihrer beruflichen Vermittlerrolle gar nicht möglich –, aber je mehr Bedeutung sie ihren Gefühlen für Sam zumaß, desto mehr musste sie sich mit der Andersartigkeit seiner Welt auseinandersetzen.

Gerade jetzt in dieser schwierigen Situation, die ihr Manuel eingebrockt hatte, fühlte sie sich nicht stark genug, um auf seinen Kummer über Paul einzugehen. Sam hatte als Freund jedes Recht, von ihr Zeit und Trost und Ratschläge zu verlangen. Aber stand ihr nicht dasselbe zu? Hatte sie ihm nichts von den Angriffen erzählt, weil sie mit Manuel zu tun hatten und er nie von sich aus nach ihren Kindern fragte? Wie war es, wenn beide zur gleichen Zeit Schwierigkeiten hatten? Welches Problem war wichtiger, durfte vorgereiht werden? Sie hatte den Kopf voll mit genug anderem, Sam musste warten. Aber sollte sie ihn denn nicht warnen? Joni dachte an das Foto, den Moment im Garten, als sie so glücklich gewesen waren, ohne Zweifel, einander so nahe.

Um Mitternacht ging Joni ihre Mails und Nachrichten nochmals durch: Eine Erinnerung an das Dinner am 28. Oktober mit ausgewählten Wissenschaftlern der Universität in

Boston, eine Nachricht von Georg, dass alles unter Kontrolle wäre, eine Frage von Sabina, ob Joni ganz sicher auf der Rückfahrt von Boston bei ihr vorbeischauen würde. Julian war in den Blue Range Mountains angelangt und hoffte auf ein Wiedersehen spätestens in Asheville.

Joni wusste noch immer nicht, wie sie auf Sams irritierenden Satz zu Pauls Blutzeichnungen reagieren sollte. Sie wusste nur, dass viel zu viel gleichzeitig passierte und dass ihre Fahrt ins Landesinnere nichts anderes als eine kurze Flucht war. Diesmal lief sie tatsächlich davon.

BERLIN 2005

Nichts fiel dir seit Langem so leicht wie die Reaktion auf Georgs Ankündigung. Er würde heiraten, er hatte die richtige Frau gefunden, die Kinder mochten sie, die Familie war entzückt. Gib zu, es war seltsam für dich, ihn so zu sehen, locker, permanent fröhlich, er strahlte Freude aus und erinnerte dich an den Georg eurer frühen Jahre, so, wie ihn die Seinen damals erlebt haben mussten, als eure Beziehung das Beste in euch zum Vorschein brachte.

Du warst so erleichtert über seine Nachricht. Nun würde er nicht mehr angespannt auf deine Erzählungen über Mike, Lorenz und Julian reagieren. Es war keine verdeckte Eifersucht im Spiel gewesen, seine Unsicherheit betraf die Kinder und seine Befürchtungen, Fragen beantworten zu müssen, deren Antworten ihm schwerfielen.

Dir war klar, dass Stefanie zu diesem Zeitpunkt natürlich von der sexuellen Komponente deiner Freundschaft mit Mike wusste, du wolltest das auch gar nicht geheim halten. Einmal, sie musste gerade das erste Mal verliebt gewesen sein, hattet ihr ein aus-

uferndes Gespräch über Bedürfnisse, Erfüllungen, den Unterschied zwischen Liebe und Lust, das Abwägen von Vernunft und leichtsinniger Freude. Stefanie fand am erstaunlichsten, dass du ein freies Leben führst ohne Aufsehen, dass Konventionen für dich etwas anderes sind als für die Mütter ihrer Freundinnen. Frauen und Wahrheiten hätte der Titel eures ersten Gesprächs über das Erwachsensein lauten können.
Seit zwei Tagen ist sie bei dir in Berlin. Es ist eine kleine Auszeit, bevor sie endgültig im Maturamarathon versinkt, der für sie nichts wirklich Erschreckendes bereithält. Dafür ist sie eine zu exzellente Schülerin, die sich ähnlich leichttut wie du damals. Ihr trotzt dem nasskalten Februarwetter mit einem dichten Programm, das du völlig auf sie zugeschnitten hast. Sie darf im Bett liegen bleiben, während du frühmorgens ein bis zwei Stunden in der Firma verbringst. Am ersten Tag hast du ihr noch das Frühstück in deiner winzigen Küche bereitet, aber seit gestern holt sie dich gegen zehn Uhr im Büro ab, und du zeigst ihr die ausufernde Frühstückskultur der deutschen Hauptstadt. Danach beginnt je nach Wetter eine kleine Besichtigung, ein Bummel durch Galerien und Geschäfte, Pausen in angesagten Lokalen. Du dachtest, sie würde vielleicht einen Nachmittag mit Lorenz und seiner Familie verbringen wollen, aber sie überraschte dich. Heute will sie nach Pankow, die Straße und das Haus wiedersehen, in dem sie drei Jahre gelebt hat und das in ihrer Erinnerung schlecht verankert ist.
Du fährst mit ihr in den Norden, steigst eine Busstation früher aus, links liegt das, was früher der Todesstreifen war. Stefanie hat kein bewusstes Bild von der Mauer, nur den diffusen Eindruck eines großen Raumes mit Absperrungen und schrägen Spiegeln. Es war verboten, die Geländer zum Schwingen und Schaukeln zu verwenden, daran erinnert sie sich. Du weißt

genau, wovon sie spricht: Es war euer erster gemeinsamer Grenzübertritt per S-Bahn, im Winter '88/'89. Du hattest ihr einen Zoobesuch versprochen und eine Eisenbahnfahrt, warst daher nicht im Auto über den Checkpoint Charlie in den Westen gewechselt, sondern hattest den Bahnhof Friedrichstraße genutzt. Du hattest die Halle gemeinsam mit vielen anderen Menschen betreten. Fast alle waren alt, trugen abgeschabte Koffer und Taschen. Darin, das wusstest du natürlich schon, befanden sich Geschenke für die Westverwandtschaft. Um diese Zeit waren es vermutlich Dresdener Stollen, hölzerner, manchmal ausgesprochen hübscher Weihnachtsschmuck, selbst angesetzte Liköre, Fotos von den Lieben, die nicht mitfahren durften. Du warst die einzige Mutter mit Kind. Ein Uniformierter war zu dir getreten und hatte dich in harschem Ton aufgefordert, die Tochter hätte dieses ungehörige Benehmen sofort abzustellen. Im ersten Moment war dir gar nicht klar gewesen, wovon er sprach. Dann nicktest du nur und zücktest deinen Pass. Er führte dich an den Warteschlangen der alten Leute vorbei zum gesonderten Ausgang für Diplomaten. Ab da ging es schnell, und du schämtest dich ein wenig für deinen Sonderstatus, anstatt einfach wütend auf das System zu sein.

Du bist erst nach der Öffnung Jahre später wieder mit dem Zug gefahren. Es rührt dich, dass Stefanie sich noch an die Atmosphäre erinnert, ein momentanes Splitterbild von Zeitgeschichte, selbst wenn ihr Leben nicht geprägt war von den realen Zuständen der DDR.

Sie kann sich nicht an den Park erinnern, das Schönholz direkt neben eurem Schuhkartonbungalow. Aber sie weiß noch von den Kinderfesten im Garten. Sie erinnert sich an einen Mann am Zaun, der mit ihr redete, und du erzählst ihr, es war ein thüringischer Förster gewesen, der zur Polizei gegangen war. Er schob

Wache mit drei Kollegen, vier Uniformierte, die nie mit den Stasileuten im Campinganhänger direkt am Parkrand redeten. Stefanie weiß auch noch, wie der winzige Garten hinter dem Knusperhäuschen aussah, in dem der katholische Kindergarten untergebracht war. Sie war das einzige ausländische Kind dort, die anderen kamen aus protestantischen und katholischen Familien, die meist auch noch in der Grünen Bewegung oder in sich gerade formierenden winzigen Protestbewegungen daheim waren. Stefanie war eineinhalb Jahre dort und glücklich, trotz der breiigen und einseitigen Kost.
»Kannst du dich an den Mauerfall erinnern?«, fragst du sie.
»Nein. Aber ich weiß, wie du dann mich und meine Freunde mit dem Auto rüber in den Westzoo gebracht hast.«
»Wochen danach!«
»… und einen extra Ausweis vorgezeigt hast, dass du das darfst. Das weiß ich, weil wir alle so baff waren über deine Stimme, mit der du dem Grenzler Bescheid gegeben hast. So haben wir dich vorher nie gehört. Ich weiß, dass Basti, kannst du dich noch an Basti erinnern?, Angst bekam, sie würden dich fortbringen.«
»Das war im Winter nach dem Fall. Da kamen faktisch jede Woche neue Bestimmungen raus, welche Art von Deutschen mit wem mitfahren durfte, vor allem bei Kindern waren sie streng. Aber ich hatte alle Papiere mit und außerdem Erklärungen aller drei DDR-Elternpaare.«
»Trotzdem, du hast so streng geklungen!«
»Ich konnte zu dem Zeitpunkt die Uniformierten nicht mehr sehen. Das hatte eher etwas mit mir als mit dem Grenzbeamten zu tun. Sonst weißt du nichts mehr?«
»In der Straße vor dem Bäcker hat es immer so gut süß gerochen.«
Du lachst. In die Bäckereien gingen alle gern.
Und dann steht ihr vor dem Haus. Das Grundstück ist verwahr-

lost, der Bungalow steht seit Längerem leer. Am Ende der Straße hat man bereits mit der Zerstörung der ehemaligen Diplomatenhäuser begonnen, aber noch sind die Strukturen erkennbar. Angeblich sollen hier Reihenhäuser entstehen. Für Stefanie spielt das keine Rolle. Ihr DDR-Berlin hat nichts mit dem deinen zu tun, und die vereinte Stadt ist für sie bloß das Arbeitszuhause ihrer Mutter und der Ort, wo Lorenz mit seiner Familie lebt.

Du erzählst, wie es damals war, du stocherst in Details, weil du spürst, dass deine Tochter über anderes reden will und noch nicht damit herausrückt. Erst bei einem Glas Sekt im Scheunenviertel taut sie auf.

Sie spricht über das sich verändernde Zuhause, die alt gewordenen Großeltern, den kleinen Bruder, der lästig laut werden kann, Georgs Freundin, die nun schon richtig bei ihnen wohnt und von der alten Verwandtschaft hofiert wird. Es ist sofort klar, dass nicht Sylvie das Problem ist. Stefanie mag sie, die pragmatische Art, wie sie sachte den Haushalt übernommen hat, die Freundlichkeit den Großeltern gegenüber, die offensichtlich überbordende Freude, mit der sie Manuel behandelt. Sylvie ist eine fehlerlose Fee für den Vater und den Bruder, die in Stefanie Erleichterung hervorruft und gleichzeitig eine gewisse Gereiztheit.

Deine Tochter weiß seit Jahren, dass sie Lehrerin werden will. Ihr Ehrgeiz gleicht dem deinen, brennt aber für ein ganz anderes Leben. Sie will Menschen, sehr junge Menschen vorzugsweise, bereichern und prägen. Du weißt, dass sie das Talent dafür hat, in manchem erinnert sie dich an deinen Vater.

Als wüsste sie, dass du gerade an ihn denkst, fragt sie: »Der Weltenbummleropa war doch auch Lehrer, oder?«

»Didi? Ja, ein guter sogar. Du solltest dich einmal mit ihm treffen. Schick ihm eine Mail.«

»Mach ich seit Jahren.«

Erstaunt wartest du auf mehr. Gleichzeitig erinnerst du dich, dass dein Vater dich mehr als einmal überrascht hat. Du hättest genau den richtigen Beruf gefunden, behauptete dein Vater bei einem seiner seltenen Großfamilientreffen mit Georgs Clan, genau die Nische, die auf dich gewartet hat. Ein Glückskind, fügte er dann hinzu, und du verstandest, dass er mit dir prahlte, dass er stolz auf dich war. Seitdem wischst du unbekümmerter hinweg, was in deiner Kindheit nicht wirklich gestimmt hat. Stefanie kichert. »Weißt du noch, wie ich meine erste Regel bekommen habe? Da war ich knapp dreizehn, und du hast mich sofort besucht und bist mit mir feiern gegangen.«
»Ich erinnere mich. Wir sind nach Irland geflogen, weil du dir eine Reise mit einem Pferdewagen gewünscht hast.«
»Genau. Ich hab es dem Didi-Opa erzählt, er liebt Irland, und seitdem quatschen wir regelmäßig.«
»Tatsächlich?«
»Manchmal lebst du auf dem Mond, Mama.«
»Hat er dich schon auf einen Joint eingeladen?«
»Klar.«
»Was?«
»Reg dich nicht auf. Mir wird schlecht davon, ich vertrags nicht gut. Brownies auch nicht. Papa hat mich schon gewarnt, der Didi sei ein spezieller Opa. Anders ist er halt. Aber echt super.«
»Ja, das glaub ich dir gern. Seine Schüler haben ihn übrigens allesamt geliebt.«
»Also ist es kein Problem für dich, wenn ich auch Lehrerin werden will?«
»Bist du verrückt? Warum sollte es?«
»Papa und Sylvie meinen, ich könne mehr aus mir machen.«
»Schwachsinn. Gute Lehrerinnen und Lehrer sind Mangelware. Die Kinder werden dir aus der Hand fressen.«

»Echt?«
»Ganz sicher.«
»Und du bist stolz auf mich, auch wenn ich keine Forscherin werde? Nobelpreisträgerin oder so?«
»Wieso beschäftigst du dich überhaupt mit derart abwegigen Überlegungen?«
»Du redest so super geschwollen daher, Mama. Ich möcht außerdem ausziehen von daheim, obwohl ich in Wien studiere. Das wird Geld kosten, und das hört Papa sicher nicht gern. Unser Haus ist ja groß genug.«
Sofort schlägst du ihr vor, WGs zu suchen, mit deinem Weltenbummlervater zu reden, weil du weißt, dass er seiner Enkelin einen Zuschuss geben wird, überschlägst, was du neben den Kreditrückzahlungen leicht aufbringen kannst, ohne dass sich Georg unter Zugzwang fühlt. Die Firma wächst. Du hast alles unter Kontrolle. Und du weißt, warum Georg seit Langem davon überzeugt ist, dass seine Tochter das Potenzial für eine Wissenschaftlerin hat.
Als Kind hatte Stefanie unendliche Geduld bewiesen bei der Erforschung winziger Lebewesen, der minutiösen Auflistung von Insekten, denen sie in den Wiesen begegnete, den Beobachtungen, die sie dem Mikroskop verdankte, das ihr der Vater zu ihrem zehnten Geburtstag geschenkt hatte. Stefanies Neugier auf die Frage, wie Lebensformen ineinandergriffen und einander beeinflussten, war grenzenlos. Aber genauso groß war ein paar Jahre später ihr Vergnügen dabei, Wissen zu teilen. Stefanie hatte eine Art, über Dinge zu reden, die unweigerlich andere Kinder zu interessieren begann. Joni erkannte damals, dass der Wissensdurst ihrer Tochter nur von ihrem Talent und Drang übertroffen wurde, andere für Neues zu begeistern.
Du schaust deiner Tochter direkt und ernst in die Augen, was du

normalerweise nur tust, wenn es um wirklich Wichtiges geht, und sie setzt sich aufrecht hin. Du bist so geprägt von deiner Arbeit mit Menschen aus anderen Kulturen und Regeln, die deinem Herkunftsland nicht entsprechen, dass dir gar nicht mehr auffällt, wie Menschen in deiner engen Umgebung sich sofort auf deine Signale einstellen.

»Es ist mir egal, welchen Beruf du wählst. Nur für dich darf es nicht egal sein. Überlege, ob du dich Jahrzehnte damit beschäftigen willst. Und sei dir selbst nie böse, wenn sich herausstellt, dass du dich geirrt hast. Man ändert sich. Man lernt dazu. Du solltest nur spontane Entscheidungen bei so einer wichtigen Angelegenheit vermeiden.«

»Hast du das auch so gemacht?«

»Hm. Dein Vater hat nachgedacht, er hatte mehrere Optionen, redete mit Leuten, an dem ihm etwas lag oder deren Meinung er schätzte, redete dann mit seinen Eltern. Er musste später den Diplomatenberuf aufgeben, für den er wie geschaffen war, aber er wurde ein exzellenter hoher Beamter. Er hatte die richtige Ausbildung gewählt. Dein Vater war manchmal niedergeschlagen in seinem Leben, aber nie wegen seiner Berufsentscheidung und nie wegen euch beiden.«

»Und du, Mama? Ich frage doch nach dir!«

»Ich hatte alle Möglichkeiten und wusste nicht, was ich tun sollte. Ich wusste viel zu wenig von mir selbst. Meine Eltern ließen mir jede Freiheit, aber diskutierten es auch nie mit mir. Die schnelle Hochzeit mit deinem Vater war in dem Moment das Richtige. Wir liebten uns wirklich und hatten viel zu wenig Erfahrung. Und wir waren hingerissen von dir. Aber ich bin kein guter Familienmensch. Jaja, grinse nur. Ich war ein knappes Jahr älter als du jetzt, ich habe ja ein Jahr früher die Schule abgeschlossen. Und ich war schon schwanger. Wenige Monate später

musste ich lernen, wie man einen Haushalt in einer diplomatischen Enklave organisiert, dem Partner den Rücken freihält, sich in einem Leben mit Geheimpolizei und Überwachung einrichtet. Das Erste und Wichtigste lernte ich quasi aus dem Bauch heraus, und es erstaunte mich, denn ich habe mich nie leichtgetan, Freunde zu finden. Aber nun, weit weg von Ulli und deinen Großeltern, erwachte anscheinend mein Überlebensinstinkt, und ich erkannte, dass ich nicht mehr so alleine weitermachen konnte. Mit Megumi und Mike an meiner Seite führte dann eins zum anderen.«

»Und du hast Papa verlassen.«

»Ja. Dich ungefähr drei Jahre später.«

»Du bist an meinem ersten Schultag da gewesen.«

»Es ging sich haarscharf mit meinen Prüfungsterminen aus.«

»Und als du nach Oxford gingst, hast du mich jeden Monat besucht.«

»Du hast es mir selten übel genommen.«

»Ich hatte ja die Oma, den Opa, den Papa, die Tanten. Das war nicht schlecht.«

»Aber du warst in der Volksschule das einzige Kind geschiedener Eltern, das beim Vater aufwuchs.«

»Ach, das hat Papa ja sogar genossen, wenn er zu den Sprechstunden kam. Wie der angehimmelt wurde!«

Du weißt, dass es nun so weit ist: »Und was beschäftigt dich jetzt? Ich meine im Bezug auf deinen Vater?«

»Er hat doch Sylvie, die Neue.«

»Mhm.«

»Sie ist wirklich toll.«

»Fein für ihn, fein für alle.«

»Er will sie heiraten. Sie will auch. Unabhängig voneinander haben sie mich gefragt, was ich davon halte.«

»*Was hast du gesagt?*«
»*Gar nix. Dann hab ich gefragt, warum.*«
Du lachst kurz.
»*Mama, der Manu ist noch so klein. Wenn du länger nicht kommen kannst, wird er dich vergessen, weil sie immer da ist.*«
»*Ist sie gut zu ihm? Auch wenn dein Vater nicht in der Nähe ist?*«
»*Sie ist in ihn verknallt. Ich wette, sie hat sich in Papa wegen ihm verliebt.*«
»*Was sagt die Oma zur Hochzeit?*«
»*Die weiß noch nix.*«
»*Ich weiß es vor ihr?*« *Zwei Möglichkeiten schießen dir durch den Kopf. Georg ist sich seiner selbst nicht sicher und versucht, seine Tochter entscheiden zu lassen. Oder er will, dass Stefanie die Botschaft überbringt, weil er nach so vielen Jahren und der zweiten Trennung von Joni damals nicht weiß, wie er es seiner eigenen Mutter beibringen soll.*
Stefanie beobachtet dich erwartungsvoll. Du bist die Problemlöserin, du verdienst eine Menge Geld damit, etwas auf den Punkt zu bringen und andere dazu, sich mit Vorschlägen auseinanderzusetzen.
»*Was hältst du davon: Ostern ist dieses Jahr in der letzten Märzwoche. Du hast alles für deine Matura unter Kontrolle, du kannst also die Ferien genießen. Wenn ich ein Osterfest für uns alle in Vejer organisiere, mit euch Kindern und Georg, der Sylvie mitbringen wird, würde das deine Bedenken zerstreuen?*«
»*Das ist in sieben Wochen.*«
»*Mhm.*«
»*Aber wie machst du das –*«
»*Mein Problem. Sag ihm, du findest es super, wenn er heiratet. Tust du doch?*«
»*Ja.*«

»*Dann freu dich mit ihm, wenn er es der Familie verkündet. Und dieses Gespräch bleibt unter uns.*«

»*Und wenn er mich fragt, ob wir jetzt in Berlin darüber geredet haben?*«

»*Du sagst ihm nur die halbe Wahrheit: Du hast mit mir über Sylvie geredet und gefragt, was ich von ihr halte. Und ich kann dir guten Gewissens sagen: Alles, was ich bis jetzt über sie gehört habe, von der Oma, von Georg, von euch Kindern, war sehr vertrauenerweckend. Er wird sich so freuen, dass er vermutlich übersieht, wie du ausgewichen bist.*«

»*Er ist Diplomat gewesen!*«

»*Und? Ich hab mehr Erfahrung in dem Bereich.*«

Du bist jetzt in bester Laune, um ein kleines Schwarzes für Stefanie auszusuchen, in dem sie bei ihrer mündlichen Abschlussprüfung und der Feier brillieren kann. Abends rufst du Georg an, fragst, als käme es dir gerade in den Sinn, was er eigentlich davon halte, oder ob das seiner neuen Freundin zu viel an Nähe sei, aber das Haus und Grundstück in Vejer seien groß genug, er kenne es bisher auch nur von Fotos, vielleicht wolle er es als Ausgangspunkt für eine kleine Tour benutzen, oder habe sie ihn da missverstanden bei ihrem letzten Treffen vor Weihnachten?

»*Lass mich darüber nachdenken*«*, antwortet er, und du wechselst das Thema.*

Er ist dir nicht mehr so vertraut wie früher, das ist gut. Die Kinder sind eure Brückenköpfe. Ob Sylvie das klar ist? Oder ist dir nicht klar, dass du eine weitere Variante des Rückzugs erleben könntest? Du hast einen kleinen Sohn, den du abgöttisch liebst, auch wenn dir das viele nicht glauben würden. Nun nähert sich eine Frau, die sein Leben mitformen wird, die vielleicht immer da ist, wenn du fehlst. Es ist nicht so wie bei Stefanie, die dich die ersten acht Jahre fast immer um sich hatte, die sich da-

rauf verlassen konnte, dass du angeflogen kamst, wann immer du es versprochen hattest, und dass die Anzahl der Wochen dazwischen gering war. Manuel hat seit seinem Krippenalter eine Besuchsmutter. Mehr bist du nicht.

Georg hat einmal gesagt: »Lass dich nicht kleinkriegen von Leuten, die dir das Wasser nicht reichen können. Viele, die so denken, sind neidisch, weil du lebst, wie sie es gern würden, ohne dafür bezahlen zu wollen, wie du es tust.«

Stefanie strahlt neben dir. Es ist euer letzter Tag, ihr seid gerade in der gläsernen Kuppel des Reichstags die Spirale hinaufgewandert, und sie hat die ganze Zeit geredet, erzählt, geteilt. Du hoffst, dass du dich noch Jahre später daran erinnern wirst und dass es für sie ebenfalls ein Souvenir wird, das euch über Jahrzehnte hinweg verbindet. Du wirst sie diesen Abend noch zum Flughafen bringen. Sie weiß noch nicht, dass dein Plan aufgehen und es zu Ostern ein großes Wiedersehen und Kennenlernen geben wird, das soll ihr Georg verraten. Sie wird lernen und ihren Schulabschluss machen, sie wird einen strahlenden Sommer vor ihrem Studium verbringen und ausziehen von daheim. Sie wird das Studentenleben kennenlernen, andere Menschen, Männer. Sie wird erwachsen werden und irgendwann einmal vielleicht diese Stunden in der Kuppel erwähnen.

Nach Providence fuhr sie Richtung Südosten nach Swansea Beach. Es war ein strahlender Vormittag, die Blätter leuchteten bereits golden, Astern und Chrysanthemen glühten in sattem Bordeaux und Flieder vor den Haustüren der weißen Holzhäuser. Die Stadt zog sich zurück, Fabriken tauchten auf, verschwanden wieder. Noch konnte Joni das offene Meer nicht sehen, aber sie hatte recht daran getan, die alte Providence Road im Süden der Autobahn zu wählen: Schwemmland, auf abgeflachten Hügeln ausladende Bäume, ein mäandernder Fluss, schon breit, weil er in wenigen Kilometern in einer seichten Bucht aufging, Salzgräser an Uferbänken, ein Golfplatz. Zwischen leeren Feldern erhoben sich Fabrikhallen und Shoppingmalls, hinter einem Wäldchen tauchte eine Polizeistation auf, ein Holiday Inn. Wohnstraßen zweigten zu beiden Seiten ab, gesäumt von niedrigen Häusern und menschenleeren Vorgärten. Joni folgte der Wegbeschreibung Richtung Süden, fuhr eine Straße entlang, die sie direkt zur Brücke hinüber nach Ocean Grove brachte, bog nach rechts ab und folgte der Strandstraße bis zu Sabinas Haus. Die Kieseinfahrt war breit genug für mindestens zwei Lieferwagen. Eine Halle verdeckte die Sicht auf die Bucht, alte Ahornbäume säumten die Grundstücksgrenze, hinter der ein Laden seinen bunten Schnickschnack feilbot. Joni drückte kurz auf die Hupe und stieg aus. Der Himmel war nun tiefblau gefärbt, und in der Werkstatt hörte eine Maschine zu brummen auf. Sabina kam aus der Tür und winkte Joni zu sich.

»Komm, komm! Ich muss dir unbedingt etwas zeigen. Altes Palisanderholz, ich habe es im Depot einer alten Tischlerei entdeckt, die dichtgemacht wurde. Es muss dort seit Jahrzehnten gelegen haben, kannst du dir das vorstellen? Ein Schatz.«

Sie umarmte Joni stürmisch und zog sie zu einer eingespannten Platte. Die typische Maserung von dunklen Ringen in V-Formation und fast schwarzen Augen in dem honigbraunen Holz ließ Joni fast straucheln.

»Das ist wie bei meiner Tante. Sie hat sich eine elegante Kommode, einen Tisch und sechs Sessel vor meiner Geburt machen lassen. Es war der absolut letzte Schrei und passte überhaupt nicht zu ihrer Art, zu ihrem Puppenhaus. Sie sagte, es wäre exotisch-tropisch. Es hätte nichts mit Eiche, Buche, Birke zu tun, und genau deshalb wollte sie es. Dazu ließ sie eine extra Stromleitung für zusätzliche Lampen verlegen und strich die Wände dazu in Türkis. Sie nannte es ihren kubanischen Salon, und niemand in der Stadt verstand, wieso, und was sie, diese anspruchslose Person, dazu gebracht hatte.«

»Was steckte dahinter?«

»Wir erfuhren es nie. Aber Tante Federspiel hat dafür ihr mütterliches Erbe hergegeben. Damals, so kurz nach der Besatzungszeit, war das unglaublich und regte die Leute richtig auf.«

»Besatzung?«

»Österreich war zehn Jahre von den Siegermächten besetzt. Und unsere Region war russisch, also verarmt und ausgenommen wie das letzte Suppenhuhn.«

»Wieso hatte sie dann Geld?«

»Sie verkaufte, nachdem die Soldaten weg waren, als die Republik wieder ohne innere Grenzen installiert worden war, einen Waldanteil und ihre Fischereirechte am Fluss. Palisander hat deshalb für mich etwas Magisches, obwohl es nicht zu meinen Lieblingen gehört. Es verbirgt sich einfach ein Geheimnis dahinter, das nicht gelöst werden konnte.«

»Kubanischer Salon?«

»Sie war nie von daheim weg. Sie hatte ihren Zaubergarten, ihre verpachteten Ackergründe, ein einfaches Leben ohne Reisen, ohne Aufregungen. Sie liebte meine Mutter, hielt aber trotzdem wenig von ihrem Lebensstil. Und sie liebte mich. Mich, ihre Blumen und ihre Bücher.«

»Was für Bücher?«

»Sie hatte mehr Bücher, als man damals einer Landfrau zugetraut hätte. Viel mehr. Ihre Lieblinge waren Goethe, Lessing, die antike Sagenwelt und außerdem Hemingway. Ich erinnere mich, *Der alte Mann und das Meer* beeindruckte sie ungemein. Manchmal, wenn sie mir auf der Gartenbank vorm Haus eine Geschichte erzählte, wurde aus einem bodenständigen Märchen plötzlich eine Episode aus dem Leben von Hemingways Santiago, als wäre er ein Nachbar und als läge der Ozean hinter den Hügeln unserer Stadt. Er wurde so wirklich durch sie, er –«

»Was fällt dir gerade ein?«

»Es spielt auf Kuba.«

»Du meine Güte.«

Joni starrte fassungslos auf das Holz. »Das ist es. Tante Federspiel hat sich eine Romanfigur als imaginären Partner erwählt.«

»Sie hatte Geschmack.«

»Das passt zu ihr. Ihr Leben war so prächtig, voller Türen in Erfundenes, ein fantastisches Refugium, das keiner von den Erwachsenen wahrnahm oder überhaupt wahrnehmen wollte. Sie vermittelte Sicherheit und war eine starke Frau, auch wenn sie keine wichtige Rolle in der Gemeinde spielte. Sie war authentisch und kümmerte sich wenig um Tratsch. Kein Wunder, dass wir kleinen Mädchen sie als Königin empfanden, obwohl sie eine fleckige Kittelschürze trug und sonntags ihr einziges Paar geschlossene Schuhe zum Brokatdirndl.«

»Wer wir?«

»Meine Freundin Ulli und ich. Wir haben sehr viel Zeit bei ihr im Garten verbracht.«

»Sie muss dir sehr viel bedeutet haben.«

»Ich glaube, ich konnte die werden, die ich bin, nur weil es sie als meine Erzieherin gab.«

»Und deine Mutter?«

»Sie war anders, berufstätig, finanziell unabhängig und geistig abwesend. Sie war eigentlich keine Feministin, zerbrach sich nie den Kopf über Gleichberechtigung, weil sie sowieso in allem ihren Kopf durchsetzte. Sie war bloß keine Mutter.«

Als Joni nach einem wunderbaren Wochenende mit Sabina und bei ihrer Familie weiterfuhr, hatte sie neben Julians genauem Plan seiner letzten Etappe und dem ausgemachten Treffpunkt in der Nähe von Asheville am 6. November die Gewissheit, einer besonderen Frau nähergekommen zu sein. Sabinas Talente eröffneten sich einem erst, wenn sie sich dafür Zeit nehmen wollte und einen Austausch voller Interesse und Aufmerksamkeit zuließ. Erst jetzt fiel Joni auf, dass sie die ganze Zeit in diesem Haus an der Mount Hope Bay kein einziges Mal an die Gemeinheiten gedacht hatte, die seit drei Tagen im Netz eine weitere Krönung speziellen Gifts verspritzten und ihren Namen auf fürchterliche Weise publik machten.

Sie verließ Rhode Island und querte Connecticut so schnell wie möglich. Westlich vom Hudson suchte sie sich ihr erstes Nachtquartier und rief Pierre an. Die Anzeige gegen Unbekannt würde bald den richtigen Adressaten zugesandt werden können. Die Polizei habe bereits mit ihrer Arbeit begonnen, es wären wohl einige Verdächtige. Georg hätte auch die Nötigung seines Sohnes zum Thema einer Zusatzklage gemacht. Da die Firma genannt worden war, ging es nun um Verleumdung, Rufmord, Schädigungen. Die Obszönitäten und verbalen Übergriffe waren zweitrangig, dass sie allzu bereitwillig von hasserfüllten Typen geteilt worden waren, ebenfalls. Es würde definitiv zu einem Verfahren kommen, es würden nicht nur die zwei Männer dafür zur Verantwortung gezogen, die mit der Hasskampagne begonnen hatten.

Joni rief Georg an. Es war, als ob ihr Fall plötzlich zu einem Thema geworden war, das von ihr nicht mehr beeinflusst werden konnte, dachte sie, als sie die Liste der Rechtsanwälte hörte, die Reaktion der Polizei (ebenfalls alles Männer), von den Telefonaten zwischen Pierre und Georg.

»Soll ich kommen?«

»Nein, wir haben alles im Griff. Und ich beziehungsweise das Außenministerium ist schon aus der Schusslinie.«

Natürlich, dachte Joni, widersprach jedoch nicht. Nicht verkneifen konnte sie sich jedoch, dass sie eingebunden sein wollte, weil es schließlich sie anginge, und dass sie sich um Manuel Sorgen machte.

»Das verstehe ich, Joni, aber es reicht, wenn du nach deiner Rückkehr nach Europa einmal in Wien vorbeischaust. Pierres Büro wird dich auf dem Laufenden halten. Ich würde dir einfach raten, dass du keine Foren besuchst, auf denen die Postings hochgeladen wurden. Ignoriere es.«

»Das kann ich nicht.«

»Du hattest gerade eine tolle Woche in Boston, vermutlich trudeln bei dir die spannendsten Anfragen ein, die dich nächstes Jahr auf Trab halten werden. Lass dich nicht kleinkriegen! Schon gar nicht von solchen Typen.«

Von Kleinkriegen konnte keine Rede sein. Mit Bedrohungen und Beschimpfungen hatte sie schon zu leben gelernt, wenigstens kurzzeitig, ortsgebunden und nicht ganz so widerwärtig. Aber für Manuel war es neu. Er würde sie brauchen. Noch sandte er schwarzhumorige Nachrichten, tat an manchen Tagen, als schwebte er in einem angrenzenden Universum, an anderen spürte sie die Verunsicherung und die Scham und bot ihm Rat und Unterstützung an, die er nicht nutzte. Er war überfordert von der Situation, die er verursacht hatte. Joni wollte nicht, dass er zusätzliche Schuld auf sich nahm.

»Ich werde am 10. oder 11. nach Europa fliegen, wenn es irgendwie geht, sofort nach Wien kommen«, erklärte sie Georg und beendete das Gespräch abrupt. Sie konnte es nicht ausstehen, dass er mit ihr redete wie mit einem Kind, auch wenn er es nur gut meinte. Vom Gut-Meinen hatte sie die Nase voll.

Die Reise die Appalachen entlang deprimierte sie nur. Natürlich war die Landschaft beeindruckend in ihrer Unaufgeregtheit. Sie faszinierten die winzigen Orte, geprägt von bäuerlichem Umfeld, die Klinkerbauten in den Bezirksstädten, die umgeben waren von wohlhabenden Höfen der Amischen. Waren zu Beginn noch Wahlplakate beider Parteien fast gleich häufig verteilt, änderte sich das, als sie in die Regionen kam mit ihren aufgegebenen Bergwerken, den Tälern mit schlechtem Ackerboden und keinen wirtschaftlichen Perspektiven. An manchen Orten hörte sie die Schritte der Verschwundenen, die Geisterstille hinter den Wänden der verlassenen Häuser. Renovierungsbedürftige Katen waren geschmückt mit Aufrufen, Trump zu wählen, in den Vorgärten steckte sein Pappkopf mit hochgerecktem Daumen in der Erde. In den Pubs und heruntergekommenen Diners gab es keine Diskussionen wie in früheren Wahljahren, sondern

Grollen und brütendes Schweigen, vor allem einer Fremden gegenüber.

Diese Menschen hatten nichts mit den saturierten Paaren zu tun, die ihr in New Yorks edlen Pendlerstädten bei einer Einladung vorgestellt worden waren, mit Männern in Boston, deren feiner Anzugstoff schon verriet, dass sie aus ganz anderen Gründen gewillt waren, ihre Stimme Trump zu geben. An der reichen Küste hatte sie das bis zu einem gewissen Grad spannend gefunden, aber hier war, sobald der gute Ackerboden sich in viel zu dünn aufliegende Muttererde verwandelte, die Hoffnungslosigkeit der Armen zu sichtbar.

Hätte sie nicht Julian versprochen, ihn in einem Städtchen nahe Asheville zu erwarten, wäre sie umgekehrt.

Die Wälder hatten begonnen, sich zu verfärben, über den Smoky Mountains im Süden hingen Wolken, die Federschlangen glichen. Es war schön, erinnerte sie ein wenig an den Wienerwald, vor allem wegen der unerwarteten Schluchten, die sich immer wieder eröffneten, den Weilern, in denen sie keinen Menschen sah. Die Idylle war nur vordergründig, eine Schleierfassade, die den Blick auf Armut und Hoffnungslosigkeit inmitten der Herbstpracht der Hänge bloß verschärfte. Wenn eine kurze Stadtstraße, gesäumt von den Villen längst vermoderter Bergwerksbetreiber und Waldbesitzer, ihre Aufmerksamkeit fesselte, blieb sie stehen, fand immer einen Geschäftsraum, der von einer Bürgerinitiative zur Sanierung des historischen Ortskerns bezahlt wurde, eine ältere Frau, die sie herumführte und längst vergangene Geschichten erzählte, einen älteren Mann, der ihr Bücher zur Region anbot, die in dem von der Initiative geführten Coffeeshop auflagen. Das Bemühen war so rührend und gleichzeitig so begeisternd, denn diese Orte lagen weit weg von den

Touristenrouten. Joni spendete großzügig, fuhr weiter mit Stapeln von Bildbänden, die sie alle abends durchblätterte und Sabina zu überlassen gedachte.

In wenigen Tagen wollte die junge Frau mit dem Flugzeug nachkommen. Joni dachte noch immer an dieses großartige Wochenende in der Tischlerei. Sabina hatte sie am Sonntag zu ihren Eltern gebracht, wo Joni im Kreis einer fröhlichen Familie Halloween gefeiert hatte, sehr amerikanisch, sehr laut, mit kreischenden Kindern, die kostümiert von Haus zu Haus zogen. Selbst Joni war verkleidet worden, steckte in einem Baumkostüm, aus dem überall biegsame Stoffzweige hingen, und trug einen Vogelnestkranz mit Plastikpapagei im Haar. Stunden hatte sie nicht an die Vorfälle gedacht, an Manuel und die Firma. Wie dankbar sie Sabina dafür war.

Ein anderer Raum, ein anderes Leben. Strömungen, die mitrissen oder sanft in Unbekanntes trieben. Vielleicht war ihr geliebter Wassertraum nichts anderes als eine Erklärung ihres Lebens. Menschen sind wie Gedichte, hatte Sam einmal gesagt, verdichtete Erzählungen. Dann sind Menschengruppen nichts anderes als sich bewegende Dialoge vor dem Hintergrund unhörbarer Monologe, dachte Joni und was für ein Glück sie hatte, Teil von so vielem zu sein, trotz aller Spannungen in diesem Land, der sich verhärtenden Fronten so viele liebevolle Menschen zu kennen. Es war eine gute Entscheidung gewesen, den erschöpften Freund in den Bergen zu erwarten, die Wahlnacht mit ihm und seiner Freundin zu verbringen. Sie wollte wissen, wie es ihm ergangen war, ob ihm das Wandern so half wie ihr.

Am 6. November, nach fünf Tagen, in denen sie dem Bogen der Appalachen gefolgt war und drei Bundesstaaten gequert hatte, überfuhr sie die Grenze zu North Carolina und bog am frühen Nachmittag vom Highway ab, wechselte auf eine Überlandstraße und fuhr in ein Tal hinein. Ein fast flacher Kessel lag vor ihr, eine Tankstelle neben einer Autowerkstatt, eine Mall mit Wänden voll abblätternder Farbe, ein Motel mit eingezäuntem Pool und zu beiden Seiten abgeerntete Felder begrüßten sie. Dann tauchten Bungalows auf, eine zweite Häuserzeile, die Bauten wurden hier zu hübschen Villen mit Holzveranden. Ein gepflegter Platz tauchte auf, Geschäfte, ein Rathaus, zwei winzige Kirchen versprachen mehr, als Joni erwartet hatte. Es gab eine Touristeninformation, im Schaufenster hingen ausgebleichte Poster von Kajaks auf weißem Wasser, Kletterer mit bunten Helmen in einer Felswand, in manchen Vorgärten steckten Schilder, die Räume anpriesen und darunter befestigt die frohe Botschaft »Occupied«.

Die Straße stieg an, und oben auf einem Hang sah Joni schon das herrschaftliche Haus, das sich ein kleiner Magnat vor hundert Jahren als Sommersitz hatte erbauen lassen, als das nicht weit entfernte Asheville von den Superreichen entdeckt wurde und die Blue Ridge Mountains sommerlich kühle Wohnorte für wohlhabende Küstenbewohner boten. Die Fotos im Internet hatten nicht gelogen. Das Hotel wirkte größer, als es war, ein für Thanksgiving verschwenderisch mit Kürbissen geschmücktes Hideaway ohne Rummel lag vor Joni.

Eine Nacht an so einem Ort würde sie mit Leichtigkeit durchhalten und parkte ein. Sie hatte zwei nebeneinanderliegende Zimmer mit Blick ins Tal gebucht, außerdem einen Tisch auf der Terrasse für das Abendessen reserviert. Julian sollte schon längst oben auf dem Bergkamm entlangwandern oder den Abstieg begonnen haben. Noch gab es keine Nachricht von ihm auf ihrem Handy, doch Manuel hatte geschrieben:

liebe mummy, ich war bei der polizei und haben denen
alles erzählt. Es tut mir schrecklich leid, dass ich das alles
ausgelöst habe und ich hoffe, die anwälte erreichen
eine schnelle schließung. In der schule reden ein paar
leute nicht mehr mit mir, was mir wurscht ist. Ein paar typen
labern mich auf dem weg manchmal an, aber sorg dich
nicht, der papa weiß bescheid, die polizei auch und ich
hab dich lieb.

> Liebster Manu, ich sorg mich nicht, ich hätte aber
> gerne, dass du nicht mehr alleine irgendwohin gehst.
> Auch nicht, wenn du mit Öffis unterwegs bist. Ich
> lande spätestens nächsten Sonntag in Wien.
>
> Bussi Mama

Er hatte auch ein Foto mitgeschickt, etwas, das er wirklich selten tat, daher wusste sie es umso mehr zu schätzen. Sie sah ihn an, sah den Mann, der er werden konnte, sie ahnte, wie er als Erwachsener aussehen würde. Wie üblich, wenn er nicht klettern oder schwimmen war, hatte er das Haar sorgfältig nach hinten gekämmt und gegelt. Es hatte die Farbe von nassem Stroh, und Joni wusste, dass bald die ersten Spitzen wie ein Lanzenheer steif hochstehen würden. Er konnte sich fürchterlich darüber aufregen, während Joni keine Miene verzog und Liebe sie überwältigte.

Die Dämmerung brach ein, als Julians Nachricht einging.

Er befand sich bereits am Ende einer schlecht asphaltierten Forststraße, die hinunter in das Städtchen führte. Joni schrieb Sabina, setzte sich in den Wagen und fuhr hinauf in den Wald.

Wäre sie Julian in New York begegnet, hätte sie ihn fast nicht erkannt. Seine Haut war tiefbraun von der Sonne, er hatte die Haare mit einem Band zu einem Pferdeschwanz gebunden, sein Hut wies tief dunkle Schweißflecken auf, seine Schuhe waren verkrustet. Um den Hals hatte er ein Handtuch gelegt, eine Flasche baumelte am Rucksackriemen, das T-Shirt war am Saum tief eingerissen. Sein Schritt war immer noch raumgreifend und dynamisch, alles an ihm wirkte sehnig, kein bisschen müde. Sein Mund verzog sich zu einem Lächeln, dann strahlte er und breitete die Arme aus. Allein dafür hatte sich Jonis Reise gelohnt. Sie fielen einander in die Arme. Seine Haut an der gespannten Unterlippe riss, ein Tropfen Blut trat hervor, verschwand im Bartgestrüpp, das offensichtlich älter als drei Tage war.

»Du hast es geschafft! Du hast es tatsächlich geschafft!«

Er nickte nur und strahlte weiter.

Erst als sie zurückfuhren, roch Joni Julians Ausdünstung, herb und ungewohnt sauer. Es hatte so gar nichts mit ihrem städtischen Julian zu tun, dem eleganten Manhattan-Mann und Anwalt.

»Du hast Sabina besucht, sie hat es mir erzählt«, sagte er.

»Ja.«

»Und ihr mögt euch.«

»Ja.«

»Ich wusste es. Sie ist ein Solitär wie du, und sie weiß ganz genau, was sie will. Sie braucht sehr viel Freiraum.«

»Tatsächlich?«, lächelte Joni. Der Parkplatz tauchte auf.

»Ja. Ich werde zu ihr ziehen.«

Joni lachte. »Und hältst du das für klug, nach dem, was du mir grad erzählt hast?«

»Was ist schon klug am Anfang einer Liebe. Ich will sie richtig kennenlernen, ich will in ihrer Nähe sein, ich will mein Leben mit ihr teilen. Das ist übrigens ein wunderschönes Hotel.«

»Wir treffen sie morgen Vormittag in Asheville, direkt in dem Hotel, das sie ausgesucht hat, und ich sage dir gleich, es ist nicht das Biltmore Estate, das du vermutlich gewählt hättest. Heute Abend gehörst du mir, nach einer ausgiebigen Dusche, mein Freund. Morgen lasse ich euch alleine, bis die ersten Wahlergebnisse ausgestrahlt werden. Dann hocken wir gemeinsam vorm Fernseher, und ich hoffe, wir können feiern. Und übermorgen verlasse ich euch und rate dir, Sabinas Freiräume nicht zu beschneiden, selbst wenn du bei ihr wohnst und ihr Lehrling wirst.«

»Das werde ich nicht, Joni. Ich habe eigene Ideen, der Trail hat mir wirklich geholfen, ich weiß ganz genau, was ich will.«

»Deckt es sich mit dem, was sie will?«

»Sie will Kinder, Joni. Kinder von mir.«

Joni lächelte.

»Du hast es gewusst?«

Sie nickte. »Sie nennt dich ihren liebsten alten Knacker, und ich warne dich, versau es nicht.«

Und dann verschwand Julian unter seiner Dusche, traf sie in sauberer Jeans und Hemd wieder, und ihr gemeinsamer Abend begann.

Später würde Joni mit großer Dankbarkeit daran zurückdenken. Sie würde sich an das stundenlange Gespräch erinnern, die Vertrautheit, mit der sie und Julian die Erlebnisse der letzten Monate teilten, die Überlegungen, die sie einander schenkten. Er war so glücklich und gleichzeitig auch so stolz, dass er monatelang in den Bergen ausgehalten hatte, jede Situation bewältigt hatte, sich das erste Mal in seinem Leben darauf eingelassen hatte, Zeit mit sich, ganz alleine zu verbringen und nachzudenken, womit er die vergangenen Jahre verbracht hatte und was er nun für den Rest seines Lebens ganz anders tun wollte.

Sie würde sich an die kurze Fahrt nach Asheville erinnern, das Häuschen, das Sabina am Hang im Norden der Stadt gemietet hatte, mit Blick über das Tal im Sonnenschein, während erste Wolken über den Great Smoky Mountains hängen blieben, an die Freude, die das Paar ausstrahlte, an das Essen vom Inder, das sie gemeinsam aufwärmten und zu essen begannen, während die Fernsehübertragung lief.

Sie würde sich an die entsetzte Stille gegen Mitternacht erinnern, wie sie den Champagner zurück in den Kühlschrank stellten. Sie würde sich an den Schock erinnern, der sie in dieser Nacht wachhielt, während sie versuchte, Anschlussflüge zu finden und ihre Heimreise zu organisieren.

Sie würde sich an den Spaziergang im Zentrum der Stadt erinnern, als sie die Demonstration junger Frauen erlebten, wenige Stunden, bevor Hillary Clinton das erste Mal sprach und sich vor allem an die Frauen des Landes wandte. Sie würde von Julian und Sabina zum Flughafen begleitet werden, von einer ermüdenden Mischung aus Trauer und Zorn erfüllt, und trotzdem voll dickköpfiger Hoffnung, auch weil es so schön war, die beiden zu beobachten.

Sie würde oft an diesen 8. November denken, und an den Tag des Abschieds danach, an den Flug nach Philadelphia, die mühsamen Stunden der Wartezeit, in denen sie nicht fähig war, ihren Laptop zu öffnen und richtig zu arbeiten, sondern nur auf ihrem Handy surfte, um die Stimmung weltweit aufzunehmen. Die Nacht war mittlerweile hereingebrochen, der 9. November verging, und sie wartete auf den Aufruf zum ersten Flug nach London um drei Uhr früh, den sie noch ergattert hatte. Georg hatte sie kurz angebunden angerufen, sie möge doch bitte von London nicht nach Berlin fliegen, sondern sofort nach Wien. Ihre Anwesenheit wäre dringend notwendig.

Er hielt sich ungewohnt bedeckt und weckte Bedenken. Etwas war nicht in Ordnung, seine Stimme klang belegt. Auf ihre Frage, ob Stefanie gesundheitliche Probleme hätte, reagierte er überzeugend. Während sie noch nach den Schwiegereltern fragte, kam die Stewardess und bedeutete ihr zum zweiten Mal, das Handy endlich auszuschalten. Es kostete sie so viel Überwindung. Was war passiert? Aber er wäre sofort damit herausgeplatzt, wenn es um Zdenka oder den noch gebrechlicheren Vater gegangen wäre. Sie hasste es, nicht genügend informiert zu sein. Kaum waren sie in der Luft, öffnete sie ihren Laptop und versuchte, sich mit Arbeit abzulenken. Immer wieder drängten sich Bilder vor, krude Ideensplitter, allesamt viel zu übertrieben, grelle Momentaufnahmen von Anschuldigungen, Verhören, Anwälten, die Antworten suchten, die sie nicht geben konnte. Albtraumhaft.

Sie würde sich immer an diesen Flug erinnern, an die Sorgen, die sie sich um etwas machte, das sie nicht beeinflussen konnte.

Sie würde sich erinnern, wie sie sich zur Vernunft ermahnte und in London sofort umbuchte, Georg nicht erreichen konnte, ihre aufflammende Wut, weil er das Handy abgeschaltet hatte. Doch sie wollte Pierre nicht wecken.

Sie würde sich erinnern, wie sie eine Nachricht an Georg mit ihrer Ankunftszeit tippte und dass sie nie wieder akzeptieren würde, wie er diesmal mit ihr umgegangen war. Erst in dieser letzten Stunde, als sie das Gefühl hatte, auf der Stelle zu treten, während die Maschine Richtung Südosten raste, fiel ihr ein, dass Georg auf die Frage nach den Kindern nur den perfekten Zustand des kommenden Babys und der werdenden Mutter bestätigt hatte.

Oh blackness blackness dragging me down

Danach gab es nur Furcht und unglaubliche Wut. Nichts konnte schnell genug sein, niemand konnte sie schneller dorthin bringen, wo sie eigentlich sein wollte, sein musste. Es gab keine Möglichkeit, das Vertropfen der Minuten zu beschleunigen. Sie war hilflos, sie war allein, sie war auf sich gestellt, auch wenn ihr Verstand registrierte, dass eine Handvoll Menschen sicherlich an sie dachte.

Es änderte nichts an ihrer Einsamkeit und dem brennenden Wunsch, es nie wieder erleben zu müssen. Sie war an ihrem schlimmsten Ort gelandet, sie atmete nur Dunkelheit.

**MITSCHNITT AUS DER VERNEHMUNG
DES OPFERS BEPPO LINHARD
AM DONNERSTAG, 10.11.2016**

Beppo Linhard (* 8.6.2000 in Wien), Schüler, Freund und Begleiter des Opfers zur Tatzeit, willigt um 10:23 Uhr in die Aufnahme ein.

Wir wollten von der U6 in die U4 umsteigen. Wir waren zu spät dran, eigentlich hätten wir mit der Klasse ins Haus der Literatur fahren sollen, aber ich hatte noch einen Zahnarzttermin wegen meiner Regulierung. Ich hatte mir am Abend vorher wehgetan, und Mama wollte das sofort kontrolliert haben. Manu begleitete mich, weil ihm noch nicht nach Schule war. Wir wollten dann am Schwedenplatz umsteigen.

Schon beim Warten auf die U6 fielen mir die Typen auf, aber ich dachte mir nichts dabei. Sie waren zu viert, zwei in unserem Alter, zwei sicher schon an die dreißig. Glaub ich. Älter halt. Als wir einstiegen, kam einer von den Jungen hinter uns her, zwängte sich noch bei der Tür rein und fragte:

»Wer von euch ist der Lanka-Sohn?« Aber er schaute nur Manu an dabei.

Manu wurde ganz weiß.

»Sag's deinem Vater. Gleich. Schreib's ihm sofort«, hab ich gesagt, und das hat er auch getan. Die Typen kamen nicht näher, fingen nur an, laut zu quatschen über ›Huren‹ und wie die die Männer ausnehmen, und schauten die ganze Zeit her, bis eine alte, also ältere Frau sie anfuhr, sie sollten endlich ihre dreckigen Schnauzen halten.

Im ersten Moment waren sie richtig perplex. Dann baute sich der, der mir wie deren Anführer aussah, vor ihr auf und zischte:

»Hearst, wüüst ane aufglegt oda wos?«

Die springt auf vom Sitz und brüllt: »Trau di! Waunst an Finga riast, brich i dan. Und waunst an Oam hebst, sant de Eia dro.«

Und dann ist ein Mann auch aufgestanden und näher gekommen, und da sind sie schnell weiter, durch in den nächsten Waggon und haben gelacht.

Aber wie wir in der Spittelau ausgestiegen sind, sind sie uns nachgekommen, und ich hab geschaut, wo die nächste Kamera ist, dass wir uns direkt davor hinstellen. Ich hab mir gedacht, dann geben sie Ruhe.

Haben sie aber nicht. Und Manu ist die Treppe hinunter, also bin ich ihm nach und seh noch, wie er einen Bogen schlägt um den Dönerladen, damit sie ihn nicht gleich entdecken und er Zeit hat, unbemerkt hinunter zur U4 zu kommen. Denn dort waren sicher schon Leute auf dem Bahnsteig.

Sie sind aber an mir vorbei, ich hab sie überhaupt nicht interessiert, die haben mich wie Luft behandelt. Blöderweise war vor der Bude überhaupt niemand, und ich hab auch den Besitzer nicht gesehen. Und gegenüber, beim Buchstand hat nur eine alte Frau herumgeblättert, die hat nix bemerkt. Ich hab mich dem Abgang zur U4 genähert, und da habe ich sie schon gehört. Manu war noch hinter der Bude, aber dort gibt's auch keinen Ausgang hinaus, nur Glasscheiben, und seitdem die große Wirtschaftsuni nicht mehr dort ist, sind ja viel weniger Leute auf dem oberirdischen Fußweg unterwegs.

Ich hab nicht genau verstanden, was sie zu Manu gesagt haben, wird nicht freundlich gewesen sein, aber dann hab ich den Schlagstock gesehen und wie er zu Boden ging. Ich hab zu schreien angefangen und Hilfe gerufen und mit den Armen gewedelt, damit ja wer aufmerksam wird und herkommt in dieses Eck. Und ich bin hingelaufen zu Manu, den sie getreten haben, obwohl er schon geblutet hat. Und ich hab den einen von hinten festgehalten, und wie ein anderer mir eine mitgeben wollte, hab ich einfach zugebissen. Das war, glaub ich, einer von den jüngeren. Ich hab ihn an der Hand erwischt, nicht in den Jackenärmel. Und ich hab Blut geschmeckt, das muss der echt gespürt haben. Dann hab ich eine von hinten überzogen gekriegt und bin auf die Knie. Aber da kamen schon Leute, und die vier sind abgehauen.

Und Manu hat nur gestöhnt, und dann war er still. Ich hab mich so gefürchtet. So gefürchtet hab ich mich noch nie. Sein eines Bein war komplett verdreht. Als die erste Frau da war, hab ich gesagt, das müssen wir richtig biegen, das muss unheimlich wehtun, aber sie hat gesagt, »liegen lassen« und die Rettung gerufen.

Und dann waren zwei Männer da, und der Imbissbesitzer kam mit einem Klappstuhl für mich, weil mir schwindelig wurde. Ich glaub, ich bin kein Held.

Die Frau hat in der Zwischenzeit den Puls gefühlt und ihn ein bisschen mit ihrer Tasche als Stütze zur Seite gedreht, vorsichtig, damit das kaputte Bein nicht noch mehr abkriegt. Und Manu hat nix gesagt, und die Frau hat gesagt, »ist eh besser, wenn er es nicht spürt«, und zum Imbissmann, er soll mir ein Wasser bringen. Die hat echt Nerven gehabt. Wie eine Krankenschwester. Dabei ist sie im Marktamt drüben angestellt und war auf dem Weg ins Büro.

Dann kamen die Sanitäter und die Polizei auch. Sie haben ihn weggebracht, mich haben sie verarztet, und ihr habt mich mitgenommen.

Glauben Sie, wird er wieder? Er wird doch wieder, oder?

Kann ich jetzt meine Mama anrufen?

Und dann kann ich Ihnen noch bei den Phantombildern helfen, ich weiß genau, wie die Ärsche aussehen. Tschuldigung. Ich hab ein fotografisches Gedächtnis. Deswegen spiel ich mich ja so in der Schule.

6

IM WINTER 2016/2017

Manuel oder
»Wieso weiß ich das alles nicht?«

Zusehen, wie die Messgeräte seinem Herzschlag folgen, zuhören, wie ruhig das Bett ist, weil sich der Körper darauf kein bisschen bewegt. Stille wahrnehmen, die sie schreckt, obwohl rund um sie herum Töne von Maschinen produziert werden, Geräusche, die sie fast tröstlich umhüllen. Im Moment zählt nur, dass die Kurven auf den Screens gleich aussehen, regelmäßige Auf- und Abfälle, die anzeigen, dass getan wird, was er noch nicht selbst wieder kann oder darf.

Joni blieb drei Tage und Nächte im Krankenhaus. Sie hatte noch nie solche Angst um ihre Kinder haben müssen, nur Schrecksekunden, wenn sie von einer Schaukel abglitten, wenn im Schwimmbad ein Kopfsprung nicht gelang und in einem Riesenplatsch und mit rotem Bauch endete, wenn ein Knall aus dem Kinderzimmer drang und Schweigen folgte. Dies hier war eine neue Erfahrung, die sie aus Erzählungen anderer Mütter und von ihren Freundinnen kannte, von Beobachtungen in Flüchtlingscamps, von weinenden Frauen irgendwo.

Sie saß an Manuels Bett, versteinert zuerst, später rastlos und ratlos.

Pierre rief an, besprach aber das Vorgehen mit den Anwälten und informierte Georg, als traute er ihm in dieser Situation mehr Fassung zu als ihr. Um bei der Wahrheit zu bleiben, musste Joni zugeben, dass ihr völlig egal war, ob man die Typen bereits gefasst hatte, ob man alle Hintermänner kannte. Darum kümmerte sich die Polizei.

Der einzige Mensch, den sie im Moment gut aushielt, war Stefanie, die jeden Tag vorbeikam, ihr den kugelrunden Bauch entgegenhielt, ihr erzählte, wie sie sich fühlte, was das Baby gerade tat oder nicht tat, und dazwischen Manuel etwas vorlas oder ihm von Felix oder Beppo berichtete, der ihr seine blaue Wange und den Cut über der linken Braue präsentiert hatte. Stefanie blieb ruhig oder vermittelte zumindest diesen Eindruck, und Joni bekam eine Ahnung davon, wie ihre Tochter wohl in der Schule die Kontrolle behielt.

Sie betrachtete das bleiche Gesicht ihres Sohnes mit den Schläuchen, die reglosen Hände, so verletzlich dünn, ebenfalls mit den Geräten verbunden. Wie er dalag auf dem Bett, als wäre er nur Ballast, eine abgestellte Lieferung, die auf Abholung wartete. Welches Glück sie doch mit ihren Kindern hatte, welches Glück sie ihr beschert hatten. Was für ein katastrophal zerbrechlicher Zustand das war.

Das Bild von Manuel in den Rockies am Emerald Lake, dahinter die grellweißen Spitzen, drängte sich vor. Im Licht war nicht zu unterscheiden, wo der Schnee aufhörte und die Felswand begann, darunter das tiefgrüne Nadelmeer der endlosen Wälder. Wie sein Gesicht damals geleuchtet hatte! Ihr Kind so voll Begeisterung und diese Luft des Himmlischen wahrnehmend. Die Schönheit dieser Erde war ihm sichtlich bewusst geworden. Sie sah Manuel vor sich, hörte wieder sein begeistertes Luftholen, als er den ersten Orca seines Lebens durch das Wasser brechen sah, so nah und so groß. Sie sah ihn auf den Eisplatten in den Columbia Icefields sitzen, dort, wo aus den tauenden Ausläufern des Gletschers das Wasser über die Kieshalde hin zum Bach sprang. Er saß mit baumelnden Beinen auf einem glitzernden Eisblock, staunend das Drunter und Drüber der Plattenverschiebungen mit ihren unendlich vielen Farbabstufungen betrachtend. Sie sah das Glück in seinem Gesicht, das ihn für immer mit dem Andenken an seine Mutter verbinden würde. Sie hätte es ihm so gerne gesagt, sie hätte es ihm sagen sollen.

And feeling too foolish and strange to say the words that I had planned

Joni legte ihre Hände auf seine, es waren Minutengebete, voller Erinnerungen und hilfloser Liebe. Sie las ihm vor aus seinen Lieblingsbüchern, aber sie hörte nur Satzfetzen, zerfledderte Geschichten aus ihrem Mund kommen. Sie beobachtete ihr Kind, sie beobachtete sich, sie spürte die unüberbrückbare Distanz, die der künstliche Schlaf von Stunde zu Stunde verstärkte. Sie selbst wurde sich fremd mit dieser von unverhüllter Angst geprägten Stimme. Sie dachte das Wort Lebewohl, und es rauschte auf sie herab wie Trümmer eines berstenden Hauses in einem Beben, das sie gefangen hielt in einer Zeitblase.

Sie weinte nicht, so wie sie es ihr Leben lang gehalten hatte, wenn sie nicht alleine gewesen war. Sie weinte nicht vor ihren Kindern, nicht vor Georg, der jeden Tag auftauchte, Lieblingsmusik seines Sohnes übers Handy abspielte, Grüße von Familie und Freunden überbrachte, ihm die Zeitung vorlas, weil er sich an irgendetwas festhalten musste. Joni weinte auch nicht vor den Schwestern, Helfern und Ärzten. Manchmal stellte sie sich auf den Balkon eines Aufenthaltsraums, mit dem Rücken zur Wand und spürte mit zusammengebissenen Zähnen, wie die Tränen, unkontrollierbar nun, einfach rannen und ihr kurze Linderung verschafften. Der Novembernebel hüllte sie ein, eine frostige Brühe.

Am vierten Tag wurde Manuel aus dem Tiefschlaf geholt. Georg wartete mit Joni, und beide waren erschrocken, wie lange es dauerte, obwohl man sie vorgewarnt hatte.

Sie sahen zu, wie er bewegt wurde, wie Schläuche und Kabel entfernt wurden, wie er sich ihnen näherte von einem Planeten weit weg kommend. Joni stellte sich vor, wie seine Nase Gerüche aufnahm und sein Hirn begann, ihn darüber zu informieren und an Begleiterscheinungen zu erinnern. Seine Ohren leiteten Geräusche ohne Dämmung weiter, und die Synapsen starteten ihr Verknüpfungsspiel.

Sie stellte sich vor, dass er wie in einer Kapsel durchs All raste, Farben und Bilder aus dem Schwarz herandrängten, er wie durch ein Fenster auf die Erde blickte, Heimat so vieler Philosophien und Meinungen, Anschauungen und Gottesvorstellungen, so vieler Wunder und so vieler Schrecken. Dazu die wimmelnde Masse Menschen, und unter ihnen sie und Georg, Mutter und Vater; und Manuel, nicht mehr allein.

Dann zuckten seine Fingerspitzen, bewegten sich seine Hände. Es dauerte noch viele Stunden, bis er die Augen öffnete, bis er krächzend Worte bildete, bis er sie erkannte und bei ihnen angelangt war.

JÄNNER 2011

Wie viele Male hast du irgendwo auf deinen Sohn gewartet. Nicht so oft wie andere Mütter vermutlich. Georg hat dich gewarnt, schon zu Weihnachten, weil der Junge so fürchterlich hustete. Es habe gar keinen Sinn zu kommen, Sylvie habe alles im Griff, und Stefanie treffe sich sowieso nach der Bescherung mit Freundinnen im neu eröffneten Pub. Silvester verbringst du nie in Wien, nicht mehr seit 2001, als du entschieden hattest, Georg ein zweites Mal zu verlassen. Also bist du erst jetzt, Mitte Jänner, gekommen.

Der Junge war seine Bronchitis noch nicht ganz losgeworden, ging aber schon wieder zur Schule und hatte am Tag deiner Ankunft bei irgendwelchen Freunden etwas Schlechtes gegessen.

Deshalb wartest du jetzt hier in einer Notfallambulanz, neben dir steht dein Trolley. Du hörst Georg mit einer Ärztin debattieren. Die Schwester hat dir verraten, dass es um die Entlassung geht, dir aber trotzdem nicht erlaubt, zu Manuel zu gehen, irgendetwas von Platzproblemen geredet und sich abgewandt.

Deshalb öffnest du jetzt vorsichtig die Tür, hinter der du deinen Mann verschwinden gesehen hast. Du hörst Stimmen, bleibst stehen und lauschst.

»Der Junge ist noch ein Kind, er muss daheimbleiben, er braucht zwei Tage Aufsicht, damit er wirklich genügend trinkt und für ihn Schonkost gekocht wird. Er ist nur Haut und Knochen, die Bronchitis hat ihm ziemlich zugesetzt und nun noch die Lebensmittelvergiftung. Wer also kümmert sich um ihn, wenn Sie und Ihre Frau arbeiten?«

»Seine Mutter kommt heute, ist vermutlich schon auf dem Weg hierher und bleibt vier Tage. Außerdem gibt's noch die Oma –«

»Sie fährt gleich wieder weg? Ohne ihn? Mütter gehören zu ihren Kindern!«
»Er hat einen Vater, zwei Mütter –«
»Zwei?«
»– und die Großeltern und einige Onkel –«
»Onkel?«
»Ja«, sagst du und trittst vor. Die Ärztin wird tiefrot, Georg lächelt einfach.
»Und ich nehme ihn mit.« Du hast dich spontan entschlossen, Georg ist sichtlich irritiert, sagt aber nichts. »Ich brauche eine ärztliche Bestätigung, dass er rekonvaleszent ist, und ich möchte, dass er für zwei Wochen krankgeschrieben wird.«
»Aber jetzt ist noch Prüfungswoche, und dann fangen die Ferien sowieso an«, wendet Georg ein.
»Du weißt genau, dass sein Zeugnis exzellent ist.«
»Wohin bringst du ihn?«
»Ins Warme. Er wird sich auskurieren, richtig.«
Manuel kommt in Begleitung einer Schwester. Er sieht erbarmungswürdig aus. Er sieht dich, fängt zu strahlen an und fällt dir wie ein kleiner Junge in die offenen Arme. Georg sagt nichts mehr. Die Ärztin schreibt.
»Wir fahren jetzt heim, Sylvie oder Papa machen dir Tee oder eine Suppe, und ich packe für dich. Wir fahren nämlich weg.«
»Echt?«
»Ja.«
»Wohin?«
»Nach Vietnam.«
»Nach Vietnam?«, echot die Ärztin. Manuels Wangen färben sich rosig, Georg sagt nichts.
»Du und ich. Ich schätze, wir fliegen morgen. Georg, bist du so lieb und gibst diesen Zettel in der Schule ab?«, du nimmst die

ärztliche Erklärung, ohne die Frau eines Blickes zu würdigen.
»Ich bringe ihn dir gesund und erholt zurück.«
»Ich halte das für keine gute Idee. Ihn mit der gerade überstandenen Bronchitis für Stunden im Flugzeug einzusperren«, hebt die Ärztin die Stimme.
»Lassen Sie das meine Sorge sein, er wird erster Klasse fliegen, es wird ihm an nichts fehlen.«
Die Ärztin schnappt nach Luft.
»Das heißt, ich könnte mit Sylvie skifahren wie geplant?«, fragt Georg ungläubig.
»Natürlich. Macht es euch schön. Manu und ich werden drei großartige Wochen erleben. Drei Wochen, in denen er nur Gesundes isst, gepflegt wird, verwöhnt wird. Ich bin schließlich seine Mutter.«
Nun siehst du die Ärztin doch direkt an, sie wendet den Blick ab. Ihr geht alle drei Hand in Hand, und du fühlst dich großartig. Die Sorge um das Kind ist verschwunden.
Im Wagen fragt Georg nur: »Und du kannst so schnell Flüge bekommen und Hotelzimmer und hast tatsächlich auch Zeit?«
»Natürlich. Mach dir keine Gedanken.«
»Joni, dir ist schon klar, dass du etwas anders lebst als andere Frauen rund um uns?«
»Rede dir und mir nicht ein, dass das nur eine Frage des Geldes ist. Ja. Ich agiere oft wie die Männer, mit denen ich weltweit zu tun habe. Denen wird aber nicht erklärt, dass sie sich besser um ihre Kinder kümmern sollten.«
»Sie hat es nicht so gemeint.«
Das kommentierst du nicht. Du ziehst dein Handy heraus, rufst in Berlin an, gibst deine geänderten Flugwünsche durch und bittest deine Mitarbeiterin, das Hotel in Saigon zu benachrichtigen, dass du mit einem Kind kommst. Das Symposium wird

nur vier Tage dauern, dann bringst du Manuel in die Berge nach
Da Lat, bis er wirklich nicht mehr hustet, zeigst ihm Mosaiksteine der Region und gibst ihm einen Einblick in das Mekongdelta. Und du weißt auch schon, wo du mit ihm baden wirst.
Manuel wird das richtige Essen, das passende Klima bekommen
und nach Saigon einen Blick auf Vietnam erhaschen, der nichts
mit Kettenhotels der Extraklasse und den Enklaven der Reichen
zu tun hat.
Eine Woche später staunt er nicht mehr mit offenem Mund,
wie Dutzende von Mopeds an jeder Kreuzung sich an den Autos
vorbeischieben und sich im Pulk sammeln, ein silbern schimmerndes Rudel, das sich wie eine Gazellenherde gleichzeitig in
Bewegung setzt und den leeren Platz unter den Ampeln in
der Mitte in ein wimmelndes wirbelndes Wirrwarr verwandelt,
bevor die Wagen folgen. Er wird dir die Hand geben, aber
nicht mehr voll Nervosität zerquetschen, wenn du einfach von
der Gehwegkante steigst, langsam, schräg in den Fließverkehr
eintauchst und in stetig gleichbleibendem Tempo vorwärtsgehst,
über vier bis sechs Spuren hinweg. Autos und Mopeds gleiten
vor und hinter euch vorbei, weichen den vietnamesischen Marktfrauen aus mit ihren an Stangen auf der Schulter balancierten
Körben. Es ist, als seien alle Menschen Sandkörnchen, von Wasser
getrieben, Teilchen eines in Bewegung geratenen Mosaiks. Mittlerweile glaubt er dir, dass die Fahrer deine Gehgeschwindigkeit
einschätzen und deshalb wissen, ob sie vor oder hinter dir deinen Weg kreuzen müssen; du darfst nur nicht schneller oder langsamer werden. Er glaubt dir nun auch, dass sie sich an Ampelvorgaben halten, wie in den meisten asiatischen Ländern, dass sie
selten aggressiv reagieren, dass sie von Kind an trainiert werden,
sich einzufügen.
Du hast dein Symposium hinter dir, es war animierend erfolg-

reich. Eine internationale Expertengruppe soll gebildet werden, der auch zum Teil emeritierte Universitätsprofessoren aus Österreich und Deutschland angehören wollen, die beratend den sechs Ländern am Mekong zur Seite stehen soll, um dem Strom und den Völkern, die von ihm leben, eine allen gedeihliche Zukunft zu sichern. Das klingt wie ein politisches Manifest, du kannst gewisse Ausdrucksweisen gar nicht mehr ausstehen, aber bei diesem Projekt bis du mit Herz und Seele dabei.
Es ist schwierig wie bei allen großen Flüssen, deren Uferlandschaften von unterschiedlich begehrlichen Interessenten überwacht werden. Aber du und deine Kollegen hoffen, noch rechtzeitig helfen zu können. Wie immer bei solchen Mammutprojekten sind alle optimistisch und erwarten zu viel. Aber du freust dich über die Begeisterung, die spürbar ist, das Wissen, das geteilt wird.
Und du freust dich, Sam in Zukunft wieder öfter zu sehen, ihn bei den Gesprächen zu hören, mit ihm zu arbeiten. Seit mehr als zwei Jahren pflegt ihr eure von Arbeitsterminen diktierte Beziehung. Und auch jetzt hattet ihr nur wenige Minuten ungestört zu zweit. Die vier Tage waren zerschnittene Zeit, durchgetaktet, anstrengend in jeder Hinsicht. Es wird natürlich, auch in Zukunft, in mehreren Sprachen gearbeitet, du bist in drei Gruppen direkt involviert und wirst es voraussichtlich bleiben.

Gleich am ersten Tag ließest du Manuel von einem Arzt untersuchen und versprachst, dass er nur stundenweise und nicht in der Mittagshitze draußen sein würde.
Du hast einen Studenten aus Saigon engagiert, der für das Hotel öfters als Begleiter von Touristen arbeitet, die besondere Unterstützung während ihrer Reise benötigen. Er zeigte ihm Sehenswürdigkeiten und Shops, die du noch nie betreten hast, weil

du dich weder für Mangas noch für asiatische Jugendkultur interessierst. Er begleitete ihn zum Pool auf das Dach des Hotels und achtete darauf, dass er sich genug erholte. Du verbrachtest die Abende ausschließlich mit Manuel, machtest ihn auf französische Einflüsse aus der Zeit der Kolonialherrschaft aufmerksam, führtest ihn in die Geschichte des Landes ein. Ihr redetet viel miteinander, spieltet Brettspiele. Das war und ist Neuland für euch. Der Student brachte Manuel Mah-Jongg bei, und der Junge hat schnell erfasst, dass du leicht zu besiegen bist, weil du wenig Erfahrung mit bestimmten Winkelzügen hast. Auch Schach war nie dein Spiel.

Du hast dich für deine Abwesenheit bei Abendveranstaltungen entschuldigt. Sam hattest du auch informiert, aber nicht vorgeschlagen, die beiden miteinander bekannt zu machen. Sam hat das vermutlich bemerkt, aber nichts gesagt.

Am letzten Tag, nach der allgemeinen Verabschiedung, hattet ihr es geschafft, fünf Minuten in einem Winkel der Lounge privat zu reden, euch zu küssen. Wie gut es tat, wie schön, dass ihr etwas Besonderes habt, das euch zueinander zieht. Du ließest ihn trotzdem gehen, denn du hattest Manuel versprochen, dass er das erste Mal in seinem Leben in eine Bar durfte, dort einen Fruchtsaft mit Schirmchen, Obstspalte und eventuell auch Eis bekam und zusehen durfte, wie sich Erwachsene benehmen, wenn keine Kinder in der Nähe sind. Du willst ihn behüten und doch gleichzeitig bekannt machen mit einer Wirklichkeit, für die er noch zu jung ist, mit Welten, die er nicht kennt. Du weißt, dass du das unbedingt tun willst, weil Sylvie im Gegensatz zu dir so viele erste Male mit deinem Kind erlebt hat und du wenigstens Teil von einigen sein willst.

Irgendwann einmal wirst du das Sam erklären. Du bist dir sicher, dass er es versteht, und vor allem, dass er Teil deiner Zukunft bleibt, so wie Mike, wie Lorenz, wie Julian. Er hat vor, dir im Sommer ein bisschen von British Columbia und Alberta zu zeigen, er meint, du könntest dich dort heimischer fühlen als auf dem flachen Kanadischen Schild, den er liebt. Es ist als gemeinsamer Urlaub geplant, so wie vor knapp drei Jahren in der Gaspésie. Er ist der erste Freund deines Lebens, mit dem du ausgiebige Ferienreisen machst. Bedeutet das etwas? Du weißt es nicht, und es ist dir eigentlich egal.

Du freust dich jetzt einfach über die Tage mit Manuel.
»Mama?«, fragt er einmal abends im Hof des Hauses, in dem ihr bei Verwandten von Freunden in Da Lat wohnt, während er zusieht, wie die vietnamesische Mutter auf der offenen Feuerstelle kocht, »ist es überall in Asien so wie hier?«
»Ist es überall in Europa so wie in Wien?«
»Nein, oder schon auch. Ähnlich halt.«
»Siehst du. Für uns ist vieles ähnlich, weil wir von außen auf die Bewohner schauen und die Unterschiede nicht kennen. Je mehr man von einem Volk weiß, desto mehr Fremdes begreifen wir, was uns wiederum hilft, es besser zu verstehen. Normalerweise.«
»Und die Leute in Saigon, die nichts haben?«
»Wo hast du die gesehen?«
»Joe ist mit mir einmal im Bus gefahren und hat mir gezeigt, wie Leute wohnen, die kein eigenes Haus oder eine Wohnung in einem Haus haben.«
»Das finde ich gut.«
»Es war ziemlich grauslich.«
»Armut in jeder Form erschreckt, wenn man nicht selbst arm ist.«
»Ist unsere Gastfamilie arm?«
»Nein! Aber das Haus ist traditionell gebaut mit Küche im Freien unter einem Schilfdach. Das findest du in vielen Ländern so,

es ist praktisch im heißen Klima. Im Norden Vietnams, wo es deutlich kälter werden kann, bauen sie ganz anders. Und hier im Gebirge haben sie oft ein betoniertes Fundament und im Erdgeschoß Steinwände. Das hier ist ein sehr solide gebautes Haus. Die Familie ist seit vielen Generationen hier daheim, die Kinder haben alle eine gute Ausbildung. Doch es gibt etwas, das sich für dich noch verbirgt, das du nur siehst, wenn du bereit bist, genau hinzuschauen, wenn du die Wahrheit wissen willst. Sie alle haben schrecklich gelitten während des Krieges. Diese Berge, die die Franzosen nutzten so wie die Wiener ihren Semmering, waren später Rückzugsort des Vietcong und wurden gequert, um an die Versorgungsrouten aus dem Norden, den Ho-Chi-Minh-Pfad zu kommen. Agent Orange sagt dir nichts, aber es wurde von den Amerikanern versprüht, ein fürchterliches Gift, das die Wälder entlaubte, die Äcker ruinierte. Es prägt jede Familie bis heute, denn es bleibt über Generationen in den Körpern, und viele Kinder werden krank und missgebildet geboren. Als Tourist solltest du davon wissen, auch wenn die meisten Fremden, die du hier siehst, durch das Land reisen, weil es unglaublich schön ist und die Menschen so freundlich sind. Aber es gibt dieses mittlerweile für uns verborgene Vietnam der Geschädigten, der Leidenden.«
»Auch hier?«
»Auch in unserer Gastfamilie, natürlich.«
»Hilft ihnen keiner?«
»Doch. Aber den Schmerz müssen sie tragen, den können wir nicht abnehmen.«
»Warum wurde es überhaupt erlaubt?«
»Das ist der Krieg, Manu. Man fragt nicht nach Erlaubtem, man tut Böses wissentlich, weil man siegen will. Und immer sind viel mehr beteiligt, als man für möglich halten möchte. Wenn dich das beruhigt, im nächsten Jahr wird es wohl endlich so weit

sein, dass die Amerikaner beginnen, hier in großem Stil die Böden zu entgiften. Dann wird es hoffentlich leichter.«
»Wieso weiß ich das alles nicht?«
»Du wirst es in der Schule einmal lernen, und dann erinnere dich. Man sieht wenig, aber die Erinnerung an den Krieg ist sehr lebendig.«
»Hilft das, was du arbeitest, den Leuten hier?«
»Das hoffe ich.«
»Wann?«
»Irgendwann in der Zukunft.«
»Wie hältst du bloß das Warten aus?«
Du lachst und umarmst ihn. Er ist so jung und hat noch so viel Zeit vor sich, so viele Entdeckungen und Wunder warten auf ihn. Es war richtig, ihn hierher mitzunehmen.
Egal, was passiert und wie schwierig vielleicht die nächsten Jahre mit ihm sein werden, wie er sich entwickelt und wie er sich entscheiden wird, wenn er seine Eltern nicht mehr um Rat fragen möchte: Du weißt, dass die Erfahrungen dieser Reise ihm irgendwann einmal zugutekommen werden, dass er begreifen wird, wie unbedeutend jeder Einzelne ist, auch er, und gleichzeitig, wie wichtig jeder Mensch für das Ganze bleibt.
So ging es dir auch damals, als du das erste Mal in Südostasien warst. Du hast eine Welt kennengelernt, die du dir so nicht hattest vorstellen können und die nun zu deinen Lieblingsgegenden gehört.
Wie alt warst du damals? Dreißig? Du erinnerst dich an Mikes noch junges Gesicht, als er dein Liebhaber wurde, an die Tage damals in den Bergen an der Grenze zu Myanmar. Er hatte einen Führer angeheuert, der euch einen steilen Pfad hinaufbrachte, mit einer Machete in gleichmäßigem Schwung den Weg frei schlug, manchmal auf Pflanzen zeigte und »medicine« murmelte.

Es war heiß, aber nicht so schwül wie in Bangkok. Hier roch es nach Blumen, Gras und Fremdem, ein wenig Süßem, das du nicht einordnen konntest. Bei einem Wasserfall machtet ihr Halt. Obwohl der Strahl nicht sehr stark war, prasselte er betäubend laut auf glänzende Felsen, die sich aus dem Wasser wie alte Tiere erhoben.
Du erinnerst dich: Mike reißt sich die Kleidung vom Leib und springt hinein. An Badezeug hast du nicht gedacht. Der Guide kommt zu dir und legt neben dich ein zusammengefaltetes Baumwolltuch, bedeutet dir, dass du damit hineinkönntest, das sei kein Problem. Mike ruft: »Das wird dein Kleid sein, knote es zusammen. Alle hier waschen sich so. Das Tuch versteckt deinen Körper, und trotzdem kannst du dich drunter waschen. ›Naked under not naked‹, das meint er.« Der Guide wendet sich ab und beginnt mit der Zubereitung eines Imbisses. Das Wasser ist köstlich kalt und klar.
Du erinnerst dich an das Dorf hoch oben, an die Alten, die euch entgegensahen, die Frauen mit ihren dicken, unordentlich gedrehten Zigarren, die anders rochen als jeder Tabak, den du bis dahin kanntest. Du erinnerst dich an das Heim des dortigen Bürgermeisters, bei dessen Familie ihr geschlafen habt. Diese Nacht auf dem schwankenden Boden, die Schlafgeräusche der anderen, Mikes suchende Hand! Du erinnerst dich an das Schwein, das dich begleitet, noch ist es finster, nur der Sichelmond tanzt über den Gipfeln, als du dich die Treppe hinuntertastest und zu dem gemauerten Verschlag tappst, der eine rudimentäre Dusche, einen Abfluss und ein eigenes Loch für deine Entleerung bietet. Das Schwein will mit dir hinein, ist aber friedlich genug, dass du die Holztüre zwischen euch bringst, sie mit einem Riegel verschließt. Du hörst es grunzen, es wartet auf dich, und du stellst dir vor, wie es jede Nacht die Menschen auf ihrem Gang zum Klo beglei-

tet, als sei es ein Wächter. Gut gegen Schlangen, erklärt dir Mike am nächsten Morgen und lacht, weil du ihm Erfahrungen verdankst, die du nie erwartet hättest.

Genau so wird es Manuel ergehen. Er baut ein Bild von dir, das sich aus lauter Erinnerungen zusammensetzt. Du kannst die Farben, die Stimmung beeinflussen. Mehr machen auch andere Mütter nicht. Du musst nur die richtige Wahl treffen und danach handeln.

In all diesen entsetzlich träge fließenden Tagen blendete Joni aus, was draußen geschah. Als Manuel aus dem Krankenhaus entlassen wurde, flog sie zwischen Berlin und Wien hin und her, es erinnerte sie ein wenig an die Kleinkinderjahre ihres Sohnes. Sie hoffte, dass ihre Arbeit nicht unter der Belastung litt, sie informierte ihre Freunde. Da hatte sie schon ihre Teilnahme an der großen Mekong-Konferenz gleich nach Weihnachten abgesagt. Schwieriger fiel ihr, Sam zu informieren, der sich in den letzten Wochen so rar gemacht hatte.

Am dritten Adventsamstag setzte sich Joni mit Ulli zusammen, um sich mit einer von ihren Anwälten zusammengestellten Auflistung der Beschimpfungen und Vorwürfe zu konfrontieren. Seitdem die Zeitungen von dem Angriff auf Manuel berichtet hatten, waren die schlimmsten Äußerungen verschwunden. Es gab weiterhin Gehässigkeiten von Leuten, die sich als Verteidiger gleicher Rechte für alle und Umverteilung von Reichtümern gerierten und das immer wieder mit Jonis Namen verbanden. Die Firma wurde nicht mehr genannt, seitdem bekannt wurde, dass die Namen der Postenden bereits aufgelistet wurden, dass es nicht nur die

Auftraggeber der Schlägertruppe erwischte, sondern alle, die sich an der Hetzjagd im Netz beteiligt hatten. Die Anwälte hatten ihre Klagen publik gemacht und eine Unterstützung zur Adaptierung der bestehenden, jedoch unzureichenden Gesetze vom zuständigen Ministerium und der Regierung gefordert.

Nun war es nicht Beschimpfung in einem dunklen Winkel, die Herabwürdigung einer Frau, die sich mit dem ihr zustehenden Platz nicht zufriedengab, die nicht tat, was sich in derer Augen gehörte, sich herausnahm, gleichgestellt hochrangigen Männern gegenüber zu sein. Es ging nicht um diese Frau, es ging nur um den Schaden, der der Firma entstanden war. Die Schuld an den Verletzungen ihres Sohnes würden in einem eigenen Verfahren abgehandelt werden.

Die Polizei hatte die Männer aufgetrieben, die Manuel zusammengeschlagen hatten; zwei gaben an, es wäre ihrer Meinung nach ein Auftrag gewesen, leicht zu verdienendes Geld, um jemandem eins auszuwischen. Der dritte war einfach mitgegangen, um zuzuschauen, was seine Kumpel unter einem Job begriffen. Der Vierte wollte ungefährdet eine Schlägerei erleben. Jedenfalls hätten sie es so verstanden, dass »der Junge eine Abreibung verdiente, damit die Mutter spurte«. Wer die Mutter war, wussten sie nicht und interessierte sie auch nicht. Es war nur um einen Auftrag gegangen.

Noch einmal verfolgte Joni das erste Auftauchen ihres Namens, die Links, die plötzlich zu anderen Seiten führten, die feindliche Übernahme ihres privaten und beruflichen Lebens. Auch wenn sich das nur in Österreich und Deutschland verbreitete, war der Schaden immens, und das Wissen, auf immer damit leben zu müssen, ließ sie ahnen, wie fürchterlich es Manuel gehen würde, wenn ihm die Ausmaße erst klar wurden; wenn er erfasste, wie tief dieser Rassismus und Hass verwurzelt waren, wie leicht er durchbrach, wie schnell er aufblühte und gedieh.

Joni reichte die Zusammenstellung der Anwälte. Mehr wollte sie von da an nicht mehr wissen. Der Name und das gute Image ihrer Firma hatte sich als Bollwerk erwiesen. Als schwierig entpuppte sich, dass die Obszönitäten und Herabsetzungen ihrer Person nicht so leicht als strafbar erachtet werden konnten, schwammig erwies sich die Grenze zur freien Meinungsäußerung. Die Zoten auf einzelnen privaten Seiten würden irgendwann einmal aufhören, aber Teil ihrer öffentlichen Präsenz bleiben. Es ging nur um den Schaden der Firma, der eingeklagt werden konnte, Jonis Rechte auf Privatsphäre waren nicht verletzt worden, weil Manuel die Fotos ins Netz gestellt hatte, weil er dumm genug gewesen war, eine gewisse Sorte Mensch, zumeist Männer, einzuladen, ihre Gesinnung mithilfe der Bilder der Öffentlichkeit mitzuteilen. Ihr waren die Hände gebunden, den Anwälten der Firma nicht.

Im Netz baute sich gerade eine Welle der Solidarität mit ihr auf, zwar auch gespickt mit ätzenden Kommentaren, aber das las Joni alles gar nicht mehr. Sie hatte damit zu tun, die ätzende Suppe zu verdauen.

»Was mich schützt, ist nicht das Gesetz, sondern die Macht des Geldes«, erklärte sie zum wiederholten Male, und Ulli nickte nur.

In der Öffentlichkeit versteckte Joni ihre roten Haare unter Wollhauben, hatte den Seidenschal bis zur Nase hochgezogen. In Wien wohnte sie nicht mehr in ihrem üblichen Hotel, sondern bei Ulli in deren Kabinett, das früher der besuchenden Großmutter gedient hatte. Sie versteckte sich erfolgreich.

Bei den Freunden meldete sie sich sporadisch, gab nur das Nötigste preis, obwohl sie auf die Antworten, die alle herzlich, wärmend und tröstlich waren, sehnsüchtig wartete. Sie ärgerte sich über ihr Unvermögen, sich in ihrem Kummer nicht so öffnen zu können. Sam informierte sie ausführlich über die Fotos im Netz, den Überfall auf Manuel. Da sein Name nie publik geworden war, irritierte es ihn nur ihretwegen. Er bemühte sich, ihre Ängste zu zerstreuen. Aber er war nicht mit dem Herzen dabei. Vermutlich konnte er Trauer und Schmerz genauso wenig teilen wie sie und war hilflos. Joni ahnte, dass ihn etwas bedrückte, das nichts mit ihr zu tun hatte, und es ärgerte sie, wie sehr sie das traf.

Der Traum überfiel sie in einer bleiernen Nacht. Wieder schwebte sie durch blaugrüne Wasserschleier. Wieder spürte sie eine lang vermisste Leichtigkeit, einen Augenblick lang. Ein Strudel erfasste sie. Sie kämpfte sich hoch zum Licht. Der Himmel blieb unsichtbar. Wasser drang durch ihre Poren, sie sah, wie sich ihre Haut verfärbte. Sie schrie nach Luft, die Flut überrollte sie.

Sie lag auf dem Boden neben ihrem Bett, hustete, keuchte. Dann begann sie zu weinen.

Im Netz drängten sich neue Skandale nach vorn. Der zukünftige Präsident der Vereinigten Staaten ließ mit kurzen Twittereien aufhorchen. Es wurden andere zu Opfern, die Verknüpfungen von Jonis Namen und Arbeit mit dem Flüchtlingsthema verschwanden, und ihre Forschung zu Migrationsströmen nach Wetter- und Naturkatastrophen wurden nicht mehr verquickt mit den armseligen Massen, die sich noch immer aus den Kriegsgebieten nach Europa bewegten, den jungen Menschen, die im Meer ertranken, den Fremden, die keiner wollte.

»Die amorphe Masse ist träge«, behauptete Ulli, »interessiert an Sensationen, die anderen widerfahren, aber allen Veränderungen und notwendigen Umstellungen gegenüber abwehrend«, und fiel zurück in ihren Dialekt: »Wauns wos daham ned bessa kennan, lossnses as ned eina bei da Dia.«

Joni überließ sich den hüpfenden Silben und war einfach froh, dass es Ulli gab.

»Schaud da Bua no imma aus wiara gschbiebns Öpfikoch?«

»Ganz genau so«, antwortete Joni und dachte an den letzten Besuch in Georgs Haus.

Manuel wurde schnell müde, hinkte mit dem linken Bein, noch immer hatten sich nicht alle Prellungen und Blutergüsse aufgelöst. Er blieb im Haus, Beppo kam jeden Tag vorbei mit dem neuen Schulstoff, dann hörte man die zwei in seinem Zimmer reden, manchmal das leise Lachen des Freundes. Manuel litt an Kopfschmerzen, vertrug Musik noch nicht gut, auch nicht schnelle Kameraschwenke und Lichtänderungen im Fernsehen. Es war ein Advent ohne Singen, in großer Stille, die das Haus hütete wie eine brütende Henne ihr Ei.

Die mittlerweile sehr betagte Mutter Georgs war nicht in alles eingeweiht, Sylvie hatte ihr von einer Schlägerei erzählt und dass die Verantwortlichen schon eingesperrt waren, alles andere wollten sie der alten Frau nicht zumuten. Tanten und Onkel wussten einiges über ihre Kinder, aber alle hielten still und versuchten, Georgs Sorgen nicht zu vergrößern. Was passierte und womit weder Joni, Georg und Sylvie nicht gerechnet hatten, war, dass die Großfamilie zusammenrückte und Joni eine gewisse Mitschuld gab. Sie hätte eben nicht so ein extravagantes Leben führen sollen, nicht auffallen mit ihrer ganzen Art.

»Man diskreditiert dich, weil du für Meinungen und Lebensweisen stehst, die vielen Menschen Angst machen. Man diskreditiert dich, weil du Erfolg hast und man dich um so vieles beneiden kann. Man diskreditiert dich, weil du Glück hattest. Du wurdest aus deinem Versteck gezogen, denn wie sonst erklärt sich den Leuten, dass du so lange im Hintergrund, ohne große Bühne gearbeitet hast, wenn doch jeder permanent Fotos von sich postet, sich über Selfies definiert«, sagten Georgs Cousinen, erstaunten Joni mit ihrem anklagenden Ton.

Noch vor Weihnachten flog sie zurück nach Berlin, verkroch sich in Arbeit. Kurz darauf fand das Fest statt. Joni und ihr Laptop teilten das Bett, sie verließ ihren Rückzugsort nicht, sie reagierte auf keinen Anruf, erwiderte nur Nachrichten ihrer Kinder, Pierres und Georgs. Sie wusste, dass sie verletzend und unhöflich war, aber sie hatte keine Energie für weihnachtliche Bräuche und Regeln. Sam meldete sich mit einem kurzen Telefonat. Seine Stimme verriet, dass es auch ihm nicht gut ging, aber sie schafften beide nicht, ihre Sprachlosigkeit zu überwinden.

»Ich lecke meine Wunden«, schrieb sie Ulli am zweiten Weihnachtsfeiertag.

»Hör auf, theatralisch zu sein. Du bist kein Viech, dessen Bein in einer Schlinge hängt.« Joni hätte es lieber gehabt, wenn ungezähmter Dialekt zu hören gewesen wäre, Ulli mit Hochdeutsch konnte schmerzen.

»Was soll ich also tun?«

»Komm nach Wien, mach was mit den Kindern. Wenn du dich jetzt wieder verkriechst, haben diese Ärsche gewonnen. Wollen wir das? Nein. Also setz dich ins Flugzeug. Sofort.«

Aber Joni fühlte sich so schwach wie noch nie in ihrem Leben. Sie verstand nicht, warum diese Lähmung so spät eingesetzt hatte, warum sie so erledigt war. Atem holen war anstrengend, Duschen war anstrengend, ihre Arbeit war plötzlich ein felsiger Brocken, der sich wie ein Hindernis aufbaute, anstatt wie sonst eine fordernde Freude zu sein.

Einmal rief Sam unerwartet an, klang reserviert. Aber diesmal redete er von Paul in einem immer wieder stockenden Monolog.

Sein Freund hatte es geschafft, nicht wieder mit dem Trinken anzufangen, doch er verletzte sich selbst, längst waren es keine Ritzungen mehr. Etwas schien ihn schrecklich zu belasten, doch falls die Ärzte mehr wussten, behielten sie es für sich. Sam war seit Wochen nicht mehr in Toronto gewesen, erledigte seine Arbeit von Pauls Haus aus, versuchte, Pauls traurige Monotonie zu durchbrechen, ihn zu Reaktionen zu bewegen, die das vehemente Schweigen unterbrachen. Er versuchte, über die Zeichnungen etwas von Pauls Problemen zu erraten, doch verstand er zu wenig von den Verstrickungen der verwendeten Symbole, den Widerhaken der fremden Sprache.

Joni akzeptierte, dass Sam gar nicht nachfragte, was eigentlich mit ihr los war. Vermutlich nahm er an, dass Manuels Heilung zügig voranging, weil Joni sich wieder in Berlin aufhielt. Seine irritierte Frage, warum sie nun doch der Konferenz und den geplanten gemeinsamen Tagen mit ihm fernblieb, wiederholte er nach Jonis Erklärung, als Mutter zur Verfügung stehen zu müssen, jetzt Europa nicht verlassen zu können. Joni hatte keine Ahnung, ob er ihr glaubte. Sie war sich nur sicher, dass sie im Moment keine Kraft dafür hatte und dass sie nicht bereit war, ihm in seinem Kummer um Paul zu helfen. Das musste er alleine aushalten, so wie sie versuchte, wieder Fuß zu fassen.

Nach Ullis unmissverständlicher Aufforderung rief sie am nächsten Tag Manuel an. Er klang abwesend, einen Moment fürchtete Joni, seine Artikulation wäre wieder schlechter geworden. Aber er wollte sie sehen, unbedingt. Joni versprach, so schnell wie möglich zurückzufliegen. Noch während sie überlegte, meldete sich Sylvie bei ihr.

Sie hätten aufgrund der Lage beschlossen, diesmal mit den Kindern daheim Silvester zu feiern, allen unangenehmen Möglichkeiten aus dem Weg zu gehen. Stefanie war wegen ihrer fortgeschrittenen Schwangerschaft sowieso nicht in exzessiver Feierlaune, Felix werkelte in jeder freien Minute im zukünftigen Kinderzimmer, Manuel hatte bloß gebeten, dass Beppo bei ihnen sein durfte. Der Rest der Familie würde keinerlei bevormundende Reden halten, bis auf die üblichen Telefonate kurz vor Mitternacht nicht in Erscheinung treten. Sie hätten sich als Programmpunkte Fondue, Spiele und sich einfach ergebende Gespräche vorgenommen und das Gästezimmer stünde für Joni zur Verfügung, da Großvater Didi erst Ende März von den Kanaren heimzufliegen gedenke, um die Kinder zu sehen, vor allem aber das neue Baby kennenzulernen.

Joni packte, fuhr zum Flughafen, schickte eine Nachricht an Sam, an Mike, an Julian, an Lorenz. Sie lautete an alle gleich, tausend Wünsche für das neue Jahr, tausend Wünsche, die nur sie einzeln verstanden, tausend Wünsche als Dank für die Rollen, die sie in Jonis Leben spielten.

Sie schickte eine zusätzliche Nachricht an Sam, voller Liebe, aber sie konnte nicht einschätzen, ob ihm das half. Er war einfach zu weit weg, in jeder Hinsicht. Sie erkannte, dass Paul für ihn viel wichtiger war, als sie je verstanden hatte. Er war eine Bezugsperson in einem fremden Universum, der mit ihm Erlebnisse teilte, von denen sie keine Ahnung hatte.

Einen Moment war sie versucht, Sam anzurufen, dann gewann die vernünftige Joni die Oberhand, sie würde gleich ins Flugzeug steigen, sie würde ihn nur stören, viel zu früh aus dem Schlaf reißen. Jetzt war Manuel wichtiger.

In Georgs Haus roch es nach Tannenbaum, Kerzen, Keksen. Joni registrierte die beunruhigten Blicke, sie hatte in den letzten Wochen sichtbar abgenommen, und ihr Gesicht war nicht das einer gepflegten Chefin, sondern einer abgehetzten, an zu vielen Fronten kämpfenden Frau.

»Du wirst alt«, sagte Georg brüsk. »Hätte ich nie gedacht.«

Sylvie schüttelte augenrollend den Kopf und brachte Tee.

Manuel lief ihr hinkend entgegen und umarmte sie mit einer Vehemenz, als wäre sie verschollen gewesen und nicht erst vor zehn Tagen abgereist. Stefanie rief an, sie würden bald da sein. Joni fühlte sich fast so aufgehoben wie vor langer Zeit bei Tante Federspiel.

Silvester wurde viel entspannter, als sie gedacht hatte. Es wurden keine Nachrichten angeschaut, es wurde nicht über die Hetze geredet, über Anwälte, Polizeigespräche, Verfahrenskosten. Es wurde nicht über Verletzungen gesprochen, über langwierige Rehabilitationen. Einen Abend und eine Nacht gab es nichts, was beunruhigen durfte, die friedliche Freude beeinträchtigen konnte. Stefanie und Felix waren da, Beppo kam vorbei, Manuel wirkte stärker, entkrampft.

Nach Mitternacht trudelten auf dem Handy die Glückwünsche von allen Freunden ein. Manche hatten die Nacht schon hinter sich, manche sahen dem Fest noch entgegen, rund um den Globus funkelte die Zuneigung vieler Menschen aus Jonis Netz.

Nur Sam blieb still und war auch nicht erreichbar.

Der nächste Tag verlief unaufgeregt, verschlafen, ein Höhlenmenschenwintertag, wie Georg solche Pausenzeiten nannte. Das geschäftige Treiben fand woanders statt, die Familie agierte, als wäre sie in eine überdimensionale Kaschmirdecke eingepackt, die Zeit ein Teich aus stehendem Wasser.

Am 3. Januar rief Joni beunruhigt in Saigon an, erfuhr von einem guten Kollegen, dass Sam die Konferenz noch vor Beginn verlassen hatte. Im Hotel hatte er ausgecheckt und einen Rückflug nach Kanada gebucht. Ein befreundeter Hydrologe berichtete ihr, dass Sam versuchen würde, virtuell online zumindest an besonders wichtigen Diskussionen teilzunehmen, vielleicht ein kleiner Seitenhieb, weil sie sich vollkommen ausgeklinkt hatte.

Joni rief ihn an, aber er nahm das Gespräch nicht entgegen. Sie schickte Botschaften, aber er antwortete nicht. Sie wappnete sich mit Geduld. Er würde sich melden, wenn es der richtige Zeitpunkt für ihn war.

Alles passiert zum selben Zeitpunkt, dachte Joni, ich fühle mich wie am Eingang einer Klamm, und von weit weg höre ich Felsen brechen, in Wasser stürzen, und eine unkontrollierbare Masse schlägt mir entgegen.

An diesem Tag kam Manuel zu Joni in ihr Zimmer: »Können wir reden?«

»Worum geht's?«

»Gibt es eine Möglichkeit, dass ich zu dir ziehe?«

»Für wie lange?«

»Die nächsten Jahre.«

Manchmal werden sehr geheime Wünsche wahr, aber nur

selten im richtigen Augenblick. Ihr Sohn hatte noch drei Semester bis zu seiner Matura, dann wartete der Militär- oder Zivildienst, bevor er sich für ein Studium entscheiden musste. Er war nicht selbstständig, kannte weder die Regeln einer WG noch die Verantwortung für ein erwachsenes Leben. Sie dachte an die notorische Unordnung in seinem Zimmer, die fröhliche Unbekümmertheit, die ihn bis vor Kurzem noch ausgezeichnet hatte, den nicht vorhersehbaren Abfall in seiner bis dahin glänzenden Schulleistung. Ihre Wohnung in Berlin war zu winzig, um für längere Zeit mit einem Pubertierenden zu leben. Der Schulwechsel gerade jetzt würde alles verkomplizieren. Er würde neue Ärzte brauchen, denen sie beide vertrauten, er würde seinen Freund vermissen.

»Und?«, fragte er in ihr Schweigen hinein.

»Sollten wir das nicht gemeinsam mit deinem Vater besprechen?«

»Also willst du nicht. Bist du mir immer noch bös?«

»Sei nicht kindisch. Nein. Es geht darum, dass dein Vater genauso viel mitzureden hat wie ich.«

»Aber ich hab das Recht, mir auszusuchen, bei wem ich wohnen möchte.«

»Warum, Manu, warum gerade jetzt?«

»Weil ich hier nicht mehr bleiben möchte.«

Er wollte also davonlaufen, dachte Joni. Vermutlich hatte er Angst vor der Rückkehr in die Schule, vor dem Getuschel und den Bemerkungen, vielleicht würde man das Nachziehen des linken Beines sehen. Er war nicht mehr der strahlende Held des Schulhofs, er war ein Getroffener, dessen Kopf geschoren worden und dessen Haar noch extrem kurz war. So fiel nicht gleich auf, dass sechs Nähte quer vom rechten Ohr zum Genick verliefen und die Narbe ohne Probleme verheilt war.

Jeder wusste, wie dumm er gewesen war, was er seiner Mutter eingebrockt hatte. Natürlich, das war unangenehm. Auf der anderen Seite hatte er einen unglaublich guten Freund, Beppo, der ihm nicht nur beigesprungen war, sondern auch die Monate der Entfremdung davor verziehen hatte. Beppo hatte sich als unglaublich großherzig erwiesen. Und auf ihn wollte Manuel verzichten?

»Mama, bitte!«

»Wie stellst du dir das vor?«

»Ich komm zu dir nach Berlin, mach dort die Schule fertig und fange dann zu studieren an. Eineinhalb Jahre, Mama!«

»Ich wohne auf fünfzig Quadratmetern, koche faktisch nicht dort, bin selten daheim, und du schläfst auf dem Wohnzimmersofa und hast kein eigenes Zimmer? Hast du dir das so vorgestellt?«

»Und in den Ferien komm ich zu Papa und Sylvie, dann kannst du dich von mir erholen.«

»Hast du Beppo gesagt, dass du wegwillst?«

»Nein. Nicht richtig.«

»Was soll das bedeuten?«

»Wir haben übers Studium geredet. Er will nach Graz. Maschinenbau oder so. Wir werden uns also sowieso dann seltener sehen. Du hast ja auch Freunde und Freundinnen weit weg, und sie bleiben dir trotzdem.«

»Das ist anders. Freunde müssen dir wichtig sein, und du musst zeigen, dass sie es für dich sind, sonst verlierst du sie. Er hat deinetwegen eine Narbe über der Braue, er war alles andere als feige. Rede einmal mit ihm, und ich rede mit deinem Papa, und morgen setzen wir uns zusammen.«

»Aber ...«

»Denk darüber nach, Manuel. Denk nach!«

Joni rief Ulli an. Wenn ihr jemand helfen konnte, dann sie, berufstätig mit drei Kindern, von denen zwei in einer anstrengenden Pubertät herumtaumelten. Ullis Reaktion bestand aus langem Lachen. Veränderungen, die auf den ersten Blick unvereinbar mit dem eigentlichen Alltag erschienen, waren für sie wie tägliches Brot.

»Joni! Bei olla Liab: du bist echt griawig.«

»Und?«

Ulli wechselte, immer noch lachend, in die Schriftsprache: »Du hast trotz deiner Überstunden und gewaltigen Arbeitsleistung in einem Schutzreservat gehaust. Willkommen im Leben üblicher berufstätiger Mütter, vor allem in diesem Land. Aber beruhig dich und glaub mir, wir werden einen Kompromiss finden. Das ist doch deine Spezialität.«

Sam rief sie am Abend an. Schon seine Stimme verriet Joni zu viel. Sie hatte ihn noch nie so gehört, schob es zuerst auf eine schlechte Verbindung, den halben Planeten zwischen ihnen. Dann ging ihr auf, dass er weinte oder es zumindest zu unterdrücken versuchte.

Er war in Cape Dorset, war nach zwei entsetzlichen und hoffnungslosen Tagen aus dem Spital in Pauls Stelzenhäuschen zurückgekehrt. Von Pauls Verwandten würden einige zum Begräbnis kommen, es war umständlich, weil ein Schneesturm gerade im Süden der Bay tobte. Die Künstlergemeinschaft vor Ort hatte mit ihm gewacht, seitdem Paul ins Koma gefallen und zu den Ärzten gebracht worden war. Sie alle gemeinsam würden die Zeremonie vorbereiten, Paul hatte vor wenigen Jahren festgelegt, wie er es haben wollte: Eine Zwischenlagerung mit den anderen Toten des Winters, bis der Frühling ein Erdbegräbnis erlaubte, eingewickelt in das alte, aber wunderschön präparierte Fell des letzten Karibus, das sein Vater vor Jahrzehnten erlegt und nach Hause gebracht hatte. Man sollte jedoch nicht eine Skulptur vergessen, die er vor vielen Jahren gemacht und von der er sich nie getrennt hatte. Sam sollte sie ihm auf die Brust legen, die Hände darüber gewölbt. Es gab keinen Holzsarg, nur eine blaue Plastikfolie um den Leichnam gewickelt. Wenn es das Wetter zuließ, wollte er am Friedhof begraben werden, wie alle anderen in einer flachen Mulde und von Steinbrocken bedeckt. Er hatte um eine christliche und um eine Stammesverabschiedung gebeten. Die Totenmesse würde wie üblich mehrere Stunden dauern.

Sam hatte einen Brief vorgefunden, gerichtet an ihn, den »lieben Bruder«, an den Paul über seine Ängste schrieb, über die Heimat, die sich veränderte, zerstört oder mutwillig aufs Spiel gesetzt wurde von Menschen, denen sie nichts bedeutete und die meist von außerhalb kamen und weit weg lebten. Er sprach von seinem Unvermögen, Dinge gelassener auf sich zukommen zu lassen, als ob die Zeit heilende Gaben hätte. Er sprach von dem Trost und der Zuflucht, die ihm seine Kunst geboten hatte, und von der schleichend wachsenden Einsamkeit – trotz der Gemeinde, die ihn als einen der ihren betrachtete und behandelte, trotz der Freundschaft, die ihn mit Sam verband, trotz des Erfolges, mit dem er seine Sucht bekämpft hatte. Er sprach von seiner Sehnsucht nach Frieden für seine Seele, dass sie bleiben würde, dass Sam spüren würde, wenn er nicht alleine war.

Paul Tutsweetok hatte vor nunmehr sieben Tagen, nachdem er alles geordnet, seine Besitztümer mit den Namen derer beschriftet, denen sie ab nun gehören sollten, nachdem er einen Abschiedsbrief an seine älteste Schwester, seinen Galeristen und an Sam geschrieben und Sam zum Flughafen begleitet hatte, aufgegeben.

Sein Suizidversuch, den er noch an dem Tag unternahm, an dem Sam bereits im Flugzeug Richtung Saigon saß, war zwar von einem Nachbarn entdeckt worden, der sofort die Rettung verständigt und dann die Adressaten der drei auf dem Tisch gut sichtbar platzierten Briefe informiert hatte. Aber die Ärzte hatten den Kampf gegen den Cocktail aus Tabletten, Alkohol und Todeswunsch verloren.

Joni sah den Blick auf den See vor sich, die blauen Berge im Norden, stellte sich Pauls letzte Skulptur vor, wie sie Sam ihr geschildert hatte, die Eisbärin vor sich, die jungen Zwitterwesen. Sie erinnerte sich an sein Geschenk, den warmen Schimmer des Serpentins, wenn die Strahlen der tief stehenden Sonne abends den Platz erreichten, wo Pauls wunderbare Schamanin auf sie wartete. Sie hätte diesen Mann so gerne kennengelernt.

Sie hätte so gerne noch … und dann wurde ihr bewusst, dass alles Wünschen zu spät kam, vergeblich war.

»Ich werde kommen und neben dir stehen«, sagte Joni.

Erst dann wurde ihr klar, was dieses Versprechen alles bedeutete.

EPILOG

OUT OF THE BLUE, SOMMER 2018

Eines Tages, dachte Joni, vielleicht in fünf Jahren, vielleicht in fünfzehn, würde sie sich an diesen köstlichen Sommer erinnern, den sie herbeigesehnt hatte, der anders wurde als geplant und zu den intensivsten Wochen ihres Lebens gehörte.

Eines Tages, vielleicht weit weg, alt und vergesslich, würde sie sich an dieses Haus erinnern, seinen Namen *Out of the Blue*, an den Blick über das Tal, die Gespräche mit den Winzern, das Verkosten ihres jungen Weins, die Schönheiten, die jede Jahreszeit mit sich brachte.

Eines Tages, wenn sie vielleicht traurig war, enttäuscht, erschöpft, würde ihr diese Erinnerung helfen. War es das, was die meisten Menschen mit dem Begriff Heimat verbanden?

Vielleicht würde sie dann nicht mehr hier stehen und auf diese grandiose Landschaft blicken, deren Lieblichkeit die Schattenseiten nicht mehr verdecken würde, weil sie sie mittlerweile kannte – ein Zuhause, nicht mehr und nicht weniger. Sie würde vielleicht nicht die Stimmen der Burschen von der Terrasse hören, die Rufe der kontrollierenden Arbeiter am Weinberg. Sie würde vielleicht nicht das vertrocknende Gras riechen, die Wildblumen am Hang, die Hähnchen, die Joss ins Rohr geschoben hatte. Sie würde vielleicht gereizte Augen vom Geruch der Waldbrände im Süden haben und wenn es ganz schlimm kam, dann würden manche Hänge, selbst in Sichtweite von hier, rotschwarze Feuervorhänge sein. So vieles konnte sich in den nächsten Jahren verändern, aber nichts würde ihr die Erinnerung an diesen perfekten Sommer nehmen.

Alle vereint hier unter ihrem Dach! Georg, Sylvie, Manuel, Stefanie mit Felix und der kleinen Valerie und Sam natürlich, alle zufrieden vom Glück naschend, während sie das zukünftige Zuhause Manuels in Augenschein nahmen.

Sie hatten einen mehrtägigen Ausflug nach Vancouver unternommen, den Campus und die Universität angeschaut, die ihn angenommen hatte. Sie freundeten sich mit Sam an, den Valerie um den kleinen Finger wickeln konnte.

Nur Didi fehlte für immer. Aber er hatte es zumindest noch geschafft, 2017 zu ihr zu kommen, zittrig schon, angewiesen auf Sams starke Schultern, erstaunt, wie sehr sich seine Tochter verändert hatte, beglückt, wie sehr sie sich treu geblieben war, und diesmal war er auf die Idee gekommen, ihr das auch zu sagen.

Auch wenn sie die Ihren nicht so oft sah, wie sie es wünschte, dachte Joni, selbst wenn sie bald wieder alleine hier sein würde, konnte nichts diesen Sommer trüben. Sie fühlte sich gesegnet. Alles, was sie an ihrem Berufsleben geändert hatte, war richtig gewesen. Sie hatte sich entschieden und wieder einmal von vorne begonnen. Sie hatte ihre Anteile verkauft, das Gebäude, in dem sich die Firma immer noch befand, jedoch behalten. Nun nahm sie als Freelancerin interessante Jobangebote an und achtete darauf, Zeit dazwischen zu pflegen, die ihrem neuen Förderprojekt für Migrantinnen, »Exodos«, zugutekam. Sie hatte Berlin endgültig verlassen, ihren

Forschungsradius geografisch beschnitten. Ein Jahr hatte sie gebraucht, um »Exodos« als international arbeitenden Verein zu gründen und die ersten Standorte aufzubauen. Pierre schenkte ihr Zugang zu Menschen, die daran interessiert waren, ihre Ideen finanziell zu unterstützen. Nun gab es ein Büro in Montreal, für Europa war eines in Brüssel geplant, im Nahen Osten und in Ostasien liefen bereits Gespräche mit Regierungen und NGOs. Sie würde nicht mehr so exzessiv reisen, bei Weitem nicht mehr so gut verdienen. Ihr soziologisches Arbeitsfeld hatte sich bereits verschoben und erforderte von ihr neue Anstrengungen. Sie liebte es. Sie erinnerte sich an die vielen Flüchtlingslager, an die Zustände, denen allein flüchtende Frauen ausgesetzt waren, an ihr eigenes beständiges Fragen, warum man hier nicht mit gezielter Hilfe ansetzen konnte. Nun steckte sie mittendrin.

Es würde nicht einfach werden. Langsam, dachte sie, geh es langsam an. Sie lernte, Hilfe und Unterstützung anzunehmen, bei allem, was sie nicht schaffte. Kein Delegieren, sondern ein Miteinander.

Das Büro war vor einem Jahr hinter dem Haus auf der abfallenden Kuppe Richtung Hauptstraße errichtet worden war, ein lang gestreckter Kubus aus Holz mit einem Besprechungsraum. Es gab Arbeitsplatz für vier Personen, zwei Gästezimmer, einen Garten, der von einem alten Ahorn beherrscht wurde. Pauls letzte Blutzeichnung hatte Sam für das Konferenzzimmer mitgebracht, als Mahnung für alle, die hier arbeiten würden, wem sie sich verpflichtet fühlen sollten. Von Lorenz hing als Ermunterung ein Gemälde auf der gegenüberliegenden Seite, das Joni an die roten Morgennebel über der deutschen Hauptstadt erinnerte, an Nächte mit Freunden, die im frühen neuen Licht endeten.

Was sie behalten hatte, waren ihre Lieblingsmenschen weit weg im Osten und die Sucht, jeden Tag zeitig morgens eine Stunde ohne Ziel loszugehen. Man kannte sie im Ort mittlerweile, nicht nur wegen ihrer immer noch auffallenden Haare und dem forschen Schritt, sondern weil sie sich mit Elaines Hilfe in die Gemeinde eingegliedert hatte. Wie Ulli es richtig bemerkte, hatte Joni nach vielen Jahren ihre eigene Kleinstadt, ihr eigenes Heimterrain gefunden, war auf ihre Art doch sesshaft geworden.

Joni amüsierte es, dass sich ihr ein Zuhause aufgedrängt hatte, und noch überraschender fand sie, dass sie es zugelassen und gefördert hatte. Manchmal war ihr, als hätte ihr Nomadenleben nur das Ziel gehabt, hier anzukommen und ein Netzwerk aufzubauen, das Frauen begrüßte und half, eine Heimat aufzubauen.

Ihr Tempo hatte nun eine andere Qualität.

Sie war glücklich, dass Manuel die Entscheidung getroffen hatte, die Schule trotz aller Widrigkeiten in Wien zu beenden, bevor er sich in seine Zukunft in ihrer Nähe aufmachte. Er schien froh, sie als Mutter greifbarer zu haben. Sie war glücklich, dass seine Freundschaft mit Beppo ein solides Fundament aufwies. Sie war glücklich, dass Stefanie mit dem für sie richtigen Mann lebte, und sah voraus, dass sie noch für einige Überraschungen gut war.

Ihr Blick fiel auf Sams Geschenk von Paul, den Vogelgeist der laufenden Frau. Sie verstand es nun anders als noch vor zwei Jahren, und auch darüber war sie froh. Mit Sam lebte sie mehrere Monate pro Jahr zusammen, die Arbeit lenkte die Zeiträume, Liebe ihre Intensität. Es war genau so, wie es beiden guttat.

Es war keine herkömmliche Ehe.

Mike hatte sich zurückgezogen, nachdem ihm Joni von ihrer tiefgehenden Beziehung mit Sam erzählt hatte. Es irritierte sie nicht. Er würde wiederkommen, er würde sie finden, und sie würden eine neue Nähe erschaffen.

Julian brach hin und wieder in ihren Alltag ein wie ein erfrischendes Sommergewitter. Manchmal gestand sich Joni ein, dass sie ihn nun hauptsächlich schätzte, weil er eine Frau wie Sabina halten konnte, weil er Sabina in ihr Leben gebracht hatte.

Liebe konnte so viele Formen entwickeln. Joni ging wieder hinaus zu den Ihren.

GLOSSAR

AUSTRIAZISMEN

Großkopferter	hochgestellte, wichtige Person (verächtlich gemeint)
Jänner	Januar
Karenz	bezahlte Elternzeit
sich verschauen	sich irren, sich verlieben
Zugehfrau	Putzkraft
MEd	Österreichischer Titel aller an einer Pädagogischen Hochschule ausgebildeten Primarpädagoginnen und -pädagogen
pfauchen	fauchen
Ich spiel mich	das fällt mir leicht

DIALEKTWÖRTER UND SÄTZE IM ÖSTERREICHISCHEN, BESONDERS GEKENNZEICHNET AUF WIENERISCH (W) UND OBERÖSTERREICHISCH (OÖ)

oaschkoit	arschkalt
blunznfett	völlig betrunken
drawig ham (OÖ)	eilig haben, unter Zeitdruck stehen
Schmafú (W)	vom Französischen Je m'en fous = ich pfeif drauf. Wienerisch verächtlich für Wertloses
ane auflegen	jemanden ohrfeigen
griawig (OÖ)	so süß lustig, lieb

»*Goi, dir is scho gloa, dos du wos Bsundas bist? Wiara Mischkulanz, di si net etiketiern losst. Di an san Einhörndln, die ondan Drochn, die meistn sand hoit normal, und du bist d'Tschoni.*« (OÖ)

»Gell, dir ist schon klar, dass du etwas Besonders bist? Wie eine Mischung, die sich nicht etikettieren lässt. Die einen sind Einhörner, die anderen Drachen, die meisten sind halt normal, und du bist die Joni.« (S. 52)

»Geh, der schwoaze Oasch kau ma gsdoin bleibn.« (W)
»Geh, der schwarze Arsch kann mir gestohlen bleiben.« (S. 168)

»Goi, de drent in da Fremdn, die wos kumma miassn, de druckn di.« (OÖ)
»Nicht wahr, die drüben in der Fremde, die kommen müssen, die machen dir zu schaffen.« (S. 192)

»Heid sauf ma uns o, bis uns da Wei beim Oasch aussi rinnt.« (OÖ)
»Heute betrinken wir uns, bis uns der Wein beim Hintern herausrinnt.« (S.207)

»Wohnt wiara Kenigin, und mia gengan zgrund.« (W)
»Wohnt wie eine Königin, und wir gehen zugrunde.« (S.230)

»Trau di! Waunst an Finga riast, brich i dan. Und waunst an Oam hebst, sant de Eia dro.« (W)
»Trau dich! Wenn du einen Finger rührst, breche ich ihn dir. Und wenn du einen Arm hebst, sind deine Eier dran.« (S.272)

»Wauns wos daham ned bessa kennan, lossnses ned eina bei da Dia.«(OÖ)
»Wenn sie etwas daheim nicht gut kennen, lassen sie es nicht herein bei der Tür.« (S.293)

»Schaud da Bua no imma aus wiara gschbiebns Öpfikoch?« (OÖ)
»Schaut der Bub noch immer wie erbrochenes Apfelkompott aus?« (S.293)

DANK

Über eine Frau, die beruflich extrem erfolgreich ihre Lebensträume verwirklicht und das mit einem Leben als Mutter und Privatperson verbinden kann, wollte ich schreiben, seitdem ich mich mehrere Jahre mit dem Leben von berufstätigen Frauen im letzten Jahrhundert beschäftigt hatte. Meine Heldin Joni kann Entscheidungen mit sehr wenig persönlichen Eingrenzungen treffen, ist autark, ohne unbefriedigende Kompromisse eingehen zu müssen. Von Beginn an wollte ich ihre Gegenwart im Jahr 2016 spielen lassen. Der Brexit und die US-Präsidentenwahl, die Trump gewann, erschienen mir so wichtig für die Zukunft, es wurden so viele Weichen gestellt. Außerdem wurde Joni Opfer eines Cybermobbings. 2016 war das in Österreich noch keine Straftat. Diese bestehende Gesetzeslücke wurde erst dank des Mutes von Sigrid Maurer, damals grüne Mandatarin und 2018 Adressatin widerwärtiger sexueller Belästigung im Netz, der breiten Öffentlichkeit bewusst. Sie ging in die Offensive und kämpfte um das Recht, sich zu wehren. Der unglaublichen Täter-Opfer-Verkehrung vor Gericht folgte 2019 eine Urteilsaufhebung, und ein Gesetzespaket wurde geschnürt. Seit 1. April 2021 können sich Betroffene von Gewalt im Netz in Österreich einfacher wehren, und der Tatbestand selbst kann ab dem ersten Posting geahndet werden. Diese Möglichkeit hatte Joni 2016/2017 noch nicht.

Joni ist eine Frau, die sehr viel reist. Ich kenne alle Orte, an denen Joni lebt und/oder arbeitet. Ich kenne vor allem Berlin vor, während und nach dem Mauerfall, da meine Familie und ich dort im Osten mehrere Jahre aus beruflichen Gründen lebten. Es ist daher immer strikt der Blick der privilegierten Ausländerin auf die damaligen politischen und gesellschaftlichen Gegebenheiten, weshalb auch Jonis Erfahrungen nie deckungsgleich sein können mit den Erinnerungen der Ostberliner und doch eine spezielle Intimität beinhalten. Allerdings habe ich auf die Expertise von Klaus Geyer bauen können, der damals ebenfalls in Ostberlin arbeitete, an der Ständigen Vertretung der Bundesrepublik Deutschland. Er lenkte meine Aufmerksamkeit auf bestimmte rechtliche Gegebenheiten und verglich meine Erinnerungen mit den seinen, was wiederum zu vergnüglichen Mails über österreichische und deutsche Sichtweisen führte.

Meiner kanadischen Freundin aus Alberta, der Sopranistin Darlene Schubert, danke ich für alle Hinweise zu lokalem Alltagsleben, das sich seit der Zeit, die ich dort verbrachte, verändert hatte. Ich fand es toll, wie du auch gleich deine gesamte Familie eingespannt hast, um mir über Veränderungen in sozialen Schichten zu berichten. Außerdem wolltest du immer wissen, welches Lied von Joni Mitchell ich als Leitmotiv für das nächste Kapitel ausgesucht hatte, und hast es sofort angesungen. Es war so animierend für meinen Schreibprozess!

Ich danke außerdem der ebenfalls reisefreudigen Psychologin Annie Burns in Vancouver, die mir British Columbia sehr nahe brachte und das immer noch tut. Was für ein Glück, dass wir uns vor Jahrzehnten in Kyoto über den Weg liefen und den Kontakt nie mehr verloren.

Ich bin immer wieder überwältigt von der Hilfsbereitschaft, die mir bei meinen Recherchen entgegengebracht wird. Dank an alle, die mir Rede und Antwort standen und mich oft erst auf die richtigen Fragen brachten. Speziell bin ich den zwei Wissenschaftlerinnen verbunden, die international für Politik und Wirtschaft erfolgreich unterwegs sind und nicht genannt werden wollen. Die Gespräche mit euch gehören zu meinen besten »Schreib-Erinnerungen«, und eure Großmut beeindruckt mich tief.

Ich danke Eva Bednarik, die mir Einblick in das Leben einer Mutter gewährte, die in einem internationalen Konzern weltweit erfolgreich arbeitet. Allein die Probleme guter Zeiteinteilung in permanentem Jetlag sind ziemlich einzigartig. Meine Heldin gleicht dir in nichts, außer in ihrer Begeisterung für ihre Arbeit. Aber ich habe über Joni und ihre Freundinnen intensiver nachgedacht und sie hoffentlich überzeugend gestaltet, weil es dich in meinem Leben gibt.

Ich danke Helga Murauer für ihre vielen nützlichen Hinweise zu internationalen Treffen, Konferenzen und dem Arbeitsalltag von Simultandolmetschern der Spitzenklasse. Ich werde nie die stundenlangen Diskussionen zu Jonis Biografie vergessen, die eigenartigen Blicke der Kellner in dem Lokal in Salzburg, die teils sehr witzigen Überlegungen auf dem Weg zum Bahnhof, die vielen Mails, die du und Ihr anderen mir aus allen möglichen Ländern schicktet, um Jonis Welt noch verständlicher zu machen.

Markus Halas, Spezialist der Wiener Kriminalpolizei, hat mir die feinen Unterschiede zwischen protokollierten Gesprächen, Erkundigungen, Verhören, Einvernahmen erklärt und reagierte mit Humor, wenn ich literarische Umsetzungen und Freiheiten ins Spiel brachte. Hatte ich Zweifel und Fragen zu Ökonomie und wirtschaftlichen Gegebenheiten, war mein Sohn Robert ein geduldiger Lehrer, der gewisse mütterliche Wissensdefizite mit viel Witz verringerte. Und was für ein Vergnügen war es, mit Michaela Wagner, Übersetzerin, Vielleserin und Oberösterreicherin, sprachliche Gustostückerl unseres Heimatdialekts zu sammeln. Ich danke dir für diese spezielle Freude!

Sollten sich trotz all eurer Informationen Fehler eingeschlichen haben, bin allein ich dafür verantwortlich.

Mein so verlässlich wunderbares Team von hanserblau, Ulrike von Stenglin, Sita Bertram, Anna Riedel, Kristin Rosenhahn und Hannah del Mestre betrachte ich als ein Geschenk. Es ist ein Traum, unter den Bedingungen, die ihr für mich schafft, zu schreiben! Ich danke meinen Agentinnen Nadja Kossack und Ronit Zafran, die mir so viel abnehmen, für die Verwirklichung meiner Ideen tun und rückenstärkend Mut zusprechen.

Ich danke meinen starken Freundinnen, von denen jede ein bisschen zu Joni beigetragen hat, und Andrea, meiner Tochter und Lieblingsbuchhändlerin, die sich als stete Ideenquelle und Tippgeberin erweist.

Und Klaus. Natürlich. Seit so vielen Jahren schon.

QUELLEN

Der erste Vers auf Seite 8 ist dem Gedicht »Angels Rent the House Next Ours« von Emily Dickinson entnommen, erschienen in: The Poems of Emily Dickinson, Harvard University Press, Cambridge 1955.

Der dritte Satz auf Seite 8 stammt aus Rituale von Cees Nooteboom, erschienen bei Suhrkamp, Frankfurt am Main 1998, 1. Auflage.

Trotz intensiver Bemühungen ist es uns nicht gelungen, alle Rechtegeber zu ermitteln. Der Satz von Yva Momatiuk auf Seite 8 ist einem Interview entnommen. Sollte dem Verlag die Quelle genannt werden, ergänzen wir diese in den kommenden Ausgaben. Wir bitten um Verständnis.

Wenn Sehnsucht stärker ist als Kälte

1918 flieht Karl aus der Kriegsgefangenschaft in Sibirien, um sich zu seiner geliebten Fanny nach Wien durchzuschlagen. Beatrix Kramlovsky gibt einer Generation von Kriegsgefangenen ein Gesicht. Sie sind Künstler, Schlosser und Träumer, die einzig die Liebe aufrecht hält. Und denen eine unbarmherzige Landschaft alles abtrotzt, nur nicht die Menschlichkeit.

Beatrix Kramlovsky
FANNY ODER DAS WEISSE LAND
Roman

hanserblau

304 Seiten. Taschenbuch

hanserblau
hanser-literaturverlage.de